1984

［英］乔治·奥威尔◎著　麦　芒◎译

天津出版传媒集团
天津人民出版社

图书在版编目（CIP）数据

1984 / (英) 乔治·奥威尔著；麦芒译. -- 天津：天津人民出版社，2016.7（2018.9 重印）

ISBN 978-7-201-10638-0

Ⅰ. ①1… Ⅱ. ①乔… ②麦… Ⅲ. ①长篇小说–英国–现代 Ⅳ. ①I561.45

中国版本图书馆CIP数据核字（2016）第157648号

1984

YI JIU BA SI

出　　版　天津人民出版社
出 版 人　黄　沛
地　　址　天津市和平区西康路35号康岳大厦
邮政编码　300051
邮购电话　（022）23332469
网　　址　http：//www.tjrmcbs.com
电子信箱　tjrmcbs@126.com
责任编辑　刘子伯
印　　刷　三河市京兰印务有限公司
经　　销　新华书店
开　　本　880×1230　1/32
印　　张　8
字　　数　256千字
版次印次　2016年7月第1版　2018年9月第2次印刷
定　　价　28.00元

前言

《1984》是乔治·奥威尔（1903—1950）的作品。奥威尔是英国著名小说家、记者和社会评论家。他的代表作是《动物庄园》和《1984》。

《1984》是反极权主义的长篇政治小说。在这里奥威尔为我们展示了一个“假想的未来社会”：历史被篡改，自由被剥夺，人性被扼杀，独裁者以追逐权力为唯一目标，人们生活得麻木不仁，极度贫困。这是一个令人感到窒息的恐怖世界。

1984年的世界被大洋国、东亚国和欧亚国三个超级大国所瓜分，三个国家均实行高度集权统治，以改变历史、语言等极端手段控制着民众的思想和行动，以对领袖的个人崇拜维持社会的运转。温斯顿·史密斯在大洋国“真理部”从事篡改历史工作，他坚信客观真实的存在。因为在工作中逐渐对“老大哥”的统治产生怀疑，他加入了反对团伙，因而在精神上和肉体上都遭受了非人的折磨，最终他被迫臣服，成为对方的忠实信徒。他在书中与另一位外围党员、大胆泼辣的裘莉亚产生了感情，在她的引导和启发下，他提高了对现实的感知力，具备了“人心”。温斯顿与裘莉亚的爱情，虽然最终没能经受住考验，但这爱情之光带给人以美好希望。

作者利用滑稽和夸张的语言叙事，让人在忍俊不禁的同时，明白了极权主义的恐怖。奥威尔对极权主义进行了淋漓尽致的嘲讽，揭露了个人独裁统治的黑暗，表达了深刻的反抗与敌意。虽然与之进行的斗争最终以失败告终，但斗争的过程却是具有永恒价值的。

《1984》中，叙述者隐身于幕后，基本上不发表自己的评议，但有时会借由人物视角进行叙事，以此来提高小说表现力。书中的讽刺带有强烈的悲剧性，散发着压抑和绝望的气息，表达了对荒诞主义的强烈否定。全书悲喜剧融为一体，使作品极具张力，读后令人心中震颤。

《1984》是奥威尔最重要的作品。本书在1984年被改编成电影上映。曾获得美国时代周刊评选的“1923年至今最好的100本英文小说”等多项大奖。

奥威尔最终死于肺病，年仅47岁。他以敏锐的心和犀利的笔作出了许多超前预言，被称为“一代人的冷峻良知”。

目录 Contents

第一部

第二部

第三部

第一部

第一章

四月间，天气寒冷晴朗，钟敲了十三下。温斯顿·史密斯为了要躲寒风，紧缩着脖子，很快地溜进了胜利大厦的玻璃门，不过动作不够迅速，没有能够防止一阵沙土跟着他进了门。

门厅里有一股熬白菜和旧地席的气味。门厅的一头，有一张彩色的招贴画钉在墙上，在室内悬挂略微显大了一些。画的是一张很大的面孔，有一米多宽：这是一个大约四五十岁的男人的脸，留着浓密的黑胡子，面部线条粗犷英俊。温斯顿朝楼梯走去。用不着试电梯，即使最顺利的时候，电梯也是很少开的，现在又是白天停电。这是为了筹备举行仇恨周而实行节约。温斯顿的住所在七层楼上，他三十九岁，右脚脖子上患静脉曲张，因此爬得很慢，一路上休息了好几次。每上一层楼，正对着电梯门的墙上就有那幅画着很大脸庞的招贴画凝视着。这是属于这样的一类画，你不论走到哪里，画中的眼光总是跟着你。下面的文字说明是：老大哥在看着你。

在他住所里面，有个圆润的嗓子在念一系列与生铁产量有关的数字。声音来自一块像毛玻璃一样的椭圆形金属板，这构成右边墙壁的一部分墙面。温斯顿按了一个开关，声音就轻了一些，不过说的话仍听得清楚。这个装置（叫作电幕）可以放低声音，可是没有办法完全关上。他走到窗边，他的身材瘦小纤弱，蓝色的工作服

——那是党内的制服——更加突出了他身子的单薄。他的头发很淡，脸色天生红润，他的皮肤由于用粗肥皂和钝刀片，再加上刚刚过去的寒冬，显得有点粗糙。

外面，即使通过关上的玻璃窗，看上去也是寒冷的。在下面街心里，阵阵的小卷风把尘土和碎纸吹卷起来，虽然阳光灿烂，天空蔚蓝，可是除了到处贴着的招贴画以外，似乎什么东西都没有颜色。那张留着黑胡子的脸从每一个关键地方向下凝视。在对面那所房子的正面就有一幅，文字说明是：老大哥在看着你。那双黑色的眼睛目不转睛地看着温斯顿的眼睛。在下面街上有另外一张招贴画，一角被撕破了，在风中不时地吹拍着，一会儿盖上，一会儿又露出唯一的一个词儿："英社"。在远处，一架直升机在屋顶上面掠过，像一只绿头苍蝇似的徘徊了一会儿，又绕个弯儿飞走。这是警察巡逻队，在窥探人们的窗户。不过巡逻队并不可怕，只有思想警察才可怕。

在温斯顿的身后，电幕上的声音仍在喋喋不休地报告生铁产量和第九个三年计划的超额完成情况。电幕能够同时接收和放送。温斯顿发出的任何声音，只要比极低声的细语大一点，他就可以接收到。此外，只要他留在那块金属板的视野之内，除了能听到他的声音之外，也能看到他的行动。当然，没有办法知道，在某一特定的时间里，你的一言一行是否都有人在监视着。思想警察究竟多么经常，或者根据什么安排在接收某个人的线路，那你就只能猜测了。甚至可以想象，他们对每个人都是从头到尾一直在监视着的。反正不论什么时候，只要他们高兴，他们都可以接上你的线路。你只能在这样的假定下生活——从已经成为本能的习惯出发，你早已这样生活了：你发出的每一个声音，都是有人听到的，你做出的每一个动作，除非在黑暗中，都是有人仔细观察的。

温斯顿继续背对着电幕，这样比较安全些，不过他也很明白，甚至背部有时也能暴露问题的。一英里以外，他工作的单位真理部高耸在阴沉的市景之上，楼房高大，一片白色。他带着有些模糊的厌恶情绪想——这就是伦敦，一号空降场的主要城市，一号空降场是大洋国人口位居第三的省份。他竭力想挤出一些童年时代的记忆来，能够告诉他伦敦是不是一直都是这样的。是不是一直有这些景象：破败的19世纪的房子，墙头用木材撑着，窗户钉上了硬纸板，屋顶上盖着波纹铁皮，倒塌的花园围墙东倒西歪；还有那尘土飞扬、破砖残瓦上野草丛生的空袭地点；还有那炸弹清出的一大块空地，上面忽然出现了许多像鸡笼似的肮脏木房子的地方。可是没有用，他记不起来了。除了一系列没有背景、模糊难辨的、灯光灿烂的画面以外，他的童年已不留下什么记忆了。

真理部——用新话来说叫真部——同视野里的任何其他东西都有令人吃惊的不同。这是一个庞大的金字塔式的建筑，白色的水泥晶晶发亮，一层接着一层上升，一直升到高空三百米。从温斯顿站着的地方，正好可以看到党的三句口号，这是用很漂亮的字体写在白色的墙面上的：

战争即和平
自由即奴役
无知即力量

据说，真理部在地面上有三千间屋子，和地面下的结构相等。在伦敦别的地方。还有三所其他的建筑，外表和大小与此相同。他们使周围的建筑仿佛小巫见了大巫，因此你从胜利大厦的屋顶上可以同时看到这四所建筑。他们是整个政府机构四部的所在地：真理部负责新闻、娱乐、教育、艺术；和平部负责战争；友爱部维持法律和秩序；富裕部负责经济事务。用新话来说，他们分别称为真部、和部、爱部、富部。

真正让人害怕的部是友爱部。那儿连一扇窗户也没有。温斯顿从来没有到友爱部去过，也从来没有走近距他半英里之内的地带。这个地方，除非因公，是无法进入的，而且进去也要通过重重铁丝网、铁门、隐蔽的机枪阵地。甚至在环绕他的屏障之外的大街上，也有穿着黑色制服、携带链枷棍的凶神恶煞般的警卫在巡逻。

温斯顿突然转过身来。这时他已经使自己的脸部现出一种安详乐观的表情，在面对电幕的时候，最好是用这种表情。他走过房间，到了小厨房里。在一天的这个时间里离开真理部，他牺牲了在食堂的中饭，他知道厨房里没有别的吃的，只有一块深色的面包，那是得省下来当明天的早饭的。他从架子上拿下一瓶无色的液体，上面贴着一张简单白色的标签：胜利杜松子酒。酒有一种令人难受的油味儿，像中国的黄酒一样。温斯顿倒了快一茶匙，硬着头皮，像吃药似的咕噜一口喝了下去。

他的脸马上绯红起来，眼角里流出了泪水。这玩意儿像硝酸，而且，喝下去的时候，你有一种感觉，好像后脑勺上挨了一橡皮棍似的。不过接着他肚子里火烧的感觉减退了，世界看起来开始比较轻松愉快了。他从一匣挤瘪了的胜利牌香烟盒中拿出一支烟来，不小心地竖举着，烟丝马上掉到了地上。他拿出了第二支，这次比较成功。他回到了起居室，坐在电幕左边的一张小桌子前。他从桌子抽屉里拿出一支笔杆、一瓶墨水、一本厚厚的四开本空白簿子，红色的书脊，大理石花纹的封面。

不知什么缘故，起居室里的电幕安的位置与众不同。按正常的办法，他应该安在一头的端墙上，可以看到整个房间，可是如今却安在侧墙上，正对着窗户。在电幕的一边，有一个浅浅的壁龛，温斯顿现在就坐在这里，在修建这所房子的时候，这个壁龛大概是打算放书架的。温斯顿坐在壁龛里，尽量躲得远远的，可以处在电幕的控制范围之外，不过这仅仅就视野而言。当然，他的声音还是可以听到的，但只要他留在目前的位置，电幕就看不到他。一半是由于这间屋子的与众不同的布局，使他想到要作他目前要作的事。

但这件事也是他刚刚从抽屉中拿出来的那个本子使他想到要作的。这是一本特别精美的本子。光滑洁白的纸张因年代久远而有些发黄。这种纸张至少过去四十年来已久未生产了。不过他可以猜想，这部本子的年代还要久远得多。他是在本市一个破破烂烂的居民区的一家发霉的小旧货铺中看到它躺在橱窗中的，到底是哪个区，他已经记不得了。他当时一眼就看中，一心要想得到它。照理党员是不许到普通店铺里去的（去了就是“在自由市场上做买卖”），不过这条规矩并不严格执行，因为有许多东西，例如鞋带、刀片，用任何别的办法是无法弄到的，他回头很快地看了一眼街道两头，就溜进了小铺子，花二元五角钱把本子买了下来。当时他并没有想到买来干什么用。他把它放皮包里，不安地回了家。即使里面没有写什么东西，有这样一个本子也是容易引起怀疑的。

他要作的事情是开始写日记。写日记并不是不合法的（没有什么事情是不合法的，因为早已不再有什么法律了）。但是如被发现，可以相当有把握地肯定，会受到死刑的惩处，或者至少在强迫劳动营里干苦役二十五年。温斯顿把笔尖插在笔杆上，用嘴舔了一下。把上面的油去掉。这种沾水笔已成了老古董，甚至签名时也不用了，他偷偷地花了不少力气才买到一支，只是因为他觉得这个精美乳白的本子只配用真正的笔尖书写，不能用墨水铅笔涂划。实际上他已不习惯手书了。除了极简短的字条以外，一般都用听写器口授一切，他目前要作的事，当然是不能用听写器的。他把笔尖沾了墨水，又停了一下，不过只有一刹那。他的肠子里感到一阵抖动，在纸上写标题是个决定性的行动。他用纤小笨拙的字体写道：

一九八四年四月四日

他身子往后一靠。一阵束手无策的感觉袭击了他。首先是，他一点也没有把握，今年是不是一九八四年。大致是这个日期，因为他相当有把握地知道，自己的年龄是三十九岁，而且他相信他是在一九四四年或一九四五年生的。但是，要把任何日期确定下来，误差不出一两年，在当今的时世里，是永远办不到的。

他突然想到，他是在为谁写日记呀？为将来，为后代。他的思想在本子上的那个可疑日期上犹豫了一会儿，突然想起了新话中的一个词儿“双重思想”。他头一次领悟到了他要作的事情的艰巨性。你怎么能够同未来联系呢？从其性质来说，这样做就是不可能的。只有两种情况，要是未来同现在一样，在这样的情况下未来就不会听他的，要是未来同现在不一样，他的处境也就没有任何意义了。

他呆呆地坐在那里，看着本子。电幕上现在播放刺耳的军乐了。奇怪的是，他似乎不仅丧失了表达自己的能力，而且甚至忘掉了他原来要想说什么话了。过去几个星期，他一直在准备应付这一时刻，他从来没有想到过，除了勇气以外还需要什么。实际写作会是很容易的。他要作的只是把多年来头脑里一直在想的、无休止的、无穷尽的独自付诸笔墨就行了。但是在目前，甚至独白也枯竭了。此外，他的静脉曲张也开始痒了起来，使人难熬。他不敢抓他，因为一抓就要发炎。时间嘀嗒地过去，他只看到面前一页空白的纸张。脚脖子上的皮肤发痒，音乐的聒噪，杜松子酒引起的一阵醉意。

突然他开始慌里慌张地写了起来，只是模模糊糊地意识到他写的是些什么。他的纤小而有些孩子气的笔迹在本子上弯弯曲曲地描画着，写着写着，先是省略了大写字母，最后连句号也省略了：

一九八四年四月四日。昨晚去看电影，全是战争片。一部很好，是关于一艘装满难民的船，在地中海某处遭到空袭。观众看到一个大胖子要想游开去逃脱追他的直升机的镜头感到很好玩。你起初看到他像一头海豚一样在水里浮沉，后来通过直升机的瞄准器看到他，最后他全身都是枪眼，四周的海水都染红了，他突然下沉，好像枪眼里吸进了海水一样。下沉的时候观众笑着叫好。接着你看到一艘装满儿童的救生艇，上空有一架直升机在盘旋。有个中年妇女坐在船首，大概是个犹太女人，怀中抱着一个大约三岁的小男孩。小男孩吓得哇哇大哭，把脑袋躲在她的怀里，好像要钻进她的胸口中去似的，那个妇女用胳膊搂着他，安慰着他，尽管她自己的脸色也吓得发青。她一直用自己的胳膊尽可能地掩护着他，仿佛她以为自己的胳膊能够抵御子弹不伤他的身体似的。接着直升机在他们中间投了一颗二十公斤的炸弹，引起可怕的爆炸，救生艇四分五裂，成为碎片。接着出现一个很精彩的镜头一个孩子的胳膊举了起来越举越高越举越高一直到了天空中一定有架机头装着摄影机的直升机跟着他的胳膊，在党员座中间发出了很多的掌声但是在无产座部分有个妇女突然吵了起来大声说他们不应该在孩子们面前放映这部电影他们在孩子们面前放映这部电影是不对的最后警察把她赶了出去我想她不至于会遇到什么不愉快的结果无产者说些什么没有人会放在心上典型的无产者反应他们绝不会——

温斯顿停下了笔，一半是因为他感到手指痉挛。他也不知道是什么东西使他一泻千里地写出这些胡说八道的话来。但奇怪的事情是，他在写的时候，有一种完全不同的记忆在他的思想中明确起来，使他觉得自己有能力把他写下来。他现在认识到，这是因为有另一件事情才使他突然决定今天要回家开始写日记。

如果说，这样一件模模糊糊的事也可以说是发生的话，这件事今天早上发生在部里。

快到十一点的时候，在温斯顿工作的记录司，他们把椅子从小办公室拖出来，放在大厅的中央，放在大电幕的前面，准备举行两分钟仇恨。温斯顿刚刚在中间一排的一张椅子上坐下来，有两个他只认识脸孔、却从来没有讲过话的人意外地走了进来。其中有一个是他常常在走廊中遇到的一个姑娘。他不知道她的名字，但是他知道她在小说司工作。由于他有时看到她双手沾油，拿着扳钳，她大概是做机械工的，拾掇那些小说写作机器。她是个年约二十七岁、表情大胆的姑娘，浓浓的黑发，长满雀斑的脸，动作迅速敏捷，像个运动员。她的工作服的腰上重重地围了一条猩红色的狭缎带，这是青年反性同盟的标志，围得不松不紧，正好露出她的腰部的苗条。温斯顿头一眼看到她就不喜欢她。他知道为什么。这是因为她竭力在自己身上带着一种曲棍球场、冷水浴、集体远足、总的来说是思想纯洁的味道。几乎所有的女人他都不喜欢，特别是年轻漂亮的。总是女人，尤其是年轻的女人，是党的最盲目的拥护者，生吞活剥口号的人，义务的密探，非正统思想的检查员。但是这个女人使他感到比别人更加危险。有一次他们在走廊里遇到时，她很快地斜视了他一眼，似乎看透了他的心，刹那间他充满了黑色的恐惧。他甚至想到这样的念头：她可能是思想警察的特务。不错，这是很不可能的。但是只要她在近处，他仍有一种特别的不安，这种感觉中掺杂着敌意，也掺杂着恐惧。

另外一个人是个叫奥勃良的男人，他是核心党员，担任的职务很重要，高高在上，因此温斯顿对他职务的性质只有一种很模糊的概念。椅子周围的人一看到核心党员的黑色工作服走近时，都不由得肃静下来。奥勃良是个体格魁梧的人，脖子短粗，有着一张粗犷残忍、兴高采烈的脸。尽管他的外表令人望而生畏，他的态度却有一定的迷人之处。他有一个小动作奇怪地使人感到可亲，那就是端正一下鼻梁上的眼镜，也很难说清楚，这奇怪地使人感觉他到很文明。如果有人仍旧有那样想法的话，这个姿态可能使人想到一个18世纪的绅士端出鼻烟匣来待客。温斯顿大概在十多年来看到过奥勃良十多次。他感到对他特别有兴趣，这并不完全是因为他对奥勃良彬彬有礼的态度和拳击师的体格的截然对比感到有兴趣。更多的是因为他心中暗自认为——也许甚至还不是认为，而仅仅是希望——奥勃良的政治信仰不完全是正统的。他脸上的某种表情使人无法抗拒地得出这一结论。而且，表现在他脸上的，甚至不是不正统，而干脆就是智慧。不过无论如何，他的外表使人感到，如果你能躲过电幕而单独与他在一起的话，他是个可以谈谈的人。温斯顿从来没有做过哪怕是最轻微的努力来证实这种猜想；说真的，根本没有这样做的可能。现在，奥勃良瞥了一眼手表，看到已经快到十一点了，显然决定留在记录司，等两分钟仇恨结束。他在温斯顿那一排坐了下来，相隔两把椅子。中间坐的是一个淡茶色头发的小女人，她在温斯顿隔壁的小办公室工作。那个黑头发的姑娘坐在他们背后一排。

接着，屋子那头的大电幕上突然发出了一阵刺耳的摩擦声，仿佛是台大机器没有油了一样。这种噪声使你牙关咬紧、毛发直竖。

仇恨开始了。

像平常一样，屏幕上闪现了人民公敌爱麦虞埃尔·果尔德施坦因的脸。观众中间到处响起了嘘声。那个淡茶色头发的小女人发出了混杂着恐惧和厌恶的叫声。果尔德施坦因是个叛徒、变节分子，他一度（那是很久以前了，到底多久，没有人记得清楚）是党的领导人物之一，几乎与老大哥本人平起平坐，后来从事反革命活动，被判死刑，却神秘地逃走了，不知下落。两分钟仇恨节目每天不同，但无不以果尔德施坦因为其重要人物。他是头号叛徒，最早污损党的纯洁性的人。后来的一切反党罪行、一切叛国行为、破坏颠覆、异端邪说、离经叛道都是直接起源于他的教唆。反正不知在什么地方，他还活着，策划着阴谋诡计；也许是在海外某个地方，得到外国后台老板的庇护；也许甚至就在大洋国国内某个隐蔽的地方藏匿着——有时就有这样的谣传。

温斯顿眼睛的隔膜一阵抽搐。他看到果尔德施坦因的脸时不由得有种说不出的滋味，各种感情都有，使他感到痛苦。这是一张瘦削的犹太人的脸，一头蓬松的白发，小小的一撮山羊胡须——一张聪明人的脸庞，但是有些天生的可鄙，长长的尖尖的鼻子有一种衰老性的痴待，鼻尖上架着一副眼镜。这张脸像一头绵羊的脸，他的声音也有一种绵羊的味道。果尔德施坦因在对党进行他一贯的恶毒攻击，这种攻击夸张其事，不讲道理，即使一个儿童也能一眼看穿。但是听起来却又似乎有些道理，使你觉得要提高警惕，别人要是没有你那么清醒的头脑，可能上当受骗。他在谩骂老大哥，攻击党的专政，要求立即同欧亚国媾和，主张言论自由、新闻自由、集会自由、思想自由，歇斯底里地叫嚷说革命被出卖了——所有这一切的话都是用大字眼飞快地说的，可以说是对党的演说家一贯讲话作风的一种模仿，甚至还有一些新话的词汇。说真的，比任何党员在实际生活中一般使用的新话词汇还要多。在他说话的当儿，唯恐有人会对果尔德施坦因的花言巧语所涉及的现实有所怀疑，电幕上他的脑袋后面有无穷无尽的欧亚国军队列队经过——一队又一队的结实的士兵蜂拥而过电幕的表面，他们的亚细亚式的脸上没有表情，跟上来的是完全一样的一队士兵。这些士兵们的军靴有节奏的踩踏声衬托着果尔德施坦因的嘶叫声。

仇恨刚进行了三十秒钟，屋子里一半的人中就爆发出控制不住的愤怒的叫喊。电幕上扬扬自得的羊脸，羊脸后面欧亚国可怕的威力，这一切都使人无法忍受。此外，就凭果尔德施坦因的脸，或者哪怕只想到他这个人，就自动地产生恐惧和愤怒。不论同欧亚国相比或东亚国相比，他更经常的是仇恨的对象，因为大洋国如果同这两国中的一国打仗，同另外一国一般总是保持和平的。但是奇怪的是，虽然人人仇恨和蔑视果尔德施坦因，虽然每天，甚至一天有上千次，他的理论在讲台上、电幕上、报纸上、书本上遭到驳斥、抨击、嘲笑，让大家都看到这些理论是多么可怜的胡说八道，尽管这样，他的影响似乎从来没有减弱过，总是有傻瓜上当受骗。思想警察没有一天不揭露出有间谍和破坏分子奉他的指示进行活动。他成了一支庞大的隐蔽的军队的司令，这是一帮阴谋家组成的地下活动网，一心要推翻国家政权。他的名字据说叫兄弟团，谣传还有一本可怕的书，集异端邪说之大成，到处秘密散发，作者就是果尔德施坦因。这本书没有书名。大家提到他时只说那本书。不过这种事情都是从谣传中听到的。任何一个普通党员，只要办得到，都是尽量不提兄弟团或那本书的。

仇恨到了第二分钟达到了狂热的程度。大家都跳了起来，大声高喊，要想压倒电幕上传出来的令人难以忍受的羊叫一般的声音。那个淡茶色头发的小女人脸孔通红，嘴巴一张一闭，好像离了水的鱼一样。甚至奥勃良的粗犷的脸也涨红了。他直挺挺地坐在椅上，宽阔的胸膛胀了起来，不断地战栗着，好像受到电流的袭击。温斯顿背后的黑头发姑娘开始大叫：“猪猡！猪猡！猪猡！”她突然拣起一本厚厚的新话词典向电幕扔去。他击中了果尔德施坦因的鼻子，书又弹了开去，他说话的声音仍旧不为所动地继续着。温斯顿的头脑曾经有过片刻的清醒，他发现自己也同大家一起在喊叫，用鞋后跟使劲儿地踢着椅子腿。两分钟仇恨之所以可怕，不是你必须参加表演，而是要避开不参加是不可能的。不出三十秒钟，一切矜持都没有必要了。一种夹杂着恐惧和报复情绪的快意，一种要杀人、虐待、用大铁锤痛打别人脸孔的欲望，似乎像一股电流一般穿过了这一群人，甚至使你违反本意地变成一个恶声叫喊的疯子。然而，你所感到的那种狂热情绪是一种抽象的、无目的的感情，好像喷灯的火焰一般，可以从一个对象转到另一个对象。因此，有一阵子，温斯顿的仇恨并不是针对果尔德施坦因的，而是反过来转向了老大哥、党、思想警察。在这样的时候，他打从心眼里同情电幕上那个孤独的、受到嘲弄的异端分子，谎话世界中真理和理智的唯一卫护者。可是一会儿他又同周围的人站在一起，觉得攻击果尔德施坦因的一切的话都是正确的。在这样的时刻，他心中对老大哥的憎恨变成了崇拜，老大哥的形象越来越高大，似乎是一个所向无敌、毫无畏惧的保护者，像块巨石一般耸立于从亚洲蜂拥而来的乌合之众之前，而果尔德施坦因尽管孤立无援，尽管对于是否有他这个人存在也有怀疑，却似乎是一个阴险狡诈的妖物，光凭他的谈话声音也能够把文明的结构破坏无遗。

有时候，你甚至可以自觉转变自己仇恨的对象。温斯顿突然把仇恨从电幕上的脸孔转到了坐在他背后那个黑发女郎的身上，其变化之迅速就像做噩梦醒来时猛地坐起来一样。一些栩栩如生的、美丽动人的幻觉在他的心中闪过。他想象自己用橡皮棍把她揍死，又把她赤身裸体地绑在一根木桩上，像圣塞巴斯蒂安一样乱箭穿身。在最后的高潮中，他污辱了她，割断了她的喉管。而且，他比以前更加明白他为什么恨她。他恨她是因为她年轻漂亮，却没有性感，是因为他要同她睡觉但永远不会达到目的，是因为她窈窕的纤腰似乎在招引你伸出胳膊去搂住她，但是却围着那条令人厌恶的猩红色绸带，那是咄咄逼人的贞节的象征。

仇恨达到了最高潮。果尔德施坦因的声音真的变成了羊叫，而且有一度他的脸也变成了羊脸。接着那张羊脸又化为一个欧亚国的军人，高大吓人，似乎在大踏步前进，他的轻机枪嘶叫，似乎有夺幕而出之势，吓得第一排上真的有些人从坐着的椅子中来不及站起来。但是就在这一刹那，电幕上这个敌人已化为老大哥的脸，黑头发，黑胡子，充满力量，镇定沉着，脸庞那么大，几乎占满了整个电幕。他的出现使大家放心地深深松了一口气。没有人听见老大哥在说什么。他说的只是几句鼓励的话，那种话一般都是在战斗的喧闹声中说的，无法逐字逐句听清楚，但是说了却能恢复信心。接着老大哥的脸又隐去了，电幕上出现了用黑体大写字母写的党的三句口号：

战争即和平
自由即奴役
无知即力量

但是老大哥的脸似乎还留在电幕上有好几秒钟，好像他在大家的视网膜上留下的印象太深了，不能马上消失似的。那个淡茶色头发的小女人扑在她前面一排的椅子背上。她哆哆嗦嗦地轻轻喊一声好像“我的救星！”那样的话，向电幕伸出双臂，接着又双手捧面。很明显，她是在做祷告。

这时，全部在场的人缓慢地、有节奏地、深沉地再三高叫“B—B！……B—B！……B—B！”[①]他们叫得很慢，在第一个B和第二个B之间停顿很久。这种深沉的声音令人奇怪地有一种野蛮的味道，你仿佛听到了赤脚的踩踏和铜鼓的敲打。他们这样大约喊了三十秒钟。这种有节奏的叫喊在感情冲动压倒一切的时候是常常会听到的。这一部分是对老大哥的英明伟大的赞美，但更多的是一种自我催眠，有意识地用有节奏的闹声来麻痹自己的意识。温斯顿心里感到一阵凉。在两分钟的仇恨中，他无法不同大家一起梦呓乱语，但是这种野兽般的“B—B！……B—B！”的叫喊总使他充满了恐惧。当然，他也和大家一起高喊：不那么做是办不到的。掩饰你真实的感情，控制你脸部的表情，大家做什么你就做什么，这是一种本能的反应。但是有那么一两秒钟的时间里，他的眼睛里的神色很可能暴露了他自己。正好是在这一刹那，那件有意义的事情发生了——

① 英语“老大哥”Big Brother两字的第一个字母。

如果说那件事情真的发生了的话。

原来在瞬息间他同奥勃良忽然眼光相遇。奥勃良这时已经站了起来。他摘下了眼镜，正要用他一贯的姿态把眼镜放到鼻梁上去。就在这一刹那，他们两人的眼光相遇了，在这相遇时刻，温斯顿知道——是啊，他知道！——奥勃良心里想的同他自己一样。他们两人之间交换了一个无可置疑的信息。好像他们两人的心打了开来，各人的思想通过眼光而流到了对方的心里。“我同你一致。”奥勃良似乎这样对他说。“我完全知道你的想法。你的蔑视、仇恨、厌恶，我全都知道，不过别害怕，我站在你的一边！”但是领悟的神情一闪即逝，奥勃良的脸又像别人的脸一样莫测高深了。

情况就是这样，他已经在开始怀疑，是不是真的发生过这样的情况，这种事情是从来不会有后继的，唯一结果不过是在他的心中保持这样的信念，或者说希望：除了他自己以外也有别人是党的敌人。也许，说什么普遍存在着地下阴谋的谣言是确实的也说不定，也许真的有兄弟团的存在！尽管有不断的逮捕、招供和处决，仍不可能有把握地说，兄弟团不只是个谣言而已。他有时相信，有时不相信。没有任何证据，只是一些过眼即逝的现象，可能有意义也可能没有意义：一鳞半爪偶然听来的谈话，厕所墙上的隐隐约约的涂抹——甚至有一次两个素不相识的人相遇时手中一个小动作使人觉得好像他们是在打暗号。这都是瞎猜：很可能这一切都是他瞎想出来的。他对奥勃良不再看一眼就回到他的小办公室去了。他一点也没有想到要追踪他们刚才这短暂的接触。即使他知道应该怎么办，这样做的危险也是无法想象的。他们不过是在一秒钟、两秒钟里交换了明白的眼光，事情就到此为止了。但是即使这样，在这样自我隔绝的孤独的生活环境中，这也是一件意义重大的事。

温斯顿挺直腰板，坐了起来。他打了一个嗝。杜松子酒的劲头儿从他肚子里升了起来。

他的眼光又回到本子上。他发现他在无可奈何地坐着胡思乱想的时候，他也一直在写东西，好像是自发的动作一样。而且笔迹也不是原来的那样歪歪斜斜的笨拙笔迹了。他的笔在光滑的纸面上龙飞凤舞，用整齐的大写字母写着——

打倒老大哥
打倒老大哥
打倒老大哥
打倒老大哥
打倒老大哥

一遍又一遍地写满了半页纸。

他禁不住感到一阵恐慌。其实并无必要，因为写这些具体的字并不比开始写日记这一行为更加危险；但是有一阵子他真想把这些涂抹了的纸页撕了下来，就此做罢。

但是他没有这样做，因为他知道这没有用。不论他是写了打倒老大哥，还是他没有写，并没有什么不同。不论他是继续写日记，还是他没有继续写，也没有什么不同。思想警察还是会逮到他的。他已经犯了——即使他没有用笔写在纸上，也还是犯了的——包含一切其他罪行的根本大罪。这叫作思想罪。思想罪可不是能长期隐匿的。你可能暂时能躲避一阵，甚至躲避几年，但他们迟早一定会逮到你。

总是在夜里——逮捕总是在夜里进行的。突然在睡梦中惊醒，一只粗手捏着你的肩膀，灯光直射你的眼睛，床边围着一圈凶狠的脸孔。在绝大多数情况下不举行审讯，不报道逮捕消息，人就是这么销声匿迹了，而且总是在夜里。你的名字从登记册上除掉了，你做过的一切事情的记录都除掉了，你的一度存在也给否定了，接着被遗忘了。你被取消，消灭了：通常用的字眼是化为乌有。

他忽然像神经病发作一样，开始匆忙地乱涂乱画起来：

他们会枪毙我我不在乎他们会在我后脑勺打一枪我不在乎打倒老大哥他们总是在后脑勺给你一枪我不在乎打倒老大哥——

他在椅子上往后一靠，有点为自己感到难为情，他放下了笔。接着他又胡乱地写起来。这时外面传来一下敲门声。

已经来了！他像只耗子似的坐着不动，满心希望不论是谁敲门，敲了一下就会走开。但是没有，门又敲了一下。迟迟不去开门是最糟糕的事情。他的心怦怦地几乎要跳出来，但是他的脸大概是出于长期的习惯却毫无表情。他站了起来，脚步沉重地向门走去。

第二章

温斯顿的手刚摸到门把就看到他的日记放在桌上没有合上。上面尽是写着打倒老大哥，字体之大，从房间另一头都能看得很清楚。想不到怎么会这样蠢。但是，即使在慌里慌张之中他也意识到，他不愿在墨迹未干之前就合上本子弄污乳白的纸张。

他咬紧了牙关，打开了门。顿时全身感到一股暖流，心中一块大石头落了地。站在门外的是一个面容苍白憔悴的女人，头发稀疏，满脸皱纹。

“哦，同志，”她开始用一种疲倦的、带点呻吟的嗓子说，“我说我听到了你进门的声音。你是不是能够过来帮我看一看我家厨房里的水池子？他好像堵塞了——”

她是派逊斯太太，同一层楼一个邻居的妻子。（“太太”这个称呼，党内是有点不赞成用的，随便谁，你都得叫“同志”，但是对于有些妇女，你会不自觉地叫她们“太太”的。）她年约三十，但外表却要老得多。你有这样的印象，好像她脸上的皱纹里嵌积着尘埃。温斯顿跟着她向过道另一头走去。这种业余修理工作几乎每天都有，使人讨厌。胜利大厦是所老房子，大约在1930年左右修建的，现在快要倒塌了。天花板上和墙上的灰泥不断地掉下来，每次霜冻，水管总是冻裂，一下雪屋顶就漏，暖气如果不是由于节约而完全关闭，一般也只烧得半死不活。修理工作除非你自己能动手，否则必须得到某个高高在上的委员会的同意，而这种委员会很可能拖上一两年不来理你，哪怕是要修一扇玻璃窗。

“正好托姆不在家。”派逊斯太太含含糊糊地说。

派逊斯家的房子比温斯顿的大一些，另有一种阴暗的气氛。什么东西都有一种挤瘪打烂的样子，好像这地方刚才来过了一头乱跳乱蹦的巨兽一样。地板上到处是体育用品——曲棍球棍、拳击手套、破足球、一条有汗迹的短裤向外翻着，桌子上是一堆脏碗碟和折了角的练习本。墙上是青年团和少年侦察队的红旗和一幅巨大的老大哥画像。房间里同整所房子一样，有一股必不可少的熬白菜味儿，但又夹着一股更刺鼻的汗臭味儿，你一闻就知道是这里目前不只是的一个人的汗臭，虽然你说不出为什么一闻就知道。在另一间屋子里，有人用一只蜂窝和一张擦屁股纸当作喇叭在吹，配合着电幕上还在发出的军乐的调子。

“那是孩子们，”派逊斯太太有点担心地向那扇房门看一眼，“他们今天没有出去。当然啰——”

她有一种话说半句又顿住的习惯。厨房里的水池几乎满得溢了出来，尽是发绿的脏水，比烂白菜味儿还难闻。温斯顿弯下身去检查水管拐弯的接头处。他不愿用手，也不愿弯下身去，因为那样总很容易引起他的咳嗽。派逊斯太太帮不上忙，只在一旁看着。

“当然啰，要是托姆在家，他一下子就能修好的，”她说。“他喜欢干这种事。他的手十分灵巧，托姆就是这样。”

派逊斯是温斯顿在真理部的同事。他是个身体发胖、头脑愚蠢、但在各方面都很活跃的人，充满低能的热情——是属于那种完全不问一个为什么的忠诚的走卒，党依靠他们维持稳定，甚至超过依靠思想警察。他三十五岁，刚刚恋恋不舍地脱离了青年团，在升到青年团以前，他曾不管超龄多少而留在少年侦察队一年。他在部里担任一个低级职务，不需要什么智力，但在另一方面，他却是体育运动委员会和其他一切组织集体远足、自发示威、节约运动等一般志愿活动的委员会的一个领导成员。他会一边抽着烟斗，一边安详地得意地告诉你，过去四年来他每天晚上都出席邻里活动中心站的活动。他走到哪里，一股扑鼻的汗臭就跟到那里。甚至在他走了以后，这股汗臭还留在那里，这成了他生活紧张的无言证明。

"你有钳子吗？"温斯顿说，摸着接头处的螺帽。

"钳子，"派逊斯太太说，马上拿不定主意起来，"我不知道，也许孩子们——"。

孩子们冲进起居室的时候，有一阵脚步声和用蜂窝吹出的喇叭声。派逊斯太太把钳子送来了。温斯顿放掉了脏水，厌恶地把堵住水管的一团头发取掉。他在自来水龙头下把手洗干净，回到另外一间屋子里。

"举起手来！"一个凶恶的声音叫道。

有个面目英俊、外表凶狠的九岁男孩从桌子后面跳了出来，把一支玩具自动手枪对准着他，旁边一个比他大约小两岁的妹妹也用一根木棍对着他，他们两人都穿着蓝短裤、灰衬衫，戴着红领巾，这是少年侦察队的制服。温斯顿把手举过脑袋，心神不安，因为那个男孩的表情凶狠，好像不完全是一场游戏。

"你是叛徒！"那男孩叫嚷道，"你是思想犯！你是欧亚国的特务！我要枪毙你，我要灭绝你，我要送你去开盐矿！"

他们两人突然在他身边跳着，叫着："叛徒！""思想犯！"那个小女孩的每一个动作都跟着她哥哥学。有点令人害怕的是，他们好像两只小虎犊，很快就会长成吃人的猛兽。那个男孩目露凶光，显然有着要打倒和踢倒温斯顿的欲望，而且他也意识到自己体格几乎已经长得够大，可以这么做了。温斯顿想，幸亏他手中的手枪不是真的。

派逊斯太太的眼光不安地从温斯顿转到了孩子们那里，又转了过来。起居室光线较好，他很高兴地发现她脸上的皱纹里真的有尘埃。

“他们真胡闹，”她说，“他们不能去看绞刑很失望，所以才这么闹。我太忙，没空带他们去，托姆下班来不及。”

“我们为什么不能去看绞刑？”那个男孩声若洪钟地问。

“要看绞刑！要看绞刑！”那个小女孩叫道，同时仍在蹦跳着。

温斯顿记了起来，有几个犯了战争罪行的欧亚国俘虏这天晚上要在公园里处以绞刑。这种事情一个月发生一次，是大家都爱看的。孩子们总是吵着要带他们去看。他向派逊斯太太告别，朝门口走去，但是他在外面过道上还没有走上六步，就有人用什么东西在他脖子后面痛痛地揍了一下。好像有条烧红的铁丝刺进了他的肉里。他跳起来转过身去，只见派逊斯太太在把她的儿子拖到屋里去，那个男孩正在把弹弓放进兜里去。

关门的时候，那个男孩还在叫“果尔德施坦因！”但是最使温斯顿惊奇的，还是那个女人发灰的脸上的无可奈何的恐惧。

他回到自己屋子里以后，很快地走过电幕，在桌边重新坐下来，一边还摸着脖子。电幕上的音乐停止了。一个干脆利落的军人的嗓子，在津津有味地朗读一篇关于刚刚在冰岛和法罗群岛之间停泊的新式水上堡垒的武器装备的描述。

他心中想，有这样的孩子，那个可怜的女人的日子一定过得够呛。再过一两年，他们就要日日夜夜地监视着她，看她有没有思想不纯的迹象。如今时世，几乎所有的孩子都够呛。最糟糕的是，通过像少年侦察队这样的组织，把他们有计划地变成了无法驾驭的小野人，但是这却不会在他们中间产生任何反对党的控制的倾向。相反，他们崇拜党和党的一切。唱歌、游行、旗帜、远足、木枪操练、高呼口号、崇拜老大哥——所有这一切对他们来说都是非常好玩的事。他们的全部凶残本性都发泄了出来，用在国家公敌，用在外国人、叛徒、破坏分子、思想犯身上了。三十岁以上的人惧怕自己的孩子几乎是很普遍的事。这也不无理由。因为每星期《泰晤士报》总有一条消息报道有个偷听父母讲话的小密探——一般都称为“小英雄”——偷听到父母的一些见不得人的话，向思想警察做了揭发。

弹弓的痛楚已经消退了。他并不太热心地拿起了笔，不知道还有什么话要写在日记里。突然，他又想起了奥勃良。

几年以前——多少年了？大概有七年了——他曾经做过一个梦，梦见自己在一间漆黑的屋子中走过。他走过的时候，一个坐在旁边的人说：“我们将在没有黑暗的地方相见。”这话是静静地说的，几乎是随便说的——是说明，不是命令。他继续往前走，没有停步。奇怪的是，在当时，在梦中，这话没有给他留下很深的印象。只有到了后来这话才逐渐有了意义。他现在已经记不得他第一次见到奥勃良是在做梦之前还是做梦之后；他也记不得他什么时候忽然认出这说话的声音是奥勃良的声音。不过反正他认出来了，在黑暗中同他说话的是奥勃良。

温斯顿一直没有办法确定——即使今天上午两人目光一闪之后也仍没有办法确定——奥勃良究竟是友是敌。其实这也无关紧要。他们两人之间的相互了解比友情或交情更加重要。反正他说过，“我们将在没有黑暗的地方相见。”温斯顿不明白这是什么意思，他只知道不管怎么样，这一定会实现。

电幕上的声音停了下来。沉浊的空气中响了一声清脆动听的喇叭。那声音又继续刺耳地说：

“注意！请注意！现在我们收到马拉巴前线的急电。我军在南印度赢得了光辉的胜利。我授权宣布，由于我们现在所报道的胜利，战争结束可能为期不远。急电如下——”

温斯顿想，坏消息来了。果然，在血淋淋地描述了一番消灭一支欧亚国的军队，报告了大量杀、伤、俘虏的数字以后，宣布从下星期起，巧克力的定量供应从三十克减少到二十克。

温斯顿又打了一个嗝，杜松子酒的效果已经消失了，只留下一种泄气的感觉。电幕也许是为了要庆祝胜利，也许是为了要冲淡巧克力供应减少的记忆，播放了《大洋国啊，这是为了你》。照理应该立正，但是在目前的情况下，别人是瞧不见他的。

《大洋国啊，这是为了你》放完以后是轻音乐。温斯顿走到窗口，背对着电幕。天气仍旧寒冷晴朗。远处什么地方爆炸了一枚火箭弹，炸声沉闷震耳。目前这种火箭弹在伦敦一星期掉下大约二三十枚。

在下面街道上，寒风吹刮着那张撕破的招贴画，“英社”两字时显时隐。英社，英社的神圣原则。新话，双重思想，变化无常的过去。他觉得自己好像在海底森林中流浪一样，迷失在一个恶魔的世界中，而自己就是其中的一个恶魔。他孤身一人。过去已经死亡，未来无法想象。他有什么把握能够知道有一个活人是站在他的一边呢？他有什么办法知道党的统治不会永远维持下去呢？真理部白色墙面上的三句口号引起了他的注意，仿佛是给他的答复一样：

战争即和平
自由即奴役
无知即力量

他从口袋里掏出一枚二角五分的钱币来。在这枚钱币上也有清楚的小字铸着这三句口号，另一面是老大哥的头像。甚至在这钱币上，他的眼光也盯着你不放。不论在钱币上、邮票上、书籍的封面上、旗帜上、招贴画上、香烟匣上——到处都有。他的眼光总是盯着你，声音总是在你的耳边响着。不论是睡着还是醒着，在工作还是在吃饭。在室内还是在户外，在澡盆里还是在床上——没有躲避的地方。除了你脑壳里的几个立方厘米以外，没有东西是属于你自己的。

太阳已经偏斜，真理部的无数窗口由于没有阳光照射，看上去像一个堡垒的枪眼一样阴森可怕。在这庞大的金字塔般的形状前面，他的心感到一阵畏缩。太坚固了，无法攻打。一千枚火箭弹也毁不了他。他又开始想，究竟是在为谁写日记。为未来，为过去——为一个可能出于想象幻觉的时代。而在他的面前等待着的不是死而是消灭。日记会化为灰烬，他自己会化为乌有。只有思想警察会读他写的东西，然后把他从存在中和记忆中除掉。你自己，甚至在一张纸上写的一句匿名的话尚且没有痕迹存留，你怎么能够向未来呼吁呢?

电幕上的钟敲了十四下。他在十分钟内必须离开。他得在十四点三十分回去上班。

奇怪的是，钟声似乎给他打了气。他是个孤独的鬼魂，说了一句没有人会听到的真话。但是只要他说出来了，不知怎么的，连续性就没有打断。不是由于你的话有人听到了，而是由于你保持清醒的理智，你就继承了人类的传统。他回到桌边，蘸了一下笔，又写道：

> 千篇一律的时代，孤独的时代，老大哥的时代，双重思想的时代，向未来，向过去，向一个思想自由、人们各不相同、但并不孤独生活的时代——向一个真理存在、做过的事不能抹掉的时代致敬！

他想，他已经死了。他觉得只有到现在，当他开始能够把他的思想理出头绪的时候，他才采取了决定性的步骤。一切行动的后果都包括在行动本身里面。他写道：

> 思想罪不会带来死亡：思想罪本身就是死亡。

现在他既然认识到自己是已死的人，那么尽量长久地活着就是一件重要的事。他右手的两只手指沾了墨水迹。就是这样的小事情也可能暴露你。部里某一个爱管闲事的热心人（可能是个女人；像那个淡茶色头发的小女人或者小说部里的那个黑头发姑娘那样的人）可能开始怀疑，他为什么在中午吃饭的时候写东西，为什么他用老式钢笔，他在写些什么——然后在有关方面露个暗示。他到浴室里用一块粗糙的深褐色肥皂小心地洗去了墨迹，这种肥皂擦在皮肤上像砂纸一样，因此用在这个目的上很合适。

他把日记收在抽屉里。要想把它藏起来是没有用的，但是他至少要明确地知道，它的存在是否被发现了。夹一根头发太明显了。于是他用手指尖蘸起一粒看不出的白色尘土来，放在日记本的封面上，如果有人挪动这个本子，这粒尘土一定会掉下来的。

第三章

温斯顿梦见了他的母亲。

他想，他母亲失踪的时候他大概是十岁，或者十一岁。她是个体格高大健美，但是沉默寡言的妇女，动作缓慢，一头浓密的金发。至于他的父亲，他的记忆更淡薄了，只模糊地记得是个瘦瘦黑黑的人，总是穿着一身整齐的深色衣服（温斯顿特别记得他父亲鞋跟特别薄），戴一副眼镜。他们两人显然一定是在五十年代第一批大清洗的时候被吞噬掉的。

现在他母亲坐在他下面很深的一个地方，怀里抱着他的妹妹。他一点也记不得他的妹妹了，只记得她是个纤弱的小婴孩，有一双留心注意的大眼睛，总是一声不响。她们两人都抬头看着他。她们是在下面地下的一个地方——比如说在一个井底里，或者在一个很深很深的坟墓里——但是这个地方虽然在他下面很深的地方，却还在下沉。她们是在一艘沉船的客厅里，通过越来越发黑的海水抬头看着他。客厅里仍有些空气，她们仍旧能看见他，他也仍旧能看见她们，但是她们一直在往下沉，下沉到绿色的海水中，再过一会儿就会把她们永远淹没不见了。他在光亮和空气中，她们却被吸下去死掉，她们所以在下面是因为他在上面。他知道这个原因，她们也知道这个原因，他可以从她们的脸上看到她们是知道的。她们的脸上或心里都没有责备的意思，只是知道，为了使他能够活下去，她们必须死去，而这就是事情不可避免的规律。

他记不得发生了什么，但是他在梦中知道，在一定意义上来说，他的母亲和妹妹为了他牺牲了自己的性命。这是这样的一种梦，他保持了梦境的特点，但也是一个人的精神生活的继续，在这样的梦中，你碰到的一些事实和念头，醒来时仍觉得新鲜、有价值。现在温斯顿突然想起，快三十年以前他母亲的死是那么悲惨可哀，这样的死法如今已不再可能了。他认为，悲剧是属于古代的事，是属于仍旧有私生活、爱情和友谊的时代的事，在那个时代里，一家人都相互支援，不用问个为什么。他对母亲的记忆使他感到心痛难受，因为她为爱他而死去，而他当时却年幼、自私，不知怎样用爱来报答，因为不知怎么样——他不记得具体情况了——她为了一种内心的、不可改变的忠贞概念而牺牲了自己。他明白，这样的事情今天不会发生了。今天有的是恐惧、仇恨、痛苦，却没有感情的尊严，没有深切的或复杂的悲痛。所有这一切，他似乎从他母亲和妹妹的大眼睛中看到了，她们从绿色的深水中抬头向他看着，已经有几英寸深了，却还在往下沉。

突然他站在一片短短的松软的草地上，那是个夏天的黄昏，西斜的阳光把地染成一片金黄色。他这时看到的景色时常在他的梦境中出现，因此一直没有充分把握，在实际世界中有没有见过。他醒来的时候想到这个地方时就叫他黄金乡。这是一片古老的、被兔子啃掉的草地，中间有一条足迹踩踏出来的小径，到处有田鼠打的洞。在草地那边的灌木丛中，榆树枝在微风中轻轻摇晃，簇簇树叶微微颤动，好像女人的头发一样。手边近处，虽然没有看见，却有一条清澈的缓慢的溪流，有小鲤鱼在柳树下的水潭中游弋。

那个黑发姑娘从田野那头向他走来，她好像一下子就脱掉了衣服，不屑地把他们扔在一边。她的身体白皙光滑，但引不起他的性欲；说真的，他看也不看她。这个时候他压倒性的感情是钦佩她扔掉衣服的姿态。她用这种优雅的、毫不在乎的姿态，似乎把整个文化、整个思想制度都消灭掉了，好像老大哥、党、思想警察可以这么胳膊一挥就一扫而空似的。这个姿态也是属于古代的。温斯顿嘴唇上挂着“莎士比亚”这个名字醒了过来。

原来这时电幕上发出一阵刺耳的笛子声，单调地持续了约三十秒钟。时间是七点十五分，是办公室工作人员起床的时候。温斯顿勉强起了床——全身赤裸，因为外围党员一年只有三千张布票，而一套睡衣裤却要六百张——他从椅子上拎过一件发黄的汗背心和一条短裤衩。体操在三分钟内就要开始。这时他忽然剧烈地咳嗽起来，他每次醒来几乎总是要咳嗽大发作的，咳得他伸不直腰，一直咳得把肺腔都咳清了，在床上躺了一会儿，深深地喘几口气以后，才能恢复呼吸。这时他咳得青筋毕露，静脉曲张的地方又痒了起来。

“三十岁到四十岁的一组！”一个刺耳的女人声音叫道，“三十岁到四十岁的一组！请你们站好。三十岁到四十岁的！”

温斯顿连忙跳到电幕前站好，电幕上出现了一个年轻妇女的形象，虽然骨瘦如柴，可是肌肉发达，她穿着一身运动衣裤和球鞋。

“屈伸胳膊！”她叫道，“跟着我一起做。一、二、三、四！一、二、三、四同志们，拿出精神来！一、二、三、四！一、二、三、四……”

咳嗽发作所引起的肺部剧痛还没有驱散温斯顿的梦境在他心中留下的印象，有节奏的体操动作却反而有点恢复了这种印象。他一边机械地把胳膊一屈一伸，脸上挂着做体操时所必须挂着的高兴笑容，一边拼命回想他幼年时代的模糊记忆。这很困难。五十年代初期以前的事，一切都淡忘了。没有具体的记录可以参考，甚至你自己生平的轮廓也模糊不清了。你记得重大的事件，但这种事件很可能根本没有发生过，你记得有些事件的详情细节，却不能重新体会到当时的气氛，还有一些很长的空白时期，你记不起发生了什么。当时什么情况都与现在不同。甚至国家的名字、地图上的形状都与现在不同。例如，一号空降场当时并不叫这个名字：当时他叫英格兰，或者不列颠，不过伦敦则一直叫伦敦，这一点他是相当有把握的。

温斯顿不能肯定地记得有什么时候他们国家不是在打仗的，不过很明显，在他的童年时代曾经有一个相当长的和平时期，因为他有一个早期的记忆是：有一次发生空袭似乎叫大家都吃了一惊。也许那就是原子弹扔在科尔彻斯特那一次。空袭本身，他已记不得了，可是他确记得他的父亲抓住他自己的手，一起急急忙忙往下走，往下走，绕着他脚底下的那条螺旋形扶梯到地底下去，一直走到他双腿酸软，开始哭闹，他们才停下来休息。他的母亲像梦游一般行动迟缓，远远地跟在后面。她抱着他的小妹妹——也很可能抱的是几条毯子；因为他记不清那时他的妹妹生下来了没有。最后他们到了一个人声喧哗、拥挤不堪的地方，原来是个地铁车站。

在石板铺的地上到处都坐满了人，双层铁铺上也坐满了人，一个高过一个。温斯顿和他的父母亲在地上找到了一个地方，在他们近旁有一个老头儿和老太太并肩坐在一张铁铺上。那个老头儿穿着一身很不错的深色衣服，后脑勺戴着一顶黑布帽，露出一头白发；他的脸涨得通红，蓝色的眼睛里盈满泪水。他发出一阵酒气，好像代替汗水从皮肤中排泄出来一般，使人感到他眼睛里涌出来的也是酒。不过他虽然有点醉了，却的确有着不能忍受的悲痛。温斯顿幼稚的心灵里感到，一定有件什么可怕的事情，有件不能原谅、也永远无可挽回的事情，在他身上发生了。他也似乎觉得他知道这是件什么事情。那个老头儿心爱的人，也许是个小孙女，被炸死了。那个老头儿每隔几分钟就唠叨着说：

“我们不应该相信他们的。我是这么说的，孩子他妈，是不是？这就是相信他们的结果。我一直是这么说的。我们不应该相信那些窝囊废的。”

可是他们究竟不应该相信哪些窝囊废，温斯顿却记不起来了。

从那一次以后，战争几乎连绵不断，不过严格地来说，并不是同一场战争。在他童年的时候，曾经有几个月之久，伦敦发生了混乱的巷战，有些巷战他还清晰地记得。但是要记清楚整个时期的历史，要说清楚在某一次谁同谁打仗，却是完全办不到的，因为除了现在那个同盟以外，没有书面的记录，也没有明白的言语，曾经提到过有另外的同盟。例如，在目前，即一九八四年（如果是一九八四年的话），大洋国在同欧亚国打仗而与东亚国结盟。但是不论在公开的或私下的谈话中都没有承认过这三大国曾经有过不同的结盟关系。事实上，温斯顿也很清楚，就在四年之前，大洋国就同东亚国打过仗，而同欧亚国结过盟。但是这不过是他由于记忆控制不严而偶然保留下来的一鳞半爪的知识而已。从官方来说，盟友关系从来没有发生过转变。既然大洋国在同欧亚国打仗，他就是一直在同欧亚国打仗。当前的敌人总是代表着绝对邪恶的势力，因此不论是过去或者未来，都不会同他有什么一致的可能。

他一边把肩膀尽量地往后挺（把手托在屁股上，从腰部以上回旋着上身，据说这种体操对背部肌肉有好处），一边想——这样想几乎已有上千次，上万次了——可怕的是，这可能确实如此。如果党能够插手到过去之中，说这件事或那件事从来没有发生过，那么这肯定比仅仅拷打或者死亡更加可怕。

党说大洋国从来没有同欧亚国结过盟。他，温斯顿·史密斯知道大洋国近在四年之前还曾经同欧亚国结过盟。但是这种知识存在于什么地方呢？只存在于他自己的意识之中，而他的意识反正很快就要被消灭的。如果别人都相信党说的谎话——如果所有记录都这么说——那么这个谎言就将载入历史而成为真理。党的一句口号说："谁控制过去就控制未来；谁控制现在就控制过去。"虽然从其性质来说，过去是可以改变的，但是却从来没有改变过。凡是现在是正确的东西，永远也是正确的。这很简单。所需要的只是一而再再而三，无休无止地克服你自己的记忆。他们把这叫作"现实控制"；用新话来说是"双重思想"。

"稍息！"女教练喊道，口气稍为温和了一些。

温斯顿放下胳膊，慢慢地吸了一口气。他的思想滑到了双重思想的迷宫世界里去了。知与不知，知道全部真实情况而却扯一些滴水不漏的谎话，同时持两种互相抵消的观点，明知他们互相矛盾而仍都相信，用逻辑来反逻辑，一边表示拥护道德一边又否定道德，一边相信民主是办不到的一边又相信党是民主的捍卫者，忘掉一切必须忘掉的东西而又在需要的时候想起他来，然后又马上忘掉他，而尤其是，把这样的做法应用到做法本身上面——这可谓绝妙透顶了：有意识地进入无意识，而后又并不意识到你刚才完成的催眠。即使要了解“双重思想”的含义你也得使用双重思想。

女教练又叫他们立正了。“现在看谁能碰到脚趾！”她热情地说，“从腰部向下弯，同志们，请开始。一——二！一——二……”

温斯顿最恨这一节体操，因为这使他从脚裸到屁股都感到一阵剧痛，最后常常又引起咳嗽的发作。他原来在沉思中感到的一点点乐趣已化为乌有。他觉得，过去不但被改变了，而且被实际毁掉了。因为，如果除了你自己的记忆以外不存在任何记录，那你怎么能够确定哪怕是最明显的事实呢？他想回想一下从哪一年开始他第一次听到老大哥的名字的。他想这大概是在六十年代，但是无法确定。当然，在党史里，老大哥是从建党开始时起就一直是革命的领导人和捍卫者的。他的业绩在时间上已逐步往回推溯，一直推到四十年代和三十年代那个传奇般的年代，那时资本家们仍旧戴着他们奇形怪状的高礼帽、坐在锃亮的大汽车里或者两边镶着玻璃窗的马车里驶过伦敦的街道。无法知道，这种传说有几分是真，几分是假。温斯顿甚至记不起党的具体生日。他觉得在1960年以前没有听到过英社一词，但也很可能，这一词在老话中——即“英国社会主义”——可能在此以前就流行了。一切都融化在迷雾之中。说真的，有的时候你可以明确指出什么话是谎话。比如，党史中说，飞机是党发明的，这并不正确。他从小起就记得飞机。但是你无法证明。什么证据都从来没有过。他一生之中只有一次掌握了无可置疑的证据，可以证实有一个历史事实是伪造的。而那一次——

“史密斯！”电幕上尖声叫道，“6079号的温·史密斯！是的，就是你！再弯得低一些！你完全做得到。你没有尽你的力量。低一些！这样好多了，同志。现在全队稍息，看我的。”

温斯顿全身汗珠直冒。他的脸部表情仍令人莫测究竟。可千万不能露出不快的神色！千万不能露出不满的神色！眼光一闪，就会暴露你自己。他站着看那女教练把胳臂举起来——谈不上姿态优美，可是相当干净利落——弯下身来，手指尖碰到了脚趾。

“这样，同志们，我要看到你们都这样做。再看我来一遍。我已三十九岁了，有四个孩子。可是瞧！”她又弯下身去，“你们看到，我的膝盖没有弯曲。你们只要有决心都能做到，”她一边说一边伸起腰来。“四十五岁以下的人都能碰到脚趾。咱们并不是人人都有机会到前线去作战，可是至少可以做到保持身体健康。请记住咱们在马拉巴前线的弟兄们！水上堡垒上的水兵们！想一想，他们得经受什么艰苦的考验。现在再来一次。好多了，同志，好多了。”她看到温斯顿猛地向前弯下腰来，膝盖挺直不屈，终于碰到了脚趾，就鼓励地说。这是他多年来的第一次。

第四章

温斯顿不自觉地深深地叹了一口气，把听写器拉了过来，吹掉话筒上的尘土，戴上了眼镜。即使电幕近在旁边，也阻止不了他在每天开始工作的时候叹这口气。接着他把已经从办公桌右边气力输送管中送出来的四小卷纸打了开来，夹在一起。

在他的小办公室的墙上有三个口子。听写器右边的一个小口是送书面指示的气力输送管；左边大一些的口子是送报纸的；旁边墙上温斯顿伸手可及的地方有一个椭圆形的大口子，上面蒙着铁丝网，这是供处理废纸用的。整个大楼里到处都有这样的口子，为数成千上万，不仅每间屋子里都有，而且每条过道上相隔不远就有一个。这种口子外号叫忘怀洞。这样叫不无理由。凡是你想起有什么文件应该销毁，甚至你看到什么地方有一张废纸的时候，你就会顺手掀起近旁忘怀洞的盖子，把那文件或废纸丢进去，让一股暖和的气流把他吹卷到大楼下面不知什么地方的大锅炉中去烧掉。

温斯顿看了一下他打开的四张纸条。每张纸条上都写着一两行字的指示，用的是部里内部使用的缩写——不完全是新话，不过大部分是新话的词汇构成的。他们是：

泰晤士报17.3.84　老大讲话误报非洲核正

泰晤士报19.12.83　预测三年计划83年四季度排错核正近期

泰晤士报14.2.84　富部误引巧克力核正

泰晤士报3.12.83　报道老大命令双加不好提到非人全部重写存档前上交

温斯顿把第四项指示放在一旁，心中有一种隐隐的得意感觉。这是一件很复杂的工作，最好放到最后处理。其他三件都是例行公事，尽管第二件可能需要查阅一系列数字，有些枯燥单调。

温斯顿在电幕上拔了“过期报刊”号码，要了有关各天的《泰晤士报》，过几分钟气力输送管就送了出来。他接到的指示提到一些为了这个或那个原因必须修改——或者用官方的话来说——必须核正的文章或新闻。例如，三月十七日的《泰晤士报》报道，老大哥在前一天的讲话中预言南印度前线将平静无事，欧亚国不久将在北非发动攻势。结果却是，欧亚国最高统帅部在南印度发动了攻势，没有去碰北非。因此有必要改写老大哥讲话中的一段话，使他的预言符合实际情况。又如十二月十九日的《泰晤士报》发表了1983年第四季度——也是第九个三年计划的六季度——各类消费品产量的官方估计数字。今天的《泰晤士报》刊载了实际产量，对比之下，原来的估计每一项都错得厉害。温斯顿的工作就是核正原先的数字，使他们与后来的数字相符。至于第三项指示，指的是一个很简单的错误，几分钟就可以改正。近在二月间，富裕部许下诺言（官方的话是“明确保证”）在一九八四年内不再降低巧克力的定量供应。而事实上，温斯顿也知道，在本星期末开始，巧克力的定量供应要从三十克降到二十克。温斯顿需要作的，只是把一句提醒大家可能需要在四月间降低定量供应的话来代替原来的诺言就行了。

温斯顿每处理一项指示后，就把听写器写好的更正夹在有关的那天《泰晤士报》上，送进了气力输送管。然后他把原来的指示和他做的笔记都捏成一团，丢在忘怀洞里去让火焰吞噬。他把这个动作做得尽可能的自然。

这些气力输送管最后通到哪里，可以说是一个看不见的迷宫，里面究竟情况如何，他并不具体了解，不过一般情况他是了解的。不论哪一天的《泰晤士报》，凡是需要更正的材料收齐核对以后，那一天的报纸就要重印，原来的报纸就要销毁，把改正后的报纸存档。这种不断修改的工作不仅适用于报纸，也适用于书籍、期刊、小册子、招贴画、传单、电影、录音带、漫画、照片——凡是可能具有政治意义或思想意义的一切文献书籍都统统适用。每天，每时，每刻，都把过去做了修改，使之符合当前情况。这样，党的每一个预言都有文献证明是正确的。凡是与当前需要不符的任何新闻或任何意见，都不许保留在记录上。全部历史都像一张不断刮干净重写的羊皮纸。这一工作完成以后，无论如何都无法证明曾经发生过伪造历史的事。记录司里最大的一个处——比温斯顿工作的那个处要大得多——里工作人员的工作，就是把凡是内容过时而需销毁的一切书籍、报纸和其他文件统统收回来。由于政治组合的变化，或者老大哥预言的错误，有些天的《泰晤士报》可能已经改写过了十几次，而犹以原来日期存档，也不留原来报纸，也不留其他版本，可证明他不对。书籍也一而再、再而三地收回来重写，重新发行时也从来不承认做过什么修改。甚至温斯顿收到的书面指示——他处理之后无不立即销毁的——也从来没有明言过或暗示过要他干伪造的勾当，说的总是为了保持正确无误，必须纠正一些疏忽、错误、排印错误和引用错误。

不过，他一边改正富裕部的数字一边想，事实上这连伪造都谈不上。这不过是用一个谎话来代替另一个谎话。你所处理的大部分材料与实际世界里的任何东西都没有关系，甚至连赤裸裸的谎言中所具备的那种关系也没有。原来的统计数字固然荒诞不经，改正以后也同样荒诞不经。很多时候都是要你凭空瞎编出来的。比如，富裕部预测本季度鞋子的产量是一亿四千五百万双。至于实际产量提出来的数字，是六千二百万双。但是温斯顿在重新改写预测时把数字减到五千七百万双，以便可以像通常那样声称超额完成了计划。反正，六千二百万并不比五千七百万更接近实际情况，也不比一亿四千五百万更接近实际情况。很可能一双鞋子也没有生产。更可能的是，没有人知道究竟生产了多少双，更没有人关心这件事。你所知道的只是，每个季度在纸面都生产了天文数字的鞋子，但是大洋国里却有近一半的人口打赤脚。每种事实的记录都是这样，不论大小。一切都消隐在一个影子世界里，最后甚至连今年是哪一年都弄不清了。

温斯顿朝大厅那一边望去。在那一边对称的一间小办公室里，一个名叫铁洛逊的外表精明、下颊黧黑的小个子在忙个不停地工作着，膝上放着一卷报纸，嘴巴凑近听写器的话筒。他的神情仿佛是要除了电幕以外不让旁人听到他的话。他抬起头来，眼镜朝温斯顿方向闪了一下敌意的反光。

温斯顿一点也不了解铁洛逊，不知道他究竟在做什么工作。记录司里的人不大愿意谈论他们自己的工作。在这个没有窗户的长长的大厅里，两旁都是一间间小办公室，纸张的窸窣声和对着听写器说话的嗡嗡声连绵不断。有十多个人，温斯顿连姓名也不知道，尽管他每天看到他们忙碌地在走廊里来来往往，或者在两分钟仇恨的时间里挥手跺脚。他知道，在他隔壁的那个小办公室中，那个淡茶色头发的小女人一天到晚忙个不停，做的只是在报纸上查找已经化为乌有、因而认为从来没有存在过的人的姓名，然后把这些人的姓名删去。这事让她来做可说相当合适，因为她自己的丈夫就在两年以前化为乌有了。再过去几间小办公室，有一个名叫安普尔福思的态度温和、窝窝囊囊、神情恍惚的人，耳朵上长着很多的毛，玩弄诗词韵律却令人意想不到地颇具天才，他所从事的工作就是删改一些在思想上有害但为了某种原因仍需保留在诗集上的诗歌——他们称之为定稿本。这个大厅有五十来个工作人员，这还只不过是一个科，可说是整个记录司这个庞大复杂的有机体中的一个细胞。上下左右还有许许多多的工作人员在从事各种各样为数众多无法想象的工作。还有很大的印刷车间，里面有编校排印人员和设备讲究的伪造照片的暗房。还有电视节目处，里面有工程师、制片人、各式各样的演员，他们的特长就是模拟别人的声音。还有大批大批的资料员，他们的工作是开列应予收回的书籍和期刊的清单。还有庞大的存档室存放改正后的文件，隐蔽的锅炉销毁原件。还有不知为什么匿名的、指导的智囊人员，领导全部工作，决定方针政策——过去的这件事应予保留，那件事应予篡改，另外一件又应抹去痕迹。

不过说到底，记录司本身不过是真理部的一个部门，而真理部的主要任务不是改写过去的历史，而是为大洋国的公民提供报纸、电影、教科书、电视节目、戏剧、小说——凡是可以想象得到的一切情报、教育或娱乐，从一个塑像到一句口号，从一首抒情诗到一篇生物学论文，从一本学童拼字书到一本新话词典。真理部不仅要满足党的五花八门的需要，而且也要全部另搞一套低级的东西供无产阶级享用，因此另设一系列不同的部门，负责无产阶级文学、戏剧、音乐和一般的娱乐，出版除了体育运动、凶杀犯罪、天文星象以外没有任何其他内容的无聊报纸，廉价的刺激小说，色情电影，靡靡之音，后者这种歌曲完全是用一种叫作谱曲器的特殊机器用机械的方法谱写出来的。甚至有一科——新话叫色科——专门负责生产最低级的色情文学，密封发出，除了有关工作人员外，任何党员都不得偷看。

在温斯顿工作的时候又有三条指示从气力输送管的口子里送了出来；不过他们都是一些简单的事，他在两分钟仇恨时间打断他的工作之前就把他们处理掉了。仇恨时间结束后，他又回到他的小办公室里，从书架子上取下新话词典，把听写器推到一边，擦了擦眼镜，着手做他这天上午主要的工作。

工作是温斯顿生活中最大的乐趣。他的大部分工作都是单调枯燥的例行公事，但是其中也有一些十分困难复杂的工作，你一钻进去就会忘掉自己，就好像钻进一个复杂的数学问题一样——这是一些细腻微妙的伪造工作，除了你自己对英社原则的理解和你自己对党要你说些什么话的估计以外，没有什么东西可做你的指导。温斯顿擅长于这样一类的工作。有一次甚至要他改正《泰晤士报》完全用新话写的社论。他现在打开他原先放在一边的那份指示。上面是：

泰晤士3.12.83　报道老大命令双加不好提到非人全部重写存档前上交。

用老话（或者标准英语）这可以译为：

1983年12月3日《泰晤士报》报道老大哥命令的消息极为不妥，斟为他提到不存在的人。全部重写，在存档前将你草稿送上级审查。

温斯顿读了一遍这篇有问题的报道。原来老大哥的命令主要是表扬一个叫作FFCC的组织的工作的，该组织的任务是为水上堡垒的水兵供应香烟和其他物品。有个名叫维瑟斯的核心党高级党员受到了特别表扬，并授予他一枚二级特殊勋章。

三个月以后，FFCC突然解散，原因未加说明。可以断定，维瑟斯和他的同事们现在已经失宠了，但是在报上或电幕上对此都没有报道。这是意料中的事，因为对政治犯一般并不经常进行公开审判或者甚至公开谴责的。对成千上万的人进行大清洗，公开审判叛国犯和思想犯，让他们摇尾乞怜地认罪然后加以处决，这样专门摆布出来给大家看，是过一两年才有一遭的事。比较经常的是，干脆让招党不满的人就此失踪，不知下落。谁都不知道，他们究竟遭到了什么下场。有些人可能根本没有死。温斯顿相识的人中，先后失踪的就有大约三十来个人，还不算他们的父母。

温斯顿用一个纸夹子轻轻地擦着他的鼻子。在对面那个小办公室中，铁洛逊同志仍在诡谲地对着听写器说话。他抬了一下头，眼镜上又闪出一丝敌意的反光。温斯顿心里在寻思，铁洛逊在干的工作是不是同他自己的工作一样。这是完全可能的。这样困难的工作是从来不会交给一个人负责的；但另一方面，把这工作交给一个委员会来做，又等于是公开承认要进行伪造。很可能现在有多到十几个人在分别修改老大哥说过的话，将来由核心党内一个大智囊选用其中一个版本，重新加以编辑，再让人进行必要的反复核对，经过这一复杂工序后，最后那个当选的谎言就载入永久记录，成为真理。

温斯顿不知道维瑟斯为什么失宠。也许是由于贪污，也许是由于失职。也许老大哥只是为了要除掉一个太得民心的下级。也许维瑟斯或者他亲近的某个人有倾向异端之嫌。也许——这是可能性最大的——只是因为清洗和化为乌有已成了政府运转的一个必要组成部分，所以就发生了这件事。唯一真正的线索在于“提到非人”几个字，这表明维瑟斯已经死了。并不是凡是有人被捕，你就可以做出这样的假定。有时他们获释出来，可以继续自由一两年，然后再被处决。也有很偶然的情况，你以为早已死了的人忽然像鬼魂一样出现在一次公开审判会上，他的供词又株连好几百个人，然后再销声匿迹，这次是永远不再出现了。但是，维瑟斯已是一个非人。他并不存在；他从来没有存在过。因此温斯顿决定，仅仅改变老大哥发言的倾向是不够的。最好是把发言内容改为同原来话题完全不相干的事。

他可以把发言内容改为一般常见的对叛国犯和思想犯的谴责，但这有些太明显了，而捏造前线的一场胜利，或者第九个三年计划超额生产的胜利，又会带来太复杂的修改工作。最好是来个纯粹虚构幻想。突然他的脑海里出现了一个叫作奥吉尔维同志的人的形象，好像是现成的一样，这个人最近在作战中英勇牺牲。有的时候老大哥的命令是表扬某个低微的普通党员的，那是因为他认为这个人的生与死是值得别人效仿的榜样。今天他应该表扬奥吉尔维同志。不错，根本没有奥吉尔维同志这样一个人，但是只要印上几行字，伪造几张照片，就可以马上使他存在。

温斯顿想了一会儿，然后把听写器拉了过来，开始用大家听惯了的老大哥腔调口授起来，这个腔调既有军人味道又有学究口气，而且，由于使用先提问题又马上加以回答的手法（“同志们，我们从这个事实中得出什么教训呢？教训——这也是英社的一个基本原则——是……”等等，等等），很容易模仿。

奥吉尔维同志在三岁的时候，除了一面鼓、一挺轻机枪、一架直升机模型以外，其他什么玩具都不要。六岁的时候他参加了少年侦察队，这比一般人要提早一年，对他特殊照顾，放宽规定；九岁担任队长。十一岁时他在偷听到他的叔叔讲了他觉得有罪的话以后向思想警察做了揭发。十七岁时他担任了少年反性同盟的区队长。十九岁时他设计了一种手榴弹，被和平部采用，首次试验时扔了一枚就炸死了三十一个欧亚国战俘。二十三岁时他作战牺牲。当时他携带重要文件在印度洋上空飞行，遭到敌人喷气机追击，他就在身上系了机枪。跳出直升机，带着文件沉入海底——这一结局，老大哥说，不能不使人感到羡慕。老大哥还对奥吉尔维同志一生的纯洁和忠诚又说了几句话。他不沾烟酒，除了每天在健身房做操的一小时以外，没有任何其他文娱活动，立誓过独身生活，认为结婚和照顾家庭与一天二十四小时全部奉公是不相容的。他除了英社原则以外没有别的谈话题目，除了击败欧亚国敌人和搜捕间谍、破坏分子、思想犯、叛国犯以外没有别的生活目的。

温斯顿考虑了很久，要不要授予奥吉尔维同志特殊勋章；最后决定还是不给他，因为这会需要进行不必要的反复核查。

他又看一眼对面小办公室里的那个对手。似乎有什么东西告诉他，铁洛逊一定也在干他同样的工作。没有办法知道究竟谁的版本最后得到采用，但是他深信一定是自己的那个版本。一个小时以前还没有想到过的奥吉尔维同志，如今已成了事实。他觉得很奇怪，你能够创造死人，却不能创造活人。在现实中从来没有存在过的奥吉尔维同志，如今却存在于过去之中，一旦伪造工作被遗忘后，他就会像查理曼大王或者恺撒大帝一样真实地存在，所根据的是同样的证据。

第五章

在地下深处、天花板低低的食堂里，午饭的队伍挪动得很慢。屋子里已经很满了，人声喧哗。柜台上铁窗里面炖菜的蒸气往外直冒，带有一种铁腥的酸味，却盖不过胜利牌杜松子酒的酒气。在屋子的那一头有一个小酒吧，其实只不过是墙上的一个小洞，花一角钱可以在那里买到一大杯杜松子酒。

“正是我要找的人。”温斯顿背后有人说。

他转过身去，原来是他的朋友赛麦，是在研究司工作的。也许确切地说，谈不上是“朋友”。如今时世，没有朋友，只有同志。不过同某一些同志来往，比别的同志愉快一些。赛麦是个语言学家，新话专家。说实在的，他是目前一大批正在编辑新话词典十一版的专家之一。他个子很小，比温斯顿还小，一头黑发，眼睛凸出，带有既悲伤又嘲弄的神色，在他同你说话的时候，他的大眼睛似乎在仔细地探索着你的脸。

“我想问你一下，你有没有刀片？”他说。

“一片也没有！”温斯顿有些心虚似的急忙说，“我到处都问过。他们不再存在了。”

人人都问你要刀片。事实上，他攒了两片没有用过的刀片。几个月来刀片一直缺货。不论什么时候，总有一些必需品，党营商店里无法供应。有时是扣子，有时是线，有时是鞋带；现在是刀片。

你只有偷偷摸摸地到“自由”市上去淘才能搞到一些。

“我这一片已经用了六个星期了。”他不真实地补充一句。队伍又往前进了一步。他们停下来时他又回过头来对着赛麦。他们两人都从柜台边上一堆铁盘中取了一只油腻腻的盘子。

“你昨天没有去看吊死战俘吗？”赛麦问。

“我有工作，”温斯顿冷淡地说，“我想可以从电影上看到吧。”

“这可太差劲儿了。”赛麦说。

他的嘲笑的眼光在温斯顿的脸上转来转去。“我知道你，”他的眼睛似乎在说，“我看穿了你，我很明白，你为什么不去看吊死战俘。”以一个知识分子来说，赛麦思想正统，到了恶毒的程度。他常常会幸灾乐祸得令人厌恶地谈论直升机对敌人村庄的袭击，思想犯的审讯和招供，友爱部地下室里的处决。同他谈话主要是要设法把他从这种话题引开去，尽可能用有关新话的技术问题来套住他，因为他对此有兴趣，也是个权威。温斯顿把脑袋转开去一些，避免他黑色大眼睛的探索。

“吊得很干净利落。”赛麦回忆说，“不过我觉得他们把他们的脚绑了起来，这是美中不足。我喜欢看他们双脚乱蹦乱跳。尤其是，到最后，舌头伸了出来，颜色发青——很青很青。我喜欢看这种小地方。”

“下一个！”穿着白围裙的无产者手中拿着一个勺子叫道。

温斯顿和赛麦把他们的盘子放在铁窗下。那个工人马上给他们的盘子里盛了一份中饭——一盒暗红色的炖菜，一块面包，一小块干酪，一杯无奶的胜利咖啡，一片糖精。

“那边有张空桌，在电幕下面，”赛麦说，“我们顺道带杯酒过去。”

盛酒的缸子没有把。他们穿过人头攒动的屋子到那空桌边。在铁皮桌面上放下盘子，桌子一角有人撒了一摊炖菜，黏糊糊的像呕吐出来的一样。温斯顿拿起酒缸，顿了一下，硬起头皮，咕噜一口吞下了带油味的酒。他眨着眼睛，等泪水流出来以后，发现肚子已经饿了，就开始一匙一匙地吃起炖菜来，炖菜中除了稀糊糊以外，还有一块块软绵绵发红的东西，大概是肉做的。他们把小菜盒中的炖菜吃完以前都没有再说话。温斯顿左边桌上，在他背后不远，有个人在喋喋不休地说话，声音粗哑，仿佛鸭子叫，在屋子里的一片喧哗声中特别刺耳。

“词典进行得怎么样了？”温斯顿大声说，要想盖过室内的喧哗。

“很慢，”赛麦说，“我现在在搞形容词。很有意思。”

一提到新话，他的精神马上就来了。他把菜盒推开，一只细长的手拿起那块面包，另一只手拿起干酪，身子向前俯在桌上，为了不用大声说话。

“第十一版是最后定稿本，”他说，“我们的工作是决定语言的最终形式——也就是大家都只用这种语言说话的时候的形式。我们的工作完成后，像你这样的人就得从头学习。我敢说，你一定以为我们主要的工作是创造新词儿。一点也不对！我们是在消灭老词儿——几十个，几百个地消灭，每天在消灭。我们把语言削减到只剩下骨架。十一版中没有一个词儿在2050年以前会陈旧过时的。”

他狼吞虎咽地啃着他的面包，咽下了几大口，然后又继续说，带着学究式的热情。他的黝黑瘦削的脸庞开始活跃起来，眼光失去了嘲笑的神情，几乎有些梦意了。

“消灭词汇是件很有意思的事情。当然，最大的浪费在于动词和形容词，但是也有好几百个名词也可以不要。不仅是同义词，也包括反义词。说真的，如果一个词不过是另一个词的反面。那有什么理由存在呢？以‘好’为例。如果你有一个‘好’字，为什么还需要‘坏’字？‘不好’就行了——而且还更好，因为这正好是‘好’的反面，而另外一字却不是。再比如，如果你要一个比‘好’更强一些的词儿，为什么要一连串像‘精彩’‘出色’等等含混不清、毫无用处的词儿呢？‘加好’就包含这一切意义了，如果还要强一些，就用‘双加好’‘倍加好’。当然，这些形式，我们现在已经在采用了，但是在新话的最后版本中，就没有别的了。

最后，整个好和坏的概念就只用六个词儿来概括——实际上，只用一个词儿。温斯顿，你是不是觉得这很妙？当然，这原来是老大哥的主意。”他事后补充说。

一听到老大哥，温斯顿的脸上就有一种肃然起敬的神色一闪而过。但是赛麦还是马上察觉到他缺乏一定的热情。

“温斯顿，你并没真正领略到新话的妙处。”他几乎悲哀地说，“哪怕你用新话写作，你仍在用老话思索。我读过几篇你有时为《泰晤士报》写的文章。这些文章写得不错，但他们是翻译。你的心里仍喜欢用老话，尽管他含糊不清，词义变化细微，但没有任何用处。你不理解消灭词汇的妙处。你难道不知道新话是世界上唯一的词汇量逐年减少的语言？”

当然，温斯顿不知道。他不敢说话，但愿自己脸上露出赞同的笑容。赛麦又咬了一口深色的面包，嚼了几下，又继续说：

“你难道不明白，新话的全部目的是要缩小思想的范围？最后我们要使得大家在实际上不可能犯任何思想罪，因为将来没有词汇可以表达。凡是有必要使用的概念，都只有一个词来表达，意义受到严格限制，一切附带含义都被消除忘掉。在十一版中，我们距离这一目标已经不远了。但这一过程在你我死后还需要长期继续下去。词汇逐年减少，意识的范围也就越来越小。当然，即使在现在，也没有理由或借口可以犯思想罪。这仅仅是个自觉问题，现实控制问题。但最终，甚至这样的需要也没有了。语言完善之时，即革命完成之日。新话即英社，英社即新话，”他带着一种神秘的满意神情补充说，“温斯顿，你有没有想到过，最迟到2050年，没有一个活着的人能听懂我们现在的这样谈话？”

“除了——”温斯顿迟疑地说，但又闭上了嘴。

到了他嘴边的话是“除了无产者”，但是他克制住了自己，不完全有把握这句话是不是有些不正统。但是，赛麦已猜到了他要说的话。

“无产者不是人，”他轻率地说，“到2050年，也许还要早些，所有关于老话的实际知识都要消灭。过去的全部文学都要销毁，乔叟、莎士比亚、密尔顿、拜伦——他们只存在于新话的版本中，不只改成了不同的东西，而且改成了同他们原来相反的东西。甚至党的书籍也要改变。甚至口号也要改变。自由的概念也被取消了，你怎么还能叫‘自由即奴役’的口号？届时整个思想气氛就要不同了。事实上，将来不会再有像我们今天所了解的那种思想。正统的意思是不想——不需要想。正统即没有意识。”

温斯顿突然相信，总有一天，赛麦要化为乌有。他太聪明了。他看得太清楚了，说得太直率了。党不喜欢这样的人。有一天他会失踪。这个结果清清楚楚地写在他的脸上。

温斯顿吃完了面包和干酪。他坐在椅中略微侧过身子去喝他的那缸咖啡。坐在他左边桌子的那个嗓子刺耳的人仍在喋喋不休地说着话。一个青年女人大概是他的秘书，背对着温斯顿坐在那里听他说话，对他说的一切话似乎都表示很赞成。温斯顿不时地听到一两句这样的话：“你说得真对，我完全同意你。”这是个年轻但有些愚蠢的女人。但是另外那个人的声音却从来没有停止过，即使那姑娘插话的时候，也仍在喋喋不休。温斯顿认识那个人的脸，但是他只知道他在小说司占有一个重要的职位。他年约三十，喉头发达，嘴皮灵活。他的脑袋向后仰一些。由于他坐着的角度，他的眼镜有反光，使温斯顿只看见两片玻璃，而看不见眼睛。使人感到有些受不了的是，从他嘴里滔滔不绝地发出来的声音中，几乎连一个字也听不清楚。温斯顿只听到过一句话——“完全彻底消灭果尔德施坦因主义”——这话说得很快，好像铸成一行的铅字一样，完整一块。别的就完全是呱呱呱的噪声了。但是，你虽然听不清那个人究竟在说些什么，你还是可以毫无疑问地了解他说的话的一般内容。他可能是在谴责果尔德施坦因，要求对思想犯和破坏分子采取更加严厉的措施。他也可能是在谴责欧亚国军队的暴行，他也可能在歌颂老大哥或者马拉巴前线的英雄——这都没有什么不同。不论他说的是什么，你可以肯定，每一句话都是纯粹正统的，纯粹英社的。温斯顿看着那张没有眼睛的脸上的嘴巴忙个不停在一张一合，心中有一种奇怪的感觉，觉得这不是一个真正的人，而是一种假人。说话的不是那个人的脑子，而是他的喉头。说出来的东西虽然是用词儿组成的，但不是真正的话，而是在无意识状态中发出来的叫声，像鸭子呱呱叫一样。

赛麦这时沉默了一会儿，他拿着汤匙在桌上一摊稀糊糊中划来划去。另一张桌子上的那个人继续飞快地在哇哇说着，尽管室内喧哗，还是可以听见。

“新话中有一个词儿，”赛麦说，“我不知道你是不是知道，叫鸭话，就是像鸭子那样呱呱叫。这种词儿很有意思，他有两个相反的含义。用在对方，这是骂人的；用在你同意的人身上，这是称赞。”

毫无疑问，赛麦是要化为乌有的。温斯顿又想。他这么想时心中不免感到有些悲哀，尽管他明知赛麦瞧不起他，有点不喜欢他，而且完全有可能，只要他认为有理由，就会揭发他是个思想犯。反正，赛麦有什么不对头的地方，究竟什么地方不对头，他也说不上来。赛麦有着他所缺少的一些什么东西：谨慎、超脱、一种可以免于患难的愚蠢。你不能说他是不正统的。他相信英社的原则，他尊敬老大哥，他欢庆胜利，他憎恨异端，不仅出于真心诚意，而且有着一种按捺不住的热情，了解最新的情况，而这是普通党员所得不到的。但是他身上总是有着一种靠不住的样子。他总是说一些最好不说为妙的话，他读书太多，又常常光顾栗树咖啡馆，那是画家和音乐家聚会的地方。并没有法律，哪怕是不成文的法律，禁止你光顾栗树咖啡馆，但是去那个地方还是有点危险的。一些遭到谴责的党的创始领导人在最后被清洗之前常去那个地方。据说，果尔德施坦因本人也曾经去过那里，那是好几年，好几十年以前的事了。赛麦的下场是不难预见的。但是可以肯定的是，只要赛麦发觉他的——温斯顿的——隐藏的思想，哪怕只有三秒钟，他也会马上向思想警察告发的。不过，别人也会一样，但是赛麦尤其会如此。光有热情还不够。正统思想就是没有意识。

赛麦抬起头来。“派逊斯来了。”他说。

他的话声中似乎有这样的意思：“那个可恶的大傻瓜。”派逊斯是温斯顿在胜利大厦的邻居，他真的穿过屋子过来了。他是个胖乎乎的中等身材的人，淡黄的头发，青蛙一样的脸。他今年才三十五岁，脖子上和腰围上就长出一圈圈的肥肉来了，但是他的动作仍很敏捷、孩子气。他的整个外表像个发育过早的小男孩，以致他虽然穿着制服，你仍然不由得觉得他像穿着少年侦察队的蓝短裤、灰衬衫、红领巾一样。你一闭起眼睛来想他，脑海里就出现胖乎乎的膝盖和卷起袖子的又短又粗的胳膊。事实也的确是这样，只要一有机会，比如集体远足或者其他体育活动时，他就总穿上短裤。他愉快地叫着“哈啰，哈啰”向他们两人打招呼。他在桌边坐了下来，马上带来一股强烈的汗臭。他的红红的脸上满挂着汗珠，他出汗的本领特别。在邻里活动中心站，你一看到球拍是湿的，就可以知道刚才他打过乒乓球。赛麦拿出一张纸来，上面有一长列的字，他拿着一支墨水铅笔在看着。

“你瞧他吃饭的时候也在工作，”派逊斯推一推温斯顿说，“工作积极，伙计，你看的是什么？对我这样一个粗人大概太高深了。史密斯，伙计，我告诉你为什么到处找你。你忘记向我缴款了。”

“什么款？”温斯顿问，一边自动地去掏钱。每人的工资约有四分之一得留起来付各种各样的志愿捐献，名目之多，使你很难记清。

“仇恨周的捐献。你知道——按住房分片的。我是咱们这一片的会计。咱们正在做出最大的努力——要作出成绩来。我告诉你，如果胜利大厦挂出来的旗帜不是咱们那条街上最多的，那可不是我的过错。你答应给我两块钱。”

温斯顿找到了两张折皱油污的钞票交给派逊斯，派逊斯用文盲般的整齐字体记在一个小本子上。

“还有，伙计，”他说，“我听说我的那个小叫花子昨天用弹弓打了你。我狠狠地教训了他一顿。我对他说，要是他再那样我就要把弹弓收起来。”

“我想他大概是因为不能去看吊死人而有点不高兴。”温斯顿说。

“啊，是啊——我要说的就是，这表示他动机是好的，是不是？他们两个都是淘气的小叫花子，但是说到态度积极，那就甭提了。整天想的就是少年侦察队和打仗。你知道上星期六我的小女儿到伯克姆斯坦德去远足时干了什么吗？她让另外两个女孩子同她一起偷偷地离开了队伍跟踪一个可疑的人整整一个下午！她们一直跟着他两个小时，穿过树林，到了阿默夏姆后，就把他交给了巡逻队。”

“她们为什么这样？”温斯顿有点吃惊地问。派逊斯继续得意扬扬地说：

“我的孩子肯定他是敌人的特务——比方说，可能是跳伞空降的。但是关键在这里，伙计。你知道是什么东西引起她对他的怀疑的吗？她发现他穿的鞋子很奇怪——她说她从来没有看见过别人穿过这样的鞋子。因此很可能他是个外国人。七岁的孩子，怪聪明的，是不是？”

“那个人后来怎样了？”温斯顿问。

“哦，这个，我当然说不上来。不过，我是不会感到奇怪的，要是——”派逊斯做了一个步枪瞄准的姿态，嘴里咔嚓一声。

“好啊。”赛麦心不在焉地说，仍在看他那小纸条，头也不抬。

“当然我们不能麻痹大意。”温斯顿按照应尽的本分表示同意。

“我的意思是，现在正在打仗呀。”派逊斯说。

好像是为了证实这一点，他们脑袋上方的电幕发出了一阵喇叭声。不过这次不是宣布军事胜利，只是富裕部的一个公告。

“同志们！”一个年轻人的声音兴奋地说，“同志们请注意！我们有个好消息向大家报告。我们赢得了生产战线上的胜利！到现在为止各类消费品产量的数字说明，在过去一年中，生活水平提高了百分之二十以上。今天上午大洋国全国都举行了自发的游行，工人们走出了工厂、办公室，高举旗帜，在街头游行，对老大哥的英明领导为他们带来的幸福新生活表示感谢。根据已完成的统计，一部分数字如下。食品——”

“我们的幸福新生活”一词出现了好几次。这是富裕部最近爱用的话。派逊斯的注意力被喇叭声吸引住了以后，脸上就带着一种一本正经的待相，一种受到启迪时的乏味神情，坐在那里听着。他跟不上具体数字，不过他明白，这些数字反正是应该使人感到满意的。他掏出一根肮脏的大烟斗，里面已经装了一半烧黑了的烟草。烟草定量供应一星期只有一百克，要装满烟斗没什么可能。温斯顿在吸胜利牌香烟，他小心地横着拿在手里。下一份定量供应要到明天才能买，而他只剩下四支烟了。这时他不去听远处的闹声，专心听电幕上发出的声音。看来，甚至有人游行感谢老大哥把巧克力的定量提高到一星期二十克。他心里想，昨天还刚刚宣布定量要减低到一星期二十克。相隔才二十四小时，难道他们就能够忘掉了吗？是啊，他们硬是忘掉了。派逊斯就是很容易忘掉的，因为他像牲口一样愚蠢。旁边那张桌子上的那个没有眼睛的人也狂热地、热情地忘掉了，因为他热切地希望要把胆敢表示上星期定量是三十克的人都揭发出来，化为乌有。赛麦也忘掉了，不过他比较复杂，需要双重思想。那么只有他一个人才保持记忆吗？

电幕上继续不断地播送神话般的数字。同去年相比，食物、衣服、房屋、家具、铁锅、燃料、轮船、直升机、书籍、婴孩的产量都增加了——除了疾病、犯罪、发疯以外，什么都增加了。逐年逐月，每时每刻，不论什么人，什么东西都在迅速前进。像赛麦原来在做的那样，温斯顿拿起汤匙，蘸着桌子上的那一摊灰色的黏糊糊，画了一道长线，构成一个图案。他不快地沉思着物质生活的各个方面。一直是这样的吗？他的饭一直是这个味道？他环顾食堂四周。一间天花板很低、挤得满满的屋子，由于数不清的人体接触，墙头发黑；破旧的铁桌铁椅挨得很近，你坐下来就碰到别人的手肘；汤匙弯曲，铁盘凹凸，白缸子都很粗糙；所有东西的表面都油腻腻的，每一条缝道里都积满尘垢；到处都弥漫着一股劣质杜松子酒、劣质咖啡、涮锅水似的炖菜和脏衣服混合起来的气味。在你的肚子里，在你的肌肤里，总发出一种无声的抗议，一种你被骗掉了有权利享受的东西的感觉。不错，他从来记不起还有过什么东西与现在大不相同。凡是他能够确切记得起来的，不论什么时候，总是没有够吃的东西，袜子和内衣裤总是有破洞的，家具总是破旧不堪的，房间里的暖气总是烧得不暖的，地铁总是拥挤的，房子总是东倒西歪的，面包总是深色的，茶总是喝不到，咖啡总是有股脏水味，香烟总是不够抽——除了人造杜松子酒以外，没有东西是又便宜又多的。虽然这样的情况必然随着你的体格衰老而越来越恶劣，但是，如果你因为生活艰苦、污秽肮脏、物质匮乏而感到不快，为没完没了的寒冬、破烂的袜子、停开的电梯、寒冷的自来水、粗糙的肥皂、自己会掉烟丝的香烟、有股奇怪的难吃味道的食物而感到不快，这岂不是说明，这样的情况不是事物的天然规律？除非你有一种古老的回忆，记得以前事情不是这样的，否则的话，你为什么要觉得这是不可忍受的呢？

他再一次环顾了食堂的四周。几乎每个人都很丑陋，即使穿的不是蓝制服，也仍旧会是丑陋的。在房间的那一头，有一个个子矮小、奇怪得像个小甲壳虫一样的人，独自坐在一张桌子旁边喝咖啡，他的小眼睛东张西望，充满怀疑。温斯顿想，如果你不看一下周围，你就会很容易相信，党所树立的模范体格——魁梧高大的小伙子和胸脯高耸的姑娘，金黄的头发，健康的肤色，生气勃勃，无忧无虑——是存在的，甚至是占多数。实际上，从他所了解的来看，一号空降场大多数人是矮小难看的。很难理解，各部竟尽是那种甲壳虫一样的人：又矮又小，没有到年纪就长胖了，四肢短小，忙忙碌碌，动作敏捷，胖胖的没有表情的脸上，眼睛又细又小。在党的统治下似乎这一类型的人繁殖得最快。

富裕部的公告结束时又是一阵喇叭声，接着是很轻声的音乐。派逊斯在一连串数字的刺激下稀里糊涂地感到有些兴奋，从嘴上拿开烟斗。

“富裕部今年工作做得不坏，”他赞赏地摇一摇头，“我说，史密斯伙计，你有没有刀片能给我用一用？”

“一片也没有，”温斯顿说，“我自己六个星期以来一直在用这一片。”

“啊，那没关系——我只是想问一下，伙计。”

“对不起，”温斯顿说。

隔壁桌上那个呱呱叫的声音由于富裕部的公告而暂时停了一会儿，如今又恢复了，像刚才一样大声。温斯顿不知怎么突然想起派逊斯太太来了，想到了她的稀疏的头发，脸上皱纹里的尘垢。两年之内，这些孩子就会向思想警察揭发她。派逊斯太太就会化为乌有。赛麦也会化为乌有。温斯顿也会化为乌有。奥勃良也会化为乌有。而派逊斯却永远不会化为乌有。那个呱呱叫的没有眼睛的家伙不会化为乌有。那些在各部迷宫般的走廊里忙忙碌碌地来来往往的小甲壳虫似的人也永远不会化为乌有。那个黑发姑娘，那个小说司的姑娘——她也永远不会化为乌有。他觉得他凭本能就能知道，谁能生存，谁会毁灭，尽管究竟靠什么才能生存，则很难说。

这时他猛地从沉思中醒了过来。原来隔桌的那个姑娘转过一半身来在看他。就是那个黑头发姑娘。她斜眼看着他，不过眼光盯得很紧，令人奇怪。她的眼光一与他相遇，就转了开去。温斯顿的脊梁上开始渗出冷汗。他感到一阵恐慌。这几乎很快就过去了，不过留下一种不安的感觉，久久不散。她为什么看着他？她为什么到处跟着他？遗憾的是，他记不得他来食堂的时候她是不是已经坐在那张桌子边上了，还是在以后才来的。但是不管怎样，昨天在举行两分钟仇恨的时候，她就坐在他的后面，而这是根本没有必要的，很可能她的真正目的是要窃听他，看他的叫喊是否够起劲儿。

他以前的念头又回来了：也许她不一定是思想警察的人员，但是，正是业余的特务最为危险。他不知道她看着他有多久了，也许有五分钟，很可能他的面部表情没有完全控制起来。在任何公共场所，或者在电幕的视野范围内，让自己的思想开小差是很危险的。最容易暴露的往往是你不注意的小地方。神经的抽搐，不自觉的发愁脸色，自言自语的习惯——凡是显得不正常，显得要想掩饰什么事情，都会使你暴露。无论如何，脸上表情不适当（例如在听到胜利公告时露出不信的表情）本身就是一桩应予惩罚的罪行。新话里甚至有一个专门的词，叫作脸罪。

那个姑娘又回过头来看他。也许她并不是真的在盯他的梢；也许她连续两天挨着他坐只是偶然巧合。他的香烟已经熄灭了，他小心地把他放在桌子边上。如果他能使得烟丝不掉出来，他可以在下班后再继续抽。很可能，隔桌的那个人是思想警察的特务，很可能，他在三天之内要到友爱部的地下室里去了，但是香烟屁股却不能浪费。赛麦已经把他的那张纸条叠了起来，放在口袋里。派逊斯又开始说了起来。

“我没有告诉过你，伙计，”他一边说一边咬着烟斗，“那一次我的两个小叫花子把一个市场上的老太婆的裙子烧了起来，因为他们看到她用老大哥的画像包香肠，偷偷地跟在她背后，用一盒火柴放火烧她的裙子。我想把她烧得够厉害的。那两个小叫花子，可是积极得要命。这是他们现在在少年侦察队受到的第一流训练，甚至比我小时候还好。你知道他们给他们的最新配备是什么？插在钥匙孔里偷听的耳机！我的小姑娘那天晚上带回来一个，插在我们起居室的门上，说听到的声音比直接从钥匙孔听到的大一倍。不过，当然啰，这不过是一种玩具。不过，这个主意倒不错，对不对？”

这时电幕上的哨子一声尖叫。这是回去上班的信号。三个人都站了起来跟着大家去挤电梯，温斯顿香烟里剩下的烟丝都掉了下来。

第六章

温斯顿在他的日记中写道：

> 那是在三年前的一个昏暗的晚上。在一个大火车站附近的一条狭窄的横街上，她站在一盏黯淡无光的街灯下面，靠墙倚门而立。她的脸很年轻，粉抹得很厚。吸引我的其实是她抹的粉，那么白，像个面具，还有那鲜红的嘴唇。党内女人是从来不涂脂抹粉的。街上没有旁人，也没有电幕。她说两块钱。我就——

他一时觉得很难继续写下去，就闭上了眼睛，用手指按着眼皮，想把那不断重现的景象挤掉。他忍不住想拉开嗓门，大声呼喊，口出脏言，或者用脑袋撞墙，把桌子踢翻，把墨水瓶向玻璃窗扔过去，总而言之，不论什么大吵大闹或者能够使自己感到疼痛的事情，只要能够使他忘却那不断折磨他的记忆，他都想做。

他心里想，你最大的敌人是你自己的神经系统。你内心的紧张随时随地都可能由一个明显的症状泄露出来。他想起几个星期以前在街上碰到一个人，一个外表很平常的人，一个党员，年约三四十岁，身材瘦高，提着公事皮包。两人相距只有几米远的时候，那个人的左边脸上忽然抽搐了一下。两人擦身而过的时候，他又有这样一个小动作，只不过抽了一下，颤了一下，像照相机快门咔嚓一样的快，但很明显地可以看出这是习惯性的。他记得当时自己就想：这个可怜的家伙完了。可怕的是，这个动作很可能是不自觉的。最致命的危险是说梦话。就他所知，对此无法预防。

他吸了一口气，又继续写下去：

> 我同她一起进了门，穿过后院，到了地下室的一个厨房里。靠墙有一张床，桌上一盏灯，灯火捻得低低的。她——

他咬紧了牙齿，感到一阵难受。他真想吐口唾沫。他在地下室厨房里同那个女人在一起的时候，同时又想起了他的妻子凯瑟琳。温斯顿是结了婚的，反正，是结过婚的；也许他现在还是结了婚的人，因为就他所知，他的妻子还没有死。他似乎又呼吸到了地下室厨房里那股闷热的气味，一种臭虫、脏衣服、恶浊的廉价香水混合起来的气味，但是还是很诱人，因为党里的女人都不用香水，甚至不能想象她们会那样。只有无产者用香水。在他的心中，香水气味总是不可分解地同私通连在一起的。

他搞这个女人是他约莫两年以来第一次行为失检。当然玩妓女是禁止的，但是这种规定你有时是可以鼓起勇气来违反的。这事是危险的，但不是生死攸关的问题。玩妓女被逮住可能要判处强制劳动五年；如果你没有其他过错，就此而已。而且这也很容易，只要你能够避免被当场逮住。贫民区里尽是愿意出卖肉体的女人。有的甚至只要一瓶杜松子酒，因为无产者是不能买这种酒喝的。暗地里，党甚至鼓励卖淫，以此作为发泄不能完全压制的本能的出路。一时的荒唐并没有什么关系，只要这是偷偷摸摸搞的，没有什么乐趣，而且搞的只是受鄙视的下层阶级的女人。党员之间的乱搞才是不可宽恕的罪行。但是很难想象实际上会发生这样的事——尽管历次大清洗中的被告都一律供认犯了这样的罪行。

党的目的不仅仅是要防止男女之间结成可能使他无法控制的誓

盟关系。党的真正目的虽然未经宣布，实际上是要使性行为失去任何乐趣。不论是在婚姻关系以外还是婚姻关系以内，敌人与其说是爱情，不如说是情欲。党员之间的婚姻都必须得到为此目的而设立的委员会的批准，虽然从来没有说明过原则到底是什么，如果有关双方给人以他们在肉体上互相吸引的印象，申请总是遭到拒绝的。唯一得到承认的结婚目的是，生儿育女，为党服务。性交被看成是一种令人恶心的小手术，就像灌肠一样。不过这也是从来没有明确地说过，但是用间接的方法从小就灌输在每一个党员的心中。甚至有像少年反性同盟这样的组织提倡两性完全过独身生活。所有儿童要用人工授精（新话叫人授）的方法生育，由公家抚养。温斯顿也很明白，这么说并不是很认真其事的，但是这反正与党的意识形态相一致。党竭力要扼杀性本能，如果不能扼杀的话，就要使他不正常，肮脏化。他不知道为什么要这样，但是觉得这样是很自然的事。就女人而论，党在这方面的努力基本上是成功的。

他又想到了凯瑟琳。他们分手大概有九年，十年——快十一年了。真奇怪，他很少想到她。他有时能够一连好几天忘记掉自己结过婚。他们一起只过了大约十五个月的日子。党不允许离婚，但是如果没有子女却鼓励分居。

凯瑟琳是个头发淡黄、身高体直的女人，动作干净利落。她长长的脸，轮廓鲜明，要是你没有发现这张脸的背后几乎是空空洞洞的，你很可能称这种脸是高尚的。在他们婚后生活的初期，他就很早发现——尽管这也许是因为他对她比对他所认识的大多数人更有亲密的了解机会——她毫无例外地是他所遇到过的人中头脑最愚蠢、庸俗、空虚的人。她的头脑里没有一个思想不是口号，只要是党告诉她的蠢话，她没有、绝对没有不盲目相信的。他心里给她起了个外号叫人体“录音带”。然而，要不是为了那一件事情，他仍是可以勉强同她一起生活的。那件事情就是性生活。

他一碰到她，她就仿佛要往后退缩，全身肌肉紧张起来。搂抱她像搂抱木头人一样。奇怪的是，甚至在她主动抱紧他的时候，他也觉得她同时在用全部力气推开他。她全身肌肉僵硬使他有这个印象。她常常闭着眼睛躺在那里，既不抗拒，也不合作，就是默默忍受。这使人感到特别尴尬，过了一阵之后，甚至使人感到吃不消。但是即使如此，他也能够勉强同她一起生活，只要事先说好不同房。但是奇怪的是，凯瑟琳居然反对。她说，他们只要能够做到，就要生个孩子。这样，一星期一次，相当经常地，只要不是办不到，这样的情况就要重演一次。她甚至常常在那一天早晨就提醒他，好像这是那一天晚上必须要完成的任务，可不能忘记的一样。她提起这件事来有两个称呼。一个是“生个孩子”，另一个是“咱们对党的义务”（真的，她确实是用了这句话）。不久之后，指定的日期一临近，他就有了一种望而生畏的感觉。幸而没有孩子出世，最后她同意放弃再试，不久之后，他们俩就分手了。

温斯顿无声地叹口气。他又提起笔来写：

她一头倒在床上，一点也没有什么预备动作，就马上撩起了裙子，这种粗野、可怕的样子是你所想象不到的。我——

他又看到了他在昏暗的灯光中站在那里，鼻尖里闻到臭虫和廉价香水的气味，心中有一种失败和不甘心的感觉，甚至在这种时候，他的这种感觉还与对凯瑟琳的白皙的肉体的想念掺杂在一起，尽管她的肉体已被党的催眠力量所永远冰冻了。为什么总得这样呢？为什么他不能有一个自己的女人，而不得不隔一两年去找一次这些烂污货呢？但是真正的情爱，几乎是不可想象的事情。党内的女人都是一样的。清心寡欲的思想像对党忠诚一样牢牢地在她们心中扎了根。通过早期的周密的灌输，通过游戏和冷水浴，通过在学校里、少年侦察队里和青年团里不断向她们灌输的胡说八道，通过讲课、游行、歌曲、口号、军乐等等，她们的天性已被扼杀得一干二净。他的理智告诉他自己，一定会有例外的，但是他的内心却不相信。她们都是攻不破的，完全按照党的要求那样。他与其说是要有女人爱他，不如说是更想要推倒那道贞节的墙，哪怕只是毕生一两次。满意的性交，本身就是造反。性欲是思想罪。即使是唤起凯瑟琳的欲望——如果他能做到的话——也是诱奸，尽管她是自己的妻子。

不过剩下的故事，他得把他写下来。他写道：

我燃亮了灯。我在灯光下看清她时——

在黑暗里待久了，煤油灯的微弱亮光也似乎十分明亮。他第一次可以好好地看一看那女人。他已经向前走了一步，这时又停住了，心里既充满了欲望又充满了恐惧。他痛感到他到这里来所冒的风险。完全有可能，在他出去的时候，巡逻队会逮住他；而且他们可能这时已在门外等着了。但是如果他没有达到目的就走——

这得写下来，这得老实交代。他在灯光下忽然看清楚的是，那个女人是个老太婆。她的脸上的粉抹得这么厚，看上去就像硬纸板做的面具要折断的那样。她的头发里有几绺白发，但真正可怕的地方是，这时她的嘴巴稍稍张开，里面除了是个漆黑的洞以外没有别的。她满口没牙。

他潦草地急急书写：

我在灯光下看清了她，她是个很老的老太婆，至少有五十岁。可是我还是上前，照干不误。

他又把手指按在眼皮上。他终于把他写了下来，不过这仍没有什么两样。这个方法并不奏效。要提高嗓门大声叫骂脏话的冲动，比以前更强烈了。

第七章

〔温斯顿日记〕如果有希望的话，希望在无产者身上。

如果有希望的话，希望一定在无产者身上，因为只有在那里，在这些不受重视的蜂拥成堆的群众中间，在大洋国这百分之八十五的人口中间，摧毁党的力量才能发动起来。党是不可能从内部来推翻的。他的敌人，如果说有敌人的话，是没有办法纠集在一起，或者甚至互相认出来的。即使传说中的兄弟团是存在的——很可能是存在的——也无法想象，他的团员能够超过三三两两的人数聚在一起。造反不过是眼光中的一个神色，声音中的一个变化；最多，偶尔一声细语而已。但是无产者则不然，只要能够有办法使他们意识到自己的力量，就不需要进行暗中活动了。他们只需要起来挣扎一下，就像一匹马颤动一下身子把苍蝇赶跑。他们只要愿意，第二天早上就可以把党打得粉碎。可以肯定说，他们迟早会想到要这么做的。但是——

他记得有一次他在一条拥挤的街上走，突然前面一条横街上有几百个人的声音——女人的声音——在大声叫喊。这是一种不可轻侮的愤怒和绝望的大声叫喊，声音又大又深沉，“噢——噢——噢！”，就像钟声一样回荡很久。他的心剧烈地跳。开始了！他这么想。发生了骚乱！无产者终于冲破了羁绊！当他到出事的地点时，看到的却是二三百个妇女拥在街头市场的货摊周围，脸上表情凄惨，好像一条沉船上不能得救的乘客一样。原来是一片绝望，这时又分散成为许许多多个别的争吵。原来是有一个货摊在卖铁锅。都是一些一碰就破的蹩脚货，但是炊事用具不论哪种都一直很难买到。卖到后来，货源忽然中断。买到手的妇女在别人推搡拥挤之下要想拿着买到的锅子赶紧走开，其他许多没有买到的妇女就围着货摊叫嚷，责怪摊贩开后门，另外留着锅子不卖。又有人一阵叫嚷。有两个面红耳赤的妇女，其中一个披头散发，都抢着一只锅子，要想从对方的手中夺下来。她们两人抢来抢去，锅把就掉了下来。温斯顿厌恶地看着她们。可是，就在刚才一刹那，几百个人的嗓子的叫声里却表现了几乎令人可怕的力量！为什么她们在真正重要的问题上却总不能这样喊叫呢？

他们不到觉悟的时候，就永远不会造反；他们不造反，就不会觉悟。

他想，这句话简直像从党的教科书里抄下来的。当然，党自称正把无产者从羁绊下解放出来。在革命前，他们受到资本家的残酷压迫，他们挨饿、挨打，妇女被迫到煤矿里去做工（事实上，如今妇女仍在煤矿里做工），儿童们六岁就被卖到工厂里。但同时，真是不失双重思想的原则。党又教导说，无产者天生低劣，必须用几条简单的规定使他们处于从属地位，像牲口一样。事实上，大家很少知道无产者的情况。没有必要知道得太多。只要他们继续工作和繁殖，他们的其他活动就没有什么重要意义。由于让他们去自生自长，像把牛群在阿根廷平原上放出去一样，他们又恢复到合乎他们天性的一种生活方式。一种自古以来的方式。他们生下来以后就在街头长大，十二岁去做工，经过短短一个美丽的情窦初开时期，在二十岁就结了婚，上三十岁就开始衰老，大多数人在六十岁就死掉了。重体力活、照顾家庭子女、同邻居吵架、电影、足球、啤酒，而尤其是赌博，就是他们心目中的一切。要控制他们并不难。总是有几个思想警察的特务在他们中间活动，散布谣言，把可能具有危险性的少数人挑出来消灭掉。但是没有做任何尝试要向他们灌输党的思想。无产者不宜有强烈的政治见解。对他们的全部要求是最单纯的爱国心，凡是需要他们同意加班加点或者降低定量的时候可以加以利用。即使他们有时候也感到不满，但他们的不满不会有什么结果。因为他们没有一般的抽象思想，他们只能从小处着眼，对具体的事情感到不满。大处的弊端，他们往往放过去而没有注意到。大多数无产者家中甚至没有电幕。甚至民警也很少去干涉他们。伦敦的犯罪活动很多，是小偷、匪徒、娼妓、毒贩、各种各样的骗子充斥的国中之国；但是由于这都发生在无产者圈子里，因此并不重要。在一切道德问题上，都允许他们按他们的老规矩办事。党在两性方面的禁欲主义，对他们是不适用的。乱交不受惩罚，离婚很容易。而且，如果无产者有此需要，甚至也允许信仰宗教。他们不值得怀疑。正如党的口号所说："无产者和牲口都是自由的。"

温斯顿伸下手去，小心地搔搔静脉曲张溃疡的地方。这地方又痒了起来。说来说去，问题总归是，你无法知道革命前的生活究竟是什么样子。他从抽屉中取出一本儿童历史教科书，这是他从派逊斯太太那里借来的，他开始把其中一节抄在日记本上：

> 从前，在伟大的革命以前，伦敦不是像现在这样一个美丽的城市。当时伦敦是个黑暗、肮脏、可怜的地方，很少有人食能果腹，衣能蔽体，成千上万的人穷得足无完履，顶无片瓦。还不及你们那么大的孩子就得为凶残的老板一天工作十二小时，如果动作迟缓就要遭到鞭打，每天只给他们吃陈面包屑和白水。但在那普遍贫困之中却有几所有钱人住的华丽的宅第，伺候他们的佣仆多达三十个。这些有钱人叫作资本家。他们又胖又丑，面容凶恶，你可以看到他们穿的是叫作大礼服的长长的黑色上衣，戴的是

> 叫作高礼帽的像烟囱一样的亮晶晶的奇怪帽子。这是资本家们的制服，别人是不许穿的。资本家占有世上的一切，别人都是他们的奴隶。他们占有一切土地、房屋、工厂、钱财。谁要是不听他们的话，他们就可以把他投入狱中，或者剥夺他的工作，把他饿死。老百姓向资本家说话，得诚惶诚恐，鞠躬致敬，称他作“老爷”。资本家的头头儿叫国王——

余下的他都心里有数。下面会提到穿着细麻僧袍的主教、貂皮法袍的法官、手枷脚铐、踏车鞭笞、市长大人的宴会、跪吻教皇脚丫子的规矩。还有拉丁文叫作“初夜权”的，在儿童教科书中大概不会提到。所谓“初夜权”，就是法律规定，任何资本家都有权同在他的厂中做工的女人睡觉。

这里面有多少是谎言，你怎么能知道呢？现在一般人的生活比革命前好，这可能是确实的。唯一相反的证据是你自己骨髓里的无声的抗议，觉得你的生活条件在无法忍受以前一定有所不同的这种本能感觉。他忽然觉得现代生活中真正典型的一件事情倒不在于他的残酷无情、没有保障，而是简单枯燥、黯淡无光、兴致索然。你看看四周，就可以看到现在的生活不仅同电幕上滔滔不绝的谎言毫无共同之处，而且同党要想达到的理想也无共同之处。甚至对一个党员来说，生活的许多方面都是中性的，非政治性的，单纯地是每天完成单调乏味的工作、在地铁中抢一个座位、补一双破袜子、揩油一片糖精、节省一个烟头。而党所树立的理想却是一种庞大、可怕、闪闪发光的东西，到处是一片钢筋水泥、庞大机器和可怕武器，个个是骁勇的战士和狂热的信徒，团结一致地前进，大家都思想一致、口号一致，始终不懈地在努力工作、战斗、取胜、迫害——三亿人民都是一张脸孔。而现实却是城市破败阴暗，人民面有菜色，食不果腹，穿着破鞋在奔波忙碌，住在19世纪东补西破的房子里，总有一股烂白菜味和尿臊臭。他仿佛见到了一幅伦敦的图景，大而无当，到处残破，一个由一百万个垃圾筒组成的城市，在这中间又有派逊斯太太的一幅照片，一个面容憔悴、头发稀疏的女人，毫无办法地在拾掇一条堵塞的水管。

他又伸下手去搔一搔脚脖子。电幕夜以继日地在你的耳边聒噪着一些统计数字，证明今天人们比五十年前吃得好，穿得暖，住得宽敞，玩得痛快——他们比五十年前更长寿，工作时间比五十年前短，身体比五十年前高大、健康、强壮，日子比五十年前过得快活，人比五十年前聪明，受到的教育比五十年前多。但没有一句话可以证明是对的或者是不对的。例如，党声称今天无产者成人中有百分之四十识字；而革命前只有百分之十五。党声称现在婴儿死亡率只有千分之一百六十，而革命前是千分之三百——如此等等。这有点像两个未知数的简单等式。很有可能，历史书中的几乎每一句话，甚至人们毫无置疑地相信的事情，都完全出自于虚构。谁知道，也许很有可能，从来没有像“初夜权”那样的法律，或者像资本家那样的人，或者像高礼帽那样的服饰。

一切都消失在迷雾之中了。过去被抹掉了，而抹掉本身又被遗忘了，谎言便变成了真话。他一生之中只有一次掌握了进行伪造的无可置疑的具体证据，那是在发生事情以后：这一点是很重要的。这个证据在他的手指之间停留了长达三十秒钟之久。这大概是在1973年——反正是大概在他和凯瑟琳分居的时候。不过真正重要的日期还要早七八年。

这件事实际开始于六十年代中期，也就是把革命元老彻底消灭掉的大清洗时期。到1970年，除了老大哥以外，他们已一个不留了。到那个时候，他们都当作叛徒和反革命被揭发出来。果尔德施坦因逃走了，藏匿起来，没有人知道是在什么地方；至于别人，有少数人就此消失了，大多数人在举行了轰动一时的公开审判，供认了他们的罪行后被处决。最后一批幸存者中有三个人，他们是琼斯、阿朗逊、鲁瑟福。这三个人被捕大概是在1965年。像经常发生的情况那样，他们销声匿迹了一两年，没有人知道他们的下落，接着又突然给带了出来，像惯常那样地招了供。他们供认通敌（那时的敌人也是欧亚国），盗用公款，在革命之前就已开始阴谋反对老大哥的领导，进行破坏活动，造成好几十万人的死亡。在供认了这些罪行之后，他们得到了宽大处理，恢复了党籍，给了听起来很重要但实际上是挂名的闲差使。三个人都在《泰晤士报》写了长篇的检讨，检查他们堕落的原因和保证改过自新。

他们获释后，温斯顿曾在栗树咖啡馆见到过他们三个人。他还记得他当时怀着又惊又怕的心情偷偷地观察他们。他们比他年纪大得多，是旧世界的遗老，是建党初期峥嵘岁月中留下来的最后一批大人物。他们身上仍旧隐隐有着地下斗争和内战时代的气氛。他觉得，虽然当时对于事实和日期已经遗忘了，他很早就知道他们的名字了，甚至比知道老大哥的名字还要早几年。但是他们也是不法分子、敌人、不可接触者，绝对肯定要在一两年内送命的。凡是落在思想警察手中的人，没有一个人能逃脱这个命运。他们不过是等待被送回到坟墓中去的行尸走肉而已。

没有人坐在同他们挨着的桌边。在这种人附近出现不是一件聪明人该做的事。他们默默地坐在那里，前面放着有丁香味的杜松子酒，那是那家咖啡馆的特色。这三人中，鲁瑟福的外表使温斯顿最有深刻的印象。鲁瑟福以前是有名的漫画家，他的讽刺漫画在革命前和革命时期曾经鼓舞过人民的热情。即使到了现在，他的漫画偶尔还在《泰晤士报》上发表，不过只是早期风格的模仿，没有生气，没有说服力，使人觉得奇怪。这些漫画总是老调重弹——贫民窟、饥饿的儿童、巷战、戴高礼帽的资本家——甚至在家中资本家也戴着高礼帽——这是一种没有希望的努力，不停地要想退回到过去中去。他身材高大，一头油腻腻的灰发，面孔肉松皮皱，嘴唇突出。他以前身体一定很强壮，可现在却松松垮垮，鼓着肚子，仿佛要向四面八方散架一样。他像一座要倒下来的大山，眼看就要在你面前崩溃。

这是十五点这个寂寞的时间。温斯顿如今已记不得他怎么会在这样一个时候到咖啡馆去的。那地方几乎空无一人。电幕上在轻轻地播放着音乐。那三个人几乎动也不动地坐在他们的角落里，一句话也不说。服务员自动地送上来杜松子酒。他们旁边桌上有个棋盘。棋子都放好了，但没有人下棋。这时——大约一共半分钟——电幕上忽然发生了变化，正在放的音乐换了调子，突如其来，很难形容。这是一种特别的、粗哑的、嘶叫的、嘲弄的调子；温斯顿心中所要听的黄色的调子，接着电幕上有人唱道：

在遮阴的栗树下，
我出卖了你，你出卖了我；
他们躺在那里，我们躺在这里，
在遮阴的栗树下。

这三个人听了纹丝不动。但是温斯顿再看鲁瑟福的疲惫的脸时，发现他的眼眶里盈满泪水。他第一次注意到，阿朗逊和鲁瑟福的鼻子都被打瘪了，他心中不禁打了一阵寒战，但是却不知道为什么打寒战。

以后不久，这三个人又都被捕了。原来他们一放出来后就马上又在搞新的阴谋。在第二次审判时，他们除了新罪行以外，又把以前的罪行招供一遍，新帐老帐一起算。他们被处决后，他们的下场记录在党史里，以儆后代效尤。大约五年以后，即1973年，温斯顿在打开气力输送管吐在他桌子上的一叠文件上的时候，发现有一张纸片，那显然是无意中夹在中间而被遗忘的。他一打开就意识到他的重要意义。这是从十年前的一份《泰晤士报》上撕下来的——是该报的上半页，因此上面有日期——上面是一幅在纽约举行的一次党的集会上代表们的照片，中间地位突出的是琼斯、阿朗逊、鲁瑟福三人。一点也没有错，是他们三人；反正照片下面的说明中有他们的名字。

问题是，这三个人在两次的审判会上都供认，那一天他们都在欧亚国境内。他们在加拿大一个秘密机场上起飞，到西伯利亚某个秘密地点，同欧亚国总参谋部的人员见面，把重要的军事机密泄漏给他们。温斯顿的记忆中很清楚地有那个日期的印象，因为那正好是仲夏日；但是在无数的其他地方一定也有这件事的记载。因此只有一个可能的结论：这些供词都是屈打成招的。

当然，这件事本身并不是什么新发现，即使在那个时候，温斯顿也从来没有认为，在清洗中被扫除的人确实犯了控告他们的罪行。但是这张报纸却是具体的证据；这是被抹掉的过去的一个碎片，好像一根骨头的化石一样，突然在不该出现的断层中出现了，推翻了地质学的某一理论。如果有办法公布于世，让大家都知道他的意义，这是可以使党化为齑粉的。

他原来一直在工作。一看到这张照片是什么，有什么意义，就马上用另一张纸把他盖住。幸好他打开时，从电幕的角度来看，正好是上下颠倒的。

他把草稿本放在膝上，把椅子往后推一些，尽量躲开电幕。要保持面部没有表情不难，只要用一番功夫，甚至呼吸都可以控制，但是你无法控制心脏跳动的速度，而电幕却很灵敏，能够收听得到。他等了一会儿估计大约有十分钟之久，担心会不会发生什么意外会暴露他自己，例如突然在桌面上吹过一阵风。然后他连那盖着的纸也不揭，就把那张照片和一些其他废纸一股脑儿丢在忘怀洞里去，大概再过一分钟就会化为灰烬了。

这是十年——不，十一年以前的事了，要是在今天，他大概会保留这张照片的。奇怪的是，今天这张照片同他所记录的事件一样，已只不过是记忆中的事了，可是在手中遗留片刻这件事，在他看来仍旧似乎有什么了不起的关系似的。他心里寻思着，由于一纸不再存在的证据一度存在过，党对过去的控制是不是不那么牢固了？

可是到今天，即使这张照片有办法从死灰中复活，也可能不再成为证据了。因为在他发现照片的时候，大洋国已不再同欧亚国打仗，而这三个死人是向欧亚国的特务出卖祖国的。从那时以后，曾有几次变化——两次，三次，他也记不清有多少次了。很可能，供词已一再重写，到最后，原来的日期和事实已毫无意义。过去不但遭到了篡改，而且不断地在被篡改。最使他有噩梦感的是，他从来没有清楚地理解过为什么要从事伪造。伪造过去的眼前利益比较明显，但最终动机却使人不解。他又拿起笔写道：

我懂得方法：我不懂得原因。

他心中寻思，他自己是不是个疯子，这，他已想过好几次了。也许所谓疯子就是个人少数派。曾经有一些时候，相信地球绕着太阳转是发疯的症状；而今天，相信过去不能更改也是发疯的症状。有这样的想法，可能只有他一个人，如果如此，他就是个疯子。不过想到自己是疯子并不使他感到可怕，可怕的是他自己可能也是错的。

他拣起儿童历史教科书，看一看卷首的老大哥相片。那双富有魅力的眼睛注视着他。好像有一种巨大的力量压着你———一种能够刺穿你的头颅，压迫你的脑子，吓破你的胆子，几乎使你放弃一切信念，不相信自己感官的东西。到最后，党可以宣布，二加二等于五，你就不得不相信他。他们迟早会做此宣布，这是不可避免的：他们所处的地位必然要求这样做。他们的哲学不仅不言而喻地否认经验的有效性，而且否认客观现实的存在。常识成了一切异端中的异端。可怕的不是他们由于你不那么想而要杀死你，可怕的是他们可能是对的。因为，毕竟，我们怎么知道二加二等于四呢？怎么知道地心吸力发生作用呢？怎么知道过去是不可改变的呢？如果过去和客观世界只存在于意识中，而意识又是可以控制的——那怎么办？

可是不行！他的勇气似乎突然自发地坚强起来。他的脑海中浮现出奥勃良的脸，这并不是明显的联想所引起的。他比以前更加有把握地知道，奥勃良站在他的一边。他是在为奥勃良——对奥勃良——写日记，这像一封没有完的信，没有人会读，但是是写给一个具体的人的，因此而有了生气。

党叫你不相信你耳闻目睹的东西。这是他们最后的最根本的命令。他一想到他所面对的庞大力量，一想到党的任何一个知识分子都能轻而易举地驳倒他，一想到那些巧妙的论点，他不仅不能理解，因此更谈不上反驳，心不觉一沉。但是他是正确的！他们错了，他是对的。必须捍卫显而易见、简单真实的东西。不言自明的一些道理是正确的，必须坚持！客观世界存在，他的规律不变。石头硬，水湿，悬空的东西掉向地球中心。他觉得他是在向奥勃良说话，也觉得他是在阐明一个重要的原理，于是写道：

所谓自由就是可以说二加二等于四的自由。承认这一点，其他一切就迎刃而解了。

第八章

在一条小巷尽头的什么地方，有一股烘咖啡豆的香味向街上传来，这是真咖啡，不是胜利牌咖啡。温斯顿不自觉地停下步来。大约有两秒钟之久，他又回到了他那遗忘过半的童年世界。接着是门砰的一响，把这香味给突然切断了，好像它是声音一样。

他在人行便道上已经走了好几英里，静脉曲张发生溃疡的地方又在发痒了。三星期以来，今天晚上是他第二次没有到邻里活动中心站去：这是一件很冒失的事，因为可以肯定，你参加中心站活动的次数，都是有人仔细记下来的。原则上，一个党员没有空暇的时间，除了在床上睡觉以外，总是有人作伴的。凡是不在工作、吃饭、睡觉的时候，他一定是在参加某种集体的文娱活动；凡是表明有离群索居的爱好的事情，哪怕是独自去散步，都是有点危险的。新话中对此有个专门的词，叫孤生，这意味着个人主义和性格孤僻。但是今天晚上他从部里出来的时候，四月的芬芳空气引诱了他。蓝色的天空是他今年以来第一次看到比较有些暖意，于是突然之间，他觉得在中心站度过这个喧闹冗长的夜晚，玩那些令人厌倦吃力的游戏，听那些报告讲话，靠杜松子酒维持勉强的同志关系，都教他无法忍受了。他在一时冲动之下，从公共汽车站走开，漫步走进了伦敦的迷魂阵似的大街小巷，先是往南，然后往东，最后又往北，迷失在一些没有到过的街道上，也不顾朝什么方向走去。

他曾经在日记中写过："如果有希望的话，希望在无产者身上。"他不断地回想起这句话，这说明了一个神秘的真理、明显的荒谬。他现在是在从前曾经是圣潘克拉斯车站的地方以北和以东的一片褐色贫民窟里。他走在一条鹅卵石铺的街上，两旁是小小的两层楼房，破落的大门就在人行道旁，有点奇怪地使人感到像耗子洞。在鹅卵石路面上到处有一摊摊脏水。黑黝黝的门洞的里里外外，还有两旁的狭隘的陋巷里，到处是人，为数之多，令人吃惊——鲜花盛开一般的少女，嘴上涂着鲜艳的唇膏；追逐着她们的少年；走路摇摇摆摆的肥胖的女人，使你看到这些姑娘们十年之后会成为什么样子；迈着八字脚来来往往的驼背弯腰的老头儿；衣衫褴褛的赤脚顽童，他们在污水潭中嬉戏，一听到他们母亲的怒喝又四散逃开。街上的玻璃窗大约有四分之一是被打破的，用木板钉了起来。大多数人根本不理会温斯顿；有少数人小心翼翼地好奇地看他一眼。有两个粗壮的女人，两条像砖头一般发红的胳膊交叉抱在胸前，在一个门口站着闲谈。温斯顿走近的时候听到了她们谈话的片言只语。

"'是啊，'我对她说，'这样好是好，'我说，'不过，要是你是我，你就也会像我一样，说别人很容易，'我说，'可是，我要操心的事儿，你可没有。'"

"啊，"另一个女人说，"你说得对，就是这么一回事。"

刺耳的说话声突然停止了。那两个女人在他经过的时候怀有敌意地看着他。但是确切地说，这谈不上是敌意，只是一种警觉，暂时的僵化，像在看到不熟悉的野兽经过一样。在这样的一条街道上，党员的蓝制服不可能是常见的。的确，让人看到自己出现在这种地方是不明智的，除非你有公务在身。如果碰上巡逻队，他们一定要查问的。"给我看一看你的证件。好呀，同志？你在这里干什么？你什么时候下班的？这是你平时回家的路吗？"——如此等等。并不是说有什么规定不许走另一条路回家，但是如果思想警察知道了这件事，你就会引起他们的注意。

突然之间，整条街道骚动起来。四面八方都有报警的惊叫声。

大家都像兔子一般窜进了门洞。有个年轻妇女在温斯顿前面不远的地方从一个门洞中窜了出来，一把拉起一个在水潭中嬉戏的孩子，用围裙把他围住，又窜了回去，这一切动作都是在刹那间完成的。与此同时，有个穿着一套像六角手风琴似的黑衣服的男子从一条小巷出来，他向温斯顿跑过来，一边紧张地指着天空：

“蒸汽机！”他嚷道，“小心，首长！头上有炸弹，快卧倒！”

“蒸汽机”是无产者不知为什么给火箭炸弹起的外号。温斯顿马上扑倒在地。碰到这种事情，无产者总是对的。他们似乎有一种直觉，在好几秒钟之前能预知火箭射来，尽管火箭飞行的速度照说要比声音还快。温斯顿双臂抱往脑袋。这时轰隆一声，仿佛要把人行道掀起来似的，有什么东西像阵雨似的掉在他的背上。他站起来一看，原来是附近窗口飞来的碎玻璃。

他继续往前走。那颗炸弹把前面两百米外的一些房子炸掉了。空中高悬着一股黑烟柱，下面一片墙灰腾空而起，大家已经开始团团围住那堆瓦砾了。在他前面的人行道上也有一堆墙灰，他可以看到中间有一道猩红色的东西。他走近一看，原来是一只齐腕炸断的手。除了近手腕处血污一片，那只手完全苍白，没有血色，像石膏制的一样。

他把它踢到边上，然后躲开人群，拐到右手的一条小巷里。三四分钟以后他就离开了挨炸的地方，附近街道人来人往，一切如常，好像什么事情也没有发生一样。这时已快到二十点了，无产者光顾的小酒店里挤满了顾客。黑黑的弹簧门不断地推开又关上，飘出来一阵阵尿臊臭、锯木屑、陈啤酒的味儿。有一所房子门口凸出的地方，角落里有三个人紧紧地站在一起，中间一个人手中拿着一份折叠好的报纸，其他两个人伸着脖子从他身后瞧那报纸。温斯顿还没有走近看清他们脸上的表情，就可以知道他们是多么全神贯注。他们显然是在看一条重要的新闻。他走到距他们只有几步远的时候，这三个人突然分了开来，其中两个人发生了激烈争吵。看上去他们几乎快要打起来了。

“你他妈的不能好好地听我说吗？我告诉你，一年零两个月以来，末尾是7的号码没有中过彩！”

“中过了！”

“不，没有中过！我家里全有，两年多的中彩号码全都记在一张纸上。我一次不差，一次不漏，都记下来了。我告诉你，末尾是7的号码没有——”

“中过了，7中过了！我可以把他妈的那个号码告诉你。407，最后一个数目是7。那是在二月里，二月的第二个星期。”

“你奶奶的二月！我都记下来了，白纸黑字，一点不差。我告诉你——”

“唉，别吵了！”第三个人说。

他们是在谈论彩票。温斯顿走到三十米开外又回头看。他们仍在争论，一脸兴奋认真的样子。彩票每星期开奖一次。奖金不少，这是无产者真正关心的一件大事。可以这么说，对好几百万无产者来说，彩票如果不是他们仍旧活着的唯一理由，也是主要的理由。这是他们的人生乐趣，他们的一时荒唐，他们的止痛药，他们的脑力刺激剂。一碰到彩票，即使是目不识丁的人也似乎运算娴熟，记忆惊人。有整整一大帮人就靠介绍押宝方法、预测中奖号码、兜售吉利信物为生。温斯顿同经营彩票无关，那是富裕部的事，但是他知道（党内的人都知道）奖金基本上都是虚构的。实际付的只是一些末奖，头、二、三等奖的得主都是不存在的人。由于大洋国各地之间没有相互联系，这件事不难安排。但是如果有希望的话，希望在无产者身上。你得死抱住这一点。你把他用话说出来，听起来就很有道理。你看一看人行道上走过你身旁的人，这就变成了一种信仰。他拐进去的那条街往下坡走。他觉得他以前曾经来过这一带，不远还有一条大街。前面传来了一阵叫喊的声音。街道转了一个弯，尽头的地方是一个台阶，下面是一个低洼的小巷，有几个摆摊的在卖发蔫的蔬菜。这时温斯顿记起了他身在什么地方了。这条小巷通到大街上，下一个拐角，走不到五分钟，就是他买那个空白本子当作日记本的旧货铺子了。在不远的一家文具铺里，他曾经买过笔杆和墨水。

他在台阶上面停了一会儿，小巷的那一头是一家昏暗的小酒店，窗户看上去结了霜，其实只不过是积了尘垢。一个年纪很老的人，虽然腰板挺不起来，动作却很矫捷，白色的胡子向前挺着。好像明虾的胡子一样，他推开了弹簧门，走了进去。温斯顿站在那里看着，忽然想起这个老头儿一定至少有八十岁了，革命的时候已人中年。他那样的少数几个人现在已成了同消失了的资本主义世界的最后联系了。思想在革命前已经定型的人，在党内已经不多。在五十年代和六十年代的大清洗时期，老一代的人大部分已被消灭掉了，少数侥幸活下来的，也早已吓怕，在思想上完全投降。活着的人中，能够把本世纪初期的情况向你做一番如实的介绍的，如果有的话，也只可能是个无产者。突然之间，温斯顿的脑海里又浮现了他从历史教科书上抄在日记中的一段话，他一时冲动，像发疯一样：他要到那酒店里去，同那个老头儿搭讪，询问他一个究竟。他要这么对他说："请你谈谈你小时候的事儿。那时候的日子怎么样？比现在好，还是比现在坏？"

他急急忙忙地走下台阶，穿过狭窄的小巷，唯恐晚了一步，心中害怕起来。当然，这样做是发疯。按理，并没有具体规定，不许同无产者交谈，或者光顾他们的酒店，但是这件事太不平常，必然会有人注意到。如果巡逻队来了，他可以说是因为感到突然头晕，不过他们多半不会相信他。他推开门，迎面就是一阵走气啤酒的干酪一般的恶臭。他一进去，里面谈话的嗡嗡声就低了下来。他可以觉察到背后人人都在看他的蓝制服。屋里那一头原来有人在玩的投镖游戏，这时也停了大约有三十秒钟。他跟着进来的那个老头儿站在柜台前，同酒保好像发生了争吵，那个酒保是个体格魁梧的年轻人，长着鹰钩鼻，胳膊粗壮。另外几个人，手中拿着啤酒杯，围着看他们。

"我不是很客气地问你吗？"那个老头儿说，狠狠地挺起腰板，"你说这个鬼地方没有一品脱装的缸子？"

"他妈的什么叫一品脱？"酒保说，手指尖按着柜台，身子向前靠。

“听他说的！亏他是个当酒保的，却不知道一品脱有多少！告诉你：一品脱是四分之一夸特，四夸特等于一加仑。再下去就得教你ABC了。”

“从来没有听说过，”酒保愤愤地说，“一公升，半公升——我们是按这样计算的，你前面架子上的玻璃杯就是。”

“我要喝一品脱，”那个老头儿坚持说，“你给我倒一品脱还不容易。我年轻的时候可不用他妈的公升。”

“你年轻的时候我们都住在树上。”那酒保瞥一眼旁人说。

接着是一阵哄笑，温斯顿进来时造成的不安之感似乎消失了。那老头儿尽是白胡子茬的脸顿时泛起了红色。他喃喃地自言自语，转过身去，一头撞在温斯顿身上。温斯顿轻轻地搀住他的胳膊。

“可以请你喝一杯吗？”他问。

“你是个上等人。”那老头儿说，又挺起了腰板。他好像没有注意到温斯顿的蓝制服。“一品脱！”他气势汹汹地对酒保说，“一品脱啤酒！”

那酒保在柜台下面水桶里涮了两个厚玻璃杯，然后各倒了半公升的深褐色啤酒。在无产者酒店里你只能喝到啤酒。照理，无产者是不许喝杜松子酒的，但是实际上他们很容易就能搞到。投镖游戏又开始了，在柜台前面的人又开始谈论起彩票来。温斯顿的出场被暂时忘却了。在窗户底下有一张松木板桌子，他和那个老头儿可以在那里说话不怕别人听到。这样做是极其危险的，但是无论如何，酒店里没有电幕，这是他一进来就弄清楚的。

“他满可以给我倒一品脱的，”那个老头拿着啤酒杯坐下后还嘟嘟囔囔地说，“半公升不够，不过瘾，一公升又太多，尽撒尿，更甭提钱了。”

“从你年轻时候起，你一定见过不少变化了。”温斯顿试探地说。

老头儿的淡蓝色眼睛从投镖板转到柜台，又从柜台转到厕所门，好像他是等待酒店里发生变化似的。

“那时啤酒可比现在好，”他最后说，“价钱也便宜！我年轻的时候，淡啤酒——我们叫咕噜——四便士一品脱。那当然是在战前。”

“哪一次战前？”温斯顿问道。

“不管哪一次战前。”老头儿含糊地说。他拿起酒杯，又挺起腰板，“祝你健康！”

他咕噜咕噜地喝着，瘦瘦的脖子上，喉结上下移动，速度惊人，一会儿后，啤酒就喝光了。温斯顿到柜台那里又拿回两杯半公升的啤酒来。老头儿似乎忘记了自己不愿喝足一公升的话。

“你的年龄比我大多了，”温斯顿说，“我还没有生下来，你一定已经长大了。你一定记得革命前的日子是怎样的。像我这般年龄的人，对那时候，真的是一点也不知道。我们只能从书本里看到，而书本子里讲的不一定对。我很想听你说说。历史书上说革命前的生活同现在很不一样。那时候大家都吃苦受罪，那种日子你想也想象不出。在伦敦这里，很多的人一辈子没有吃饱过肚子，有一半的人打赤脚，没有鞋子穿。他们一天做工十二小时，九岁就离开学校，一间屋子睡十个人。但却有很少数人，只有少数几千人——他们叫资本家的——有钱又有势，什么好东西都是他们的。他们住在高楼大厦里，有三十个仆人伺候他们，出入都坐汽车，或者四驾马车，喝的是香槟酒，戴的是高礼帽——”

老头儿突然眼睛一亮。

“高礼帽！”他说道，“说来奇怪，你提到高礼帽。我昨天还想到他。不知为什么。我忽然想到，我已有多少年没有见到高礼帽了。过时了，高礼帽。我最后一次戴高礼帽是参加我小姨子的葬礼。那是多少年以前的事了？可惜我说不好是哪一年了，至少是五十年以前的事了。当然了，你知道，我只是为了参加葬礼才去租来戴的。”

“倒不是高礼帽有什么了不起，”温斯顿耐心说，“问题是，那些资本家——他们，还有少数一些靠他们为生的律师、牧师等等的人——是当家做主的。什么事情都对他们有好处。你——普通老百姓，工人——是他们的奴隶。他们对你们这种人爱怎么样就怎么样。他们可以把你们当作牲口一样运到加拿大去。他们高兴的话可以跟你们的闺女睡觉。他们可以叫人用九尾鞭打你们。你们见到他们得脱帽鞠躬。资本家每人都带着一帮走狗——”

老头儿又眼睛一亮。

“走狗！”他说道，“这个名称我可有好久没有听到了。走狗！这常常让我想起从前的事来。我想起——唉，不知有多少年以前了——我有时星期天下午常常到海德公园去听别人在那里讲话。救世军、天主教、犹太人、印度人——各种各样的人。有一个家伙——唉，我已记不起他的名字了，可真会讲话。他讲话一点也不对他们客气！‘走狗！’他说，‘资产阶级的走狗！统治阶级的狗腿子！’还有一个名称是寄生虫。还叫鬣狗——他真的叫他们鬣狗。当然，你知道，他说的是工党。”

温斯顿知道他们说的不是一码事。

“我要想知道，”他说，“你是不是觉得你现在比那时候更自由？他们待你更像人？在从前，有钱人，上层的人——”

“贵族院！”老头儿缅怀着往事说。

“好吧，就说贵族院吧。我要问的是，那些人就是因为他们有钱而你没有钱，可以把你看作低人一等？比如说，你碰到他们的时候，你得叫他们‘老爷’，脱帽鞠躬，是不是这样？”

老头儿似乎在苦苦思索。他喝了一大口啤酒才作答。

“是啊，”他说，“他们喜欢你见到他们脱帽。这表示尊敬。我本人是不赞成那样做的，不过我还是常常这样做。你不得不这样，可以这么说。”

“那些人和他们的人是不是常常把你从人行道上推到马路中间去？这只不过是从历史书上看到的。”

“有一个人曾经推过我一次，”老头儿说，“我还记得很清楚，仿佛是昨天一般。那是举行划舟赛的晚上——在划舟赛的晚上，他们常常喝得醉醺醺的——我在沙夫茨伯雷街上遇到了一个年轻人。他是个上等人——穿着白衬衫，戴着高礼帽，外面一件黑大衣。他有点歪歪斜斜地在人行道上走，我一不小心撞到了他的怀里。他说：‘你走路不长眼睛吗？’我说：‘这人行道又不是你的。’他说：‘你在顶嘴，我宰了你。’我说：‘你喝醉了。我给你半分钟时间，快滚开。’说来不信，他举起手来，朝我当胸一推，几乎把我推到一辆公共汽车的轱辘下面。那时候我还年轻，我气上心来正想还手，这时——”

温斯顿感到无可奈何。这个老头儿的记忆里只有一堆细枝微末节的垃圾。你问他一天，也问不出什么名堂来的。从某种意义上来说，党的历史书可能仍是正确的，也许甚至是完全正确的。他做了最后一次尝试。

“可能我没有把话说清楚，”他说。“我要说的是：你年纪很大，有一半是在革命前经过的。比方说，在1925年的时候，你已几乎是个大人了。从你所记得的来说，你是不是可以说，1925年的生活比现在好，还是坏？要是可以任你挑选的话，你愿意过当时的生活还是过现在的生活？”

老头儿沉思不语，看着那投镖板。他喝完啤酒，不过喝得比原来要慢。等他说话的时候，他有一种大度安详的神情，好像啤酒使他心平气和起来一样。

“我知道你要我说的是什么，”他说。“你要我说想返老还童。大多数人如果你去问他，都会说想返老还童。年轻的时候，身体健康，劲儿又大。到了我这般年纪，身体就从来没有好的时候。我的腿有毛病，膀胱又不好。每天晚上要起床六七次。但是年老有年老的好处。有的事情你就不用担心发愁了。同女人没有来往，这是件了不起的事情。我有快三十年没有同女人睡觉了，你信不信？而且，我也不想找女人睡觉。”

温斯顿向窗台一靠。再继续下去没有什么用处。他正想要再去买杯啤酒，那老头儿忽然站了起来，趔趔趄趄地快步向屋子边上那间发出尿臊臭的厕所走去。多喝的半公升已在他身上发生了作用。温斯顿坐了一两分钟，发呆地看着他的空酒杯，后来也没有注意到自己的双腿已把他送到了外面的街上。他心里想，最多再过二十年，“革命前的生活是不是比现在好”这个简单的大问题就会不再需要答复了。事实上，即使是现在，这个问题也是无法答复的，因为从那“古代世界”过来的零零星星少数几个幸存者没有能力比较两个不同的时代。他们只记得许许多多没有用处的小事情，比如说，同伙伴吵架、寻找丢失的自行车打气筒、早已死掉的妹妹脸上的表情，七十年前一天早晨刮风时卷起的尘土；但是所有重要有关的事实却不在他们的视野范围以内。他们就像蚂蚁一样，可以看到小东西，却看不到大的。在记忆不到而书面记录又经篡改伪造的这样的情况下，党声称已改善了人民的生活，你就得相信，因为不存在，也永远不会存在任何可以测定的比较标准。

这时他的思路忽然中断。他停下步来抬头一看，发现自己是在一条狭窄的街道上，两旁的住房之间，零零星星有几家黑黝黝的小铺子。他的头顶上面挂着三个褪了色的铁球，看上去以前曾经是镀过金的。他觉得自己认识这个地方。不错！他又站在买那本日记本的旧货铺门口了。

他心中感到一阵恐慌。当初买那本日记本，本来是件够冒失的事，他心中曾经发誓再也不到这个地方来。可是他一走神，就不知不觉地走到这个地方来了。他开始记日记，原来就是希望以此来提防自己发生这种自杀性的冲动。他同时注意到，虽然时间已经快到二十一点了，这家铺子还开着门。他觉得还是到铺子里面去好，这比在外面人行道上徘徊，可以少引起一些人的注意，他就进了门去。如果有人问他，他满可以回答他想买刮胡子的刀片。

店主人刚刚点了一盏煤油挂灯，发出一阵不干净的然而友好的气味。他年约六十，体弱背驼，鼻子很长，眼光温和，戴着一副厚玻璃眼镜。他的头发几乎全已发白，但是眉毛仍旧浓黑。他的眼镜，他的轻轻的、忙碌的动作，还有他穿的那件破旧的黑平绒衣服，使他隐隐有一种知识分子的气味，好像他是一个文人。或者音乐家。他讲话的声音很轻，好像倒了嗓子似的，他的口音不像普通无产者那么侉。

“你在外面人行道上的时候，我就认出了你，”他马上说，“你就是那位买了那本年轻太太的纪念本子的先生。那本子真不错，纸张很美。以前叫作奶油纸。唉，我敢说，五十多年来，这种纸张早已不再生产了。”他的眼光从镜架上面透过来看温斯顿。“你要买什么东西吗？还是随便瞧瞧？”

“我路过这里，”温斯顿含糊地说，“我只是进来随便瞧瞧，我没有什么东西一定要买。”

“那么也好，”他说，“因为我想我也满足不了你的要求。”他的软软的手做了一个道歉的姿态。“你也清楚，铺子全都空了。我跟你说句老实话，旧货买卖快要完了，没有人再有这个需要，也没有货。家具、瓷器、玻璃器皿——全都慢慢破了。还有金属的东西也都要回炉烧掉。我已多年没有看到黄铜烛台了。”

实际上，这家小小的铺子里到处塞满了东西，但是几乎没有一件东西是有什么价值的。铺子里陈列的面积有限，四面墙根都靠着许多积满尘土的相框画架。橱窗里放着一盘盘螺母螺钉、旧凿子、破扦刀、一眼望去就知道已经停了不走的旧手表，还有许许多多没用的废品。只有在墙角的一个小桌子上放着一些零零星星的东西——漆器鼻烟匣、玛瑙饰针等等——看上去好像还有什么让人发生兴趣的东西在里面。温斯顿在向桌子漫步过去时，他的眼光被一个圆形光滑的东西吸引住了，那东西在灯光下面发出淡淡的光辉，他把他拣了起来。

那是一块很厚的玻璃，一面成弧形，一面平滑，几乎像个半球形。不论在颜色或者质地上来说，这块玻璃都显得特别柔和，好像雨水一般。在中央，由于弧形的缘故，看上去像放大了一样，有一个奇怪的粉红色的蟠曲的东西，使人觉得像朵玫瑰花，又像海葵。

“这是什么？”温斯顿很有兴趣地问。

“那是珊瑚，”老头儿说，“这大概是从印度洋来的，他们往往把他嵌在玻璃里。这至少有一百年了，看上去还要更久一些。”

“很漂亮的东西。”温斯顿说。

“的确是很漂亮的东西，”对方欣赏地说，“不过现在很少有人识货了。”他咳嗽着，“如果你要，就算四元钱吧。我还记得那样的东西以前可以卖八镑，而八镑——唉，我也算不出来，但总是不少钱。可是现在碰到真正的古董，哪怕剩下不多了，有谁能识货？”

温斯顿马上付了四元钱，把这心爱的东西揣在口袋里。吸引他的倒不是那东西的美丽，而是因为他似乎有着一种不属于这一个时代，而属于另一个时代的气息。这种柔和的、雨水般的玻璃，不像他见过的任何玻璃。这件东西尤其可贵的是在于他看上去似乎没有什么用处，尽管他可以猜得出来，以前一定是把他当作镇纸来用的。放在口袋里很沉，不过幸而还好，体积不大，没有显得鼓鼓囊囊的。一个党员手中有这样一件东西，可以说是很古怪的，甚至容易招罪的。任何东西，只要是古旧的东西，尤其是美丽的东西，总容易招疑。那个老头儿收下了四元钱后显得很高兴。温斯顿意识到，要是给他三元，甚至两元钱，他也会收下的。

“楼上还有一间屋子你也许愿意瞧一瞧，”他说，“东西不多，只有几件。如果上楼，我就去掌一盏灯。”

他另外点了一盏灯，弯着腰，慢慢地走在前面，上了一道陡陡的磨光了的扶梯，走过一条狭窄的过道，到了一间屋子里，那屋子不临街，窗口外面是个铺鹅卵石的院子和许许多多房顶的烟囱。温斯顿注意到，屋子里的陈设仍是要住人似的。地上有一条地毯，墙上有一两张画，壁炉前面有一把深陷的邋遢的安乐椅。炉架上面有一只老式的玻璃钟在滴嗒走着，钟面的数字还是按十二个小时分的。窗户下面是一张大床，几乎占了屋子四分之一的面积，上面仍旧放着一条床垫。

“我老伴死去以前，我们一直住在这里，”老头儿有点歉然地说，“我把家具一点一点卖掉了。这是一张很好的红木床，如果你能把臭虫搞掉的话。不过我想你也许会觉得他太笨重。”

他把灯举得高高的，好照清整个屋子，在温暖的昏暗的灯光下，说来奇怪，这地方是很招人喜欢的。温斯顿心中不由得想，如果他敢冒险的话，大概很容易用几块钱就把这屋子租下来一星期。可是这念头完全是胡思乱想，一出现就马上得放弃。不过这屋子在他心里引起了一种怀旧的心情，一种古老的记忆。他觉得他完全知道坐在这样一间屋子里有什么滋味：在熊熊的炉火旁边坐在安乐椅中，双脚搁在炉架上，炉子上吊着一个水壶，孑然一身，安全无恙，没有人看着你，没有声音在你耳边聒噪，除了壶里的吱吱水声和时钟的滴嗒以外，没有任何别的声音。

“没有电幕！”他不由得喃喃自语道。

“啊，”老头儿说，“这种东西我从来没有置过，太贵了。反正，我也从来没有觉得有这种需要。那边角落里有一张很好的折叠桌。不过，你如要支起来，你得安上新铰链。”

另一角落里有一只小书架，温斯顿已经被吸引着向那边走去。架子上除了废物以外什么也没有。在无产者区，像在别的地方一样，搜书烧书也搞得一样彻底。大洋国不论什么地方都不可能有一本在1960年以前印的书。老头儿仍举着灯，站在壁炉旁边对着床的墙上挂着的用花梨木镜框镶的一幅画前面。

“要是你对以前的老画片有兴趣……”他开始委婉地说。

温斯顿过来看那幅画。这是一幅蚀刻版画，画的是个椭圆形的建筑，上面有长方形的窗户，前面有个小塔。建筑物周围有铁栏杆围着，后方似乎是个塑像。温斯顿凝视了片刻，那个建筑物看上去似曾相识，只是他记不起那个塑像了。

“画框是嵌镶在墙上的，”老头儿说，“不过，我可以把他卸下来。”

“我认识这所房子，”温斯顿终于说，“现在已经败落了。这是在正义宫外面的一条街上。”

“不错，就在法院外面，被炸掉了——唉，那是很多年以前的事了。原来曾经是个教堂，名字叫作圣克利门特的丹麦人教堂。”他带着歉意地微笑道，好像自己觉得说的话有点可笑，又补充说：“圣克利门特教堂的钟声说，橘子和柠檬！”

“那是什么？”温斯顿问。

“哦——圣克利门特教堂的钟声说，橘子和柠檬。那是我小时候唱的一个歌谣。歌谣里说些什么，我已记不得了，不过我还记得最后一句是，这里有支蜡烛照你上床，这里有把斧子砍你脑袋。一边唱，一边跳舞。大家伸出胳膊，让你在下面钻过去，一唱到这里有把斧子砍你的脑袋，就突然放下手来，把你逮住。这只歌里尽是一些教堂的名字。伦敦的许多教堂都在里面——我是说主要的大教堂。”

温斯顿胡乱地想着，不知这个教堂属于哪一个世纪。要断定伦敦一所建筑的年代，总是很困难。凡是雄伟的大建筑，只要外表还新，就总是说是革命后修建的，看上去显然比这早的，就归于称为中世纪的那个黑暗时期。资本主义的几个世纪一般都认为没有产生什么有价值的东西。你从书本上固然学不到历史，从建筑上也学不到历史。雕塑、铭文、纪念碑、街道的名字——凡是可以说明过去情况的任何东西都统统改掉了。

“我从来不知道那是个教堂。”他说。

“其实，留下来的还不少。”老头儿说，“不过都派了别的用场。噢，我记起来了，那支歌谣是怎么唱的！

圣克利门特教堂的钟声说，橘子和柠檬，圣克利门特教堂的钟声说，你欠我三个铜板！

“可惜我只记得这两句了。一个铜板是最小的辅币，外表同一分钱差不多。”

“圣马丁教堂在那里？”温斯顿问。

“圣马丁教堂？那还在。在胜利广场，画廊旁边，是座门廊呈三角形，前面有圆柱和很高的台阶的房子。”

温斯顿对那地方很熟悉。那是一所博物馆，用来陈列各种宣传品的——火箭弹和水上堡垒的模型、反映敌人暴行的蜡塑等等。

“以前叫作田野里的圣马丁教堂，”老头儿补充说，“不过我已记不得那个地方曾经有过什么田野了。”

温斯顿没有把那幅画买下来。有这东西，比那玻璃镇纸还不合适，而且无法带回家，除非从画框上卸下来。不过他还是逗留了一些时候，同那个老头儿说着话，那个老头儿的名字不是叫维克斯

——从店铺门前的招牌来看。你很可能认为他就是叫这个名字——却叫却林顿。却林顿先生年六十三岁，是个鳏夫，住在这家铺子里已有三十年了。他一直想把橱窗上的铺名改掉，可是总没有动手改。他们一边说着话，温斯顿的脑海里一边在哼着那忘了一半的歌谣："圣克利门特教堂的钟声说，橘子和柠檬，圣克利门特教堂的钟声说，你欠我三个铜板！"很奇怪，你一边哼，一边就真的觉得听到了钟声，那是一个仍旧在什么地方存在着、但是有了伪装和被人遗忘的、失去了的伦敦的钟声。他似乎从一个个阴沉的尖塔中听到了钟声的传来。但是从他能记事的时候起，他在实际生活中可从来没有听到过教堂的钟声。

他离开却林顿先生，独自下了楼，免得那个老头儿看到他在出门之前偷偷地看一眼街上有没有旁人。他已经打定了主意，隔开适当的时间——比如说，一个月——以后，他要冒险到这家铺子再来一次。可能这并不比逃避邻里活动中心站更危险。真正严重的危险还是，在买了那个日记本以后，也不知道那个铺子老板是不是可靠，竟然又到这家铺子来。但是——

他又想，是啊，他是要再来的。他要再买一些美丽而没有实用性的小东西。他要买那幅圣克利门特的丹麦人教堂蚀刻版画，把他从画框上卸下来，塞在蓝制服的上衣里面带回家去。他要从却林顿先生的记忆中把那首歌谣全部都挖出来。甚至把楼上房间租下来这个疯狂的念头，也一度又在他脑海中闪过。大概有五秒钟之久，他兴高采烈得忘乎所以，他事先也没有从玻璃窗里看一眼外面街上，就走了出去。他甚至临时编了一个小调哼了起来——

圣克利门特教堂的钟声说，橘子和柠檬，
圣克利门特教堂的钟声说，你欠我三个铜板！

他忽然心里一沉，吓得屁滚尿流。前面人行道上，不到十英尺的地方，来了一个身穿蓝制服的人。那是小说司的那个黑头发姑娘。路灯很暗，但是不难看出是她。她抬头看了他一眼，就装得好像没有见到他一样很快地走开了。

温斯顿一时吓得动弹不得，好像瘫了一样。然后他向右转弯，拖着沉重的脚步往前走，也不知道走错了方向。无论如何，有一个问题已经解决了。不再有什么疑问，那个姑娘是在侦察他。她一定跟着他到了这里，因为她完全不可能是偶然正好在同一个晚上到这同一条不知名的小街上来散步的，这条街距离党员住的任何地方都有好几英里远。这不可能是巧合。她究竟是不是思想警察的特务，还是过分热心的业余侦探，那没有关系，光是她在监视他这一点就已经够了。她大概也看到了他进那家小酒店。

现在走路也很费劲。他口袋里那块玻璃，在他每走一步的时候就碰一下他的大腿，他简直要想把他掏出来扔掉。最糟糕的是他肚子痛。他有好几分钟都觉得，如果不赶紧找个厕所他就憋不住了。可是在这样的地方是找不到公共厕所的。接着肚子痛过去了，只留下一阵麻木的感觉。

这条街道是条死胡同。温斯顿停下脚步来，站了几秒钟，不知怎么才好，然后又转过身来往回走。他转身的时候想起那姑娘碰到他还只有三分钟，他跑上去可能还赶得上她。他可以跟着她到一个僻静的地方，然后用一块石头猛击她的脑袋。他口袋里的那块玻璃也够沉的，可以干这个事儿。但是他马上放弃了这个念头，因为即使这样的念头也让他受不了。他不能跑，他不能动手打人。何况，她年纪轻、力气大，一定会自卫。他又想到赶紧到活动中心站去，一直待到关门，这样可以有人做旁证，证明他那天晚上在那里，但是这也办不到。他全身酸软无力。他一心只想快些回家，安安静静地坐下来。

他到家已二十二点了。到二十三点三十分电门总闸就要关掉。他到厨房去，喝了足足一茶匙的杜松子酒，然后到壁龛前的桌边坐下来，从抽屉里拿出日记。但是他没有马上打开来。电幕上一个低沉的女人声音在唱一支爱国歌曲。他呆呆地坐在那里，看着日记本的云石纸封面，徒劳无功地要想把那歌声从他的意识中排除出去。

他们是在夜里来逮你的，总是在夜里。应该在他们逮到你之前就自杀。没有疑问，有人这样做。许多失踪的人实际上是自杀了。但是在一个完全弄不到枪械、或者随便哪种能够迅速致命的毒物的世界里，自杀需要极大的勇气。他奇怪地发现，痛楚和恐惧在生物学上完全无用，人体不可捉摸，因为总是在需要他做特别的努力的时候，他却僵化不动了。他当初要是动作迅速，本来是可以把那黑发姑娘灭口的；但是正是由于他处于极端危险的状态，却使他失去了采取行动的毅力。他想到碰到危急状态，你要对付的从来不是那个外部的敌人，而是自己的身体。即使到现在，尽管喝了杜松子酒，肚子里的隐痛也使他不可能有条理地思索。他想，在所有从外表看来似乎是英雄或悲剧的场合，情况也是这样的。在战场上，在刑房里，在沉船上，你要为之奋斗的原则，往往被忘掉了，因为身体膨胀起来，充满了宇宙，即使你没有吓得瘫痪或者痛得大声号叫，生命也不过是对饥饿、寒冷、失眠，对肚子痛或牙齿痛的一场暂时的斗争。

他打开日记本，必须写下几句话来。电幕上那个女人开始唱一首新歌。她的声音好像碎玻璃片一样刺进他的脑海。他努力想奥勃良，这本日记就是为他，或者对他写的，但是他开始想到的却是思想警察把他带走以后会发生什么事。他们要是马上杀你，那倒没有关系。被杀，是你预料到的。但是在死前（没有人说这种事情，但是人人都知道）却有例行的逼供要过场：趴在地上求饶，折断骨头，打掉牙齿，头发结成血块。既然下场总是一样的，你为什么要吃这苦呢？为什么不可能早几天、早几个星期送命呢？从来没有人能逃脱侦察，也从来没有人不招供的。你一旦犯了思想罪，可以肯定到一定日子你就得死。既然这种恐怖反正改变不了什么，为什么还要放在前面等着你呢？

他要想起奥勃良的形象来，现在比刚才略微有些成功。奥勃良对他说：“我们将在一个没有黑暗的地方见面。”他知道这话是什么意思，或者自以为知道这话是什么意思。没有黑暗的地方是想象中的未来，你永远看不到，只是由于预知先见而神秘地能够分享。

但是由于电幕上的声音在他耳旁聒噪不休，他无法再沿着这个思路想下去。他把一支香烟放在嘴里，一半烟丝就掉在舌上，这是一种发苦的粉末，很难吐干净。他的脑海中浮现出老大哥的脸，代替了奥勃良的脸。正如他几天前所做的那样，他从口袋里掏出一块辅币来瞧。辅币上的脸也看着他，线条粗犷，神色镇静，令人宽心，但是藏在那黑胡子背后的是什么样的一种笑容？像沉闷的钟声一样，那几句话又在他耳边响起：

战争即和平
自由即奴役
无知即力量

第二部

第一章

近晌午时候，温斯顿离开他的小办公室，到厕所里去。

从灯光明亮的狭长走廊的那一头，向他走来了一个孤单的身影。那是那个黑发姑娘。自从那天晚上他在那家旧货铺门口碰到她以来已有四天了。她走近的时候，他看到她的右臂挂着绷带，远处不大看得清，因为颜色与她穿的制服相同，大概是她在转那“构想”小说情节的大万花筒时压伤了手。那是小说司常见的事故。

他们相距四米的时候，那个姑娘绊了一跤，几乎扑倒在地上。她发出一声呼痛的尖叫。她一定又跌在那条受伤的手臂上了。温斯顿马上停步。那姑娘已经跪了起来。她的脸色一片蜡黄，嘴唇显得更红了。她的眼睛紧紧地盯住他，求援的神色与其说是出于痛楚不如说是出于害怕。

温斯顿心中的感情很是奇特。在他前面的是一个要想杀害他的敌人，然而也是一个受伤的，也许骨折的人。他出于本能已经走上前去要援助她。他一看到她跌着的地方就在那条扎着绷带的手臂上，就感到好像痛在自己身上一样。

“你摔痛了没有？”他问道。

“没什么。摔痛了胳膊，一会儿就好了。”

她说话时好像心在怦怦地乱跳。她的脸色可真是苍白得很。

“你没有摔断什么吗？”

“没有，没事儿。痛一会儿就会好的。”

她把没事的手伸给他，他把她搀了起来。她的脸色恢复了一点，看上去好多了。

“没事儿，”她又简短地说，“我只是把手腕摔痛了一些。谢谢你，同志！”

她说完就朝原来的方向走去，动作轻快，好像真的没事儿一样。整个事件不会超过半分钟。不让自己的脸上现出内心的感情已成为一种本能，而且在刚才这件事发生的时候，他们正好站在一个电幕的前面。尽管如此，他还是很难不露出一时的惊异，因为就在他搀她起身时，那姑娘把一件不知什么东西塞在了他的手里。她是有心这样做的，这已毫无疑问。那是一个扁平的小东西。他进厕所门时，把他揣在口袋里，用手指摸摸他。原来是折成小方块的一张纸条。

他一边站着小便，一边设法就在口袋里用手指把他打了开来。显然，里面一定写着要同他说的什么话。他一时冲动之下，想到单间的马桶间里去马上打开他，但是这样做太愚蠢。这他也知道。没有任何别的地方使你更有把握，因为电幕在连续不断地监视着人们。

他回到了他的小办公室，坐了下来，把那纸片随便放在桌上的一堆纸里，戴上了眼镜，把听写器拉了过来。他对自己说：“五分钟，至少至少要等五分钟！”他的心怦怦地在胸口跳着，声音大得令人吃惊。幸而他在做的那件工作不过是一件例行公事，纠正一长列的数字，不需要太多的注意力。

不论那纸片上写的是什么，那一定是有些政治意义的。他能够估计到的，只有两种可能性。一种可能性的可能较大，即那个姑娘是思想警察的特务，就像他所担心的那样。他不明白，为什么思想警察要用那种方式送信，不过他们也许有他们的理由。纸片上写的也许是一个威胁，也许是一张传票，也许是一个要他自杀的命令，也许是一个不知什么的圈套。但是还有一种比较荒诞不经的可能性不断地抬头，他怎么也压不下去。那就是，这根本不是思想警察那里来的而是某个地下组织送来的信息。也许，兄弟团真的是确有其事的！也许那姑娘是其中的一员！没有疑问，这个念头很荒谬，但是那张纸片一接触到他的手，他的心中就马上出现了这个念头。过了一两分钟以后，他才想到另外一个比较可能的解释。即使现在，他的理智告诉他，这个信息可能就是死亡，但是，他仍旧不信，那个不合理的希望仍旧不散，他的心脏仍在怦怦地跳着，他好不容易才克制住自己。在对着听写器低声说一些数字时，使自己的声音不致发颤。

他把做完的工作卷了起来，放在输送管里。时间已经过去了八分钟。他端正了鼻梁上的眼镜，叹了一口气，把下一批的工作拉到前面，上面就有那张纸片，他把他摊平了。上面写的是几个歪歪斜斜的大字：

我 爱 你

他吃惊之余，一时忘了把这容易招罪的东西丢进忘怀洞里。等到他这么做时，他尽管很明白，表露出太多的兴趣是多么危险，还是禁不住要再看一遍，哪怕只是为了弄清楚上面确实写着这几个字。

这天上午他几乎无心工作。要集中精力做那些琐细的工作固然很难，更难的是要掩藏他的激动情绪，不让电幕察觉。他感到好像肚子里有一把火在烧一样。在那人声嘈杂、又挤又热的食堂里吃饭成了一件苦事。他原来希望在吃中饭的时候能清静一会儿，但是不巧的是，那个笨蛋派逊斯又一屁股坐在他旁边，他的汗臭把一点点的菜香都压过了，嘴里还没完没了地在说着仇恨周的准备情况。他对他女儿的侦察队为仇恨周做的一个硬纸板老大哥头部模型说得特别起劲儿，那模型足有两英尺宽。讨厌的是，在嗡嗡的人声中，温斯顿一点也听不清派逊斯在说些什么，他得不断地请他把那些蠢话再说一遍。只有一次，他看到了那个姑娘，她同两个姑娘坐在食堂的那一头。她好像没有瞧见他，他也就没有再向那边望一眼。

下午比较好过一些。午饭以后送来的一件工作比较复杂困难，要好几个小时才能完成，必须把别的事情都暂时撇在一边。这项工作是要篡改两年前的一批产量报告，目的是要损害党内一个重要党员的威信，这个人现在已经蒙上了阴影。这是温斯顿最拿手的事情，两个多小时里他居然把那个姑娘完全置诸脑后了。但是接着，他的记忆中又出现了她的面容，引起了不可克制的要找个清静地方的炽烈欲望。他不找到个清静的地方，是无法把这桩新发生的事理出一个头绪来的。今晚又是他该去参加邻里活动中心站的晚上，他又马马虎虎地在食堂里吃了一顿无味的晚饭，匆匆到中心站去，参加“讨论组”的讨论，这是一种一本正经的蠢事，打两局乒乓球，喝几怀杜松子酒，听半小时题叫《英社与象棋的关系》的报告。他内心里厌烦透了，可是他第一次没有要逃避中心站活动的冲动。看到了我爱你三字以后，他要活下去的欲望猛然高涨，为一些小事担风险太不划算了。一直到了二十三点，他回家上床以后，在黑暗中他才能连贯地思考问题。在黑暗中，只要你保持静默，你是能够躲开电幕的监视而安然无事的。

要解决的问题是个实际问题：怎样同那姑娘联系，安排一次约会？他不再认为她可能是在对他布置圈套了。他知道不会是这样，因为她把纸片递给他时，毫无疑问显得很激动。显然她吓得要命，谁都要吓坏的。他的心里也从来没有想到过拒绝她的垂青。五天以前的晚上，他还想用一块铺路的鹅卵石击破她的脑袋；不过这没有关系。他想到她的赤裸的年轻的肉体，像在梦中见到的那样。他原来以为她像她们别人一样也是个傻瓜，头脑里尽是些谎言和仇恨，肚子里尽是些冰块。一想到他可能会失掉她，她的年轻白嫩的肉体可能从他手中滑掉，他就感到一阵恐慌。他最担心的是，如果他不同她马上联系上，她可能就此改变主意。但是要同她见面，具体的困难很大。这就像在下棋的时候，你已经被将死了却还想走一步。你不论朝什么方向，都有电幕对着你。实际上，从他看到那字条起，五分钟之内，他就想遍了所有同她联系的方法。现在有了考虑的时间，他就逐个逐个地再检查一遍，好像在桌上摆开一排工具一样。

显然，今天上午那样的相遇是无法依样画葫芦地再来一遍的了。要是她在记录司工作，那就简单得多，但是小说司在大楼里的坐落情况，他只有个极为模糊的概念，他也没有什么借口可以到那里去。要是他知道她住在哪里和什么时候下班，他就可以想法在她回家的路上去见她。但是要跟在她后面回家并不安全，因为这需要在真理部外面荡来荡去，这一定会被人家注意到的。至于通过邮局写信给她，那根本办不到。因为所有的信件在邮递的过程中都要受到检查，这样一种必须的手续已不是什么秘密了。实际上，很少有人写信。有时万不得已要传递信息，就用印好的明信片，上面印有一长串现成的词句，只要把不适用的话划掉就行了。反正，他也不知道那个姑娘的姓名，更不用说地址了。最后他决定，最安全的地方是食堂。要是他能够在她单独坐在一张桌子旁时接近她，地点又是在食堂中央，距离电幕不要太近，周围人声嘈杂，只要这样的条件持续有那么三十秒钟，也许就可以交谈几句了。

在这以后的一个星期里，生活就像在做辗转反侧的梦一样。第二天，在他要离开食堂时她才到来，那时已经吹哨了。她大概换了夜班。他们两人擦身而过时连看也不看对方一眼。接着那一天，她在平时到食堂的时候在食堂中出现，可是有三个姑娘在一起，而且就坐在电幕下面。接着三天，她都没有出现。这使他身心紧张，特别敏感脆弱，好像一碰即破似的；他的任何一举一动，不管是接触还是声音，不管是他自己说话还是听人家说话，都成了无法忍受的痛苦。即使在睡梦中，他也无法完全逃避她的形象。他在这几天里没有去碰日记。如果说有什么事情能使他忘怀的话，那就是他的工作，有时可以一口气十分钟忘掉他自己。她究竟发生了什么，他一无所知，也不能去打听。她可能已经化为乌有了，也可能自杀了，也可能调到大洋国的另外一头去了——最糟糕，也是最可能的是，她可能改变了主意，决定避开他了。

第二天她又出现了，胳膊已去了悬吊的绷带，不过手腕上贴着橡皮膏。看到她，使他高兴得禁不住直挺挺地盯着她看了几秒钟。下一天，他差一点同她说成了话。那是当他进食堂的时候，她坐在一张距墙很远的桌子旁，周围没有旁人。时间很早，食堂的人不怎么多。队伍慢慢前进，温斯顿快到柜台边的时候，忽然由于前面有人说他没有领到一片糖精而又停顿了两分钟。但是温斯顿领到他的一盘饭菜，开始朝那姑娘的桌子走去时，她还是一个人坐在那里。他若无其事地朝她走去，眼光却在她后面的一张桌子那边探索。当时距离她大概有三英尺远。再过两秒钟就可到她身旁了。这时他的背后忽然有人叫他“史密斯！”他假装没有听见。那人又喊了一声“史密斯！”，声音比刚才大一些。再假装没有听见已没有用了。他转过头去一看，是个头发金黄、面容愚蠢的年轻人，名叫维尔希，此人他并不熟，可是面露笑容，邀他到他桌边的一个空位子上坐下来。拒绝他是不安全的。在别人认出他以后，他不能再到一个孤身的姑娘的桌边坐下。这样做太会引起注意了。于是他面露笑容，坐了下来。那张愚蠢的脸也向他笑容相迎。温斯顿恨不得提起一把斧子把他砍成两半。几分钟之后，那姑娘的桌子也就坐满了。

但是她一定看到了他向她走去，也许她领会了这个暗示。第二天，他很早就去了。果然，她又坐在那个老地方附近的一张桌边，又是一个人。队伍里站在他前面的那个人个子矮小，动作敏捷，像个甲壳虫一般，他的脸型平板，眼睛很小，目光多疑。温斯顿端起盘子离开柜台时，他看到那个小个子向那个姑娘的桌子走去。他的希望又落空了。再过去一张桌子有个空位子，但那小个子的神色表露出他很会照顾自己，一定会挑选一张最空的桌子。温斯顿心里一阵发凉，只好跟在他后边，走过去再说。除非他能单独与那姑娘在一起，否则是没有用的，就在这个时候，忽然呼啦一声。那小个子四脚朝天，跌在地上，盘子不知飞到哪里去了，汤水和咖啡流满一地。他爬了起来，不高兴地看了温斯顿一眼，显然怀疑是他故意绊他跌跤的。不过不要紧。五秒钟以后，温斯顿心怦怦地跳着，他坐在姑娘的桌旁了。

他没有看她，他放好盘子就很快吃起来。应该趁还没有人到来以前马上说话，但是他忽然一阵疑惧袭心。打从上次她向他有所表示以来，已有一个星期了。她很可能已经改变了主意，她一定已经改变了主意！这件事要搞成功是不可能的；实际生活里是不会发生这种事情的。要不是他看到那个长发诗人安普尔福思端着一盘菜饭到处逡巡要想找个座位坐下，他很可能根本不想开口的。安普尔福思对温斯顿好像有种说不出的感情，如果看到温斯顿，肯定是会到他这里就座的。现在大约只有一分钟的时间，要行动就得迅速。这时温斯顿和那姑娘都在吃饭。他们吃的东西是用菜豆做的炖菜，实际上同汤一样。温斯顿这时就低声说起来。他们两人都没有抬起头来看，一边把稀溜溜的东西送到嘴里，一边轻声地交换几句必要的话，声色不露。

“你什么时候下班？”

“十八点三十分。”

“咱们在什么地方可以见面？”

“胜利广场，纪念碑附近。”

“那里尽是电幕。”

“人多就不要紧。”

“有什么暗号吗？”

“没有。看到我混在人群中的时候才可以过来。眼睛别看我。跟在身边就行了。”

“什么时间？”

“十九点。”

“好吧。”

安普尔福思没有见到温斯顿，在另外一张桌子边坐了下来。那姑娘很快地吃完了饭就走了，温斯顿留了下来抽了一支烟。他们没有再说话，而且也没有相互看一眼，两个人面对面坐在一张桌子旁，这可不容易做到。

温斯顿在约定时间之前就到了胜利广场。他在那个大笛子般的圆柱底座周围徘徊，圆柱顶上老大哥的塑像向南方天际凝视着，他在那边曾经在“一号空降场战役”中歼灭了欧亚国的飞机（而在几年之前则是东亚国的飞机）。纪念碑前的街上，有个骑马人的塑像，据说是奥立佛·克伦威尔。在约定时间五分钟以后，那个姑娘还没有出现。温斯顿心中又是一阵疑惧。她没有来，她改变了主意！他慢慢地走到广场北面，认出了圣马丁教堂，不由得感到有点高兴，那个教堂的钟声——当他还有钟的时候——曾经敲出过“你欠我三个铜板”的歌声。这时他忽然看到那姑娘站在纪念碑底座前面在看——或者说装着在看——上面贴着的一张招贴。在没有更多的人聚在她周围之前上去走近她，不太安全。纪念碑四周尽是电幕。但是这时忽然发出一阵喧哗，左边什么地方传来了一阵重型车辆的声音。突然人人都奔过广场。那个姑娘轻捷地在底座的雕狮旁边跳过去，混在人群中去了。温斯顿跟了上去。他跑去的时候，从叫喊声中听出来，原来是有几车欧亚国的俘虏经过。

这时密密麻麻的人群已经堵塞了广场的南边。温斯顿平时碰到这种人头济济的场合，总是往边上靠的，这次却又推又搡，向人群中央挤去。他不久就到了离那姑娘伸手可及的地方，但中间夹了一个魁梧的无产者和一个同样肥大的女人，大概是无产者的妻子，他们形成了一道无法越过的肉墙。温斯顿把身子侧过来，猛地一挤，把肩膀插在他们两人的中间，打开了一个缺口，可是五脏六腑好像被那两个壮实的躯体挤成肉浆一样。但他出了一身大汗，终于挤了过去。他现在就在那姑娘身旁了。他们肩挨着肩，但眼睛都呆呆地直视着前方。

这时有一长队的卡车慢慢地开过街道，车上每个角落都直挺挺地站着手持轻机枪、面无表情的警卫。车上蹲着许多身穿草绿色破旧军服的人，脸色发黄，互相挤在一起。他们的悲哀的蒙古种的脸木然望着卡车的外面，一点也没有感到好奇的样子。有时卡车稍有颠簸，车上就发出几声铁链叮当的声音；所有的俘虏都戴着脚镣。一车一车的愁容满面的俘虏行了过去。温斯顿知道他们不断地在经过，但是他只是时断时续地看到他们。那姑娘的肩膀和她手肘以上的胳臂都碰到了他。她的脸颊挨得这么近，使他几乎可以感到她的温暖。这时她马上掌握了局面，就像在食堂那次一样。她又口也不张，用不露声色的声音开始说话，这样细声低语在人声喧杂和卡车的隆隆声中是很容易掩盖过去的。

“你能听到我说话吗？”

“能。”

“星期天下午你能调休吗？”

“能。”

“那么听好了。你得记清楚。到巴丁顿车站去——”

她逐一说明了他要走的路线，清楚明确，犹如军事计划一样，使他感到惊异。坐半小时火车，然后出车站往左拐，沿公路走两英里，到了一扇顶上没有横梁的大门，穿过了田野中的一条小径，到了一条长满野草的路上，灌木丛中又有一条小路，上面横着一根长了青苔的枯木。好像她头脑里有一张地图一样。她最后低声说：“这些你都能记得吗？”

“能。”

“你先左拐，然后右拐，最后再左拐。那扇大门顶上没有横梁。”

“知道，什么时间？”

“大约十五点。你可能要等，我从另外一条路到那里。你都记清了？”

“记清了。”

“那么马上离开我吧。”

这，不需要她告诉他。但是他们在人群中一时还脱不开身。卡车还在经过，人们还都永不知足地待看着。开始有几声嘘叫，但这只是从人群中间的党员那里发出来的，很快就停止了。现在大家的情绪完全是好奇。不论是从欧亚国或东亚国来的外国人都是一种奇怪陌生的动物。除了俘虏，很少看到他们，即使是俘虏，也只是匆匆一瞥。而且你也不知道他们的下场如何，只知其中有少数人要作为战犯吊死。别的就无影无踪了，大概送到了强迫劳动营。圆圆的蒙古种的脸过去之后，出现了比较像欧洲人的脸，肮脏憔悴，满面胡须。从毛茸茸的面颊上露出的目光射到了温斯顿的脸上，有时紧紧地盯着，但马上就一闪而过了。车队终于走完。他在最后一辆卡车上看到一个上了年纪的人，满脸毛茸茸的胡须，直挺挺地站在那里，双手叉在胸前，好像久已习惯于把他的双手铐在一起了。温斯顿和那姑娘该到了分手的时候了。但就在这最后一刹那，趁四周人群还是很挤的时候，她伸过手来，很快地捏了一把他的手。

这一捏不可能超过十秒钟，但是两只手好像握了很长时间。他有充裕的时间摸熟了她的手的每一个细节。他摸到了纤长的手指，椭圆的指甲，由于操劳而磨出了老茧的掌心，手腕上光滑的皮肤。这样一摸，他不看也能认得出来。这时他又想到，他连她的眼睛是什么颜色也不知道。可能是棕色，但是黑头发的人的眼睛往往是蓝色的。现在再回过头来看她，未免太愚蠢了。他们两人的手握在一起，在拥挤的人群中是不易发觉的，他们不敢相互看一眼，只是直挺挺地看着前面，而看着温斯顿的不是那姑娘，而是那个上了年纪的俘虏，他的眼光悲哀地从毛发丛中向他凝视着。

第二章

温斯顿从稀疏的树荫中穿过那条小路，在树枝分开的地方， 就映入了金黄色的阳光。在左边的树下，地面白茫茫地长着风信子。空气湿润，好像在轻轻地吻着皮肤。这是五月的第二天，从树林深处传来了斑鸠的嘤鸣。

他来得稍为早了一些。一路上没有遇到什么困难，那个姑娘显然很有经验，使他不像平时那么害怕。大概可以信赖她能找到一个安全的地方。一般来说，你不能想当然地以为在乡下一定比在伦敦更加安全。不错，在乡下没有电幕，但是总有碰上窃听器的危险，把你的说话声录下来；此外，一个人出门要不引起注意不是一件容易的事。一百英里之内，不需要拿你的通行证去申请许可，但是有时火车站附近有巡逻队，要检查在那里碰到的党员的身份证，询问一些使人为难的问题。但是那天没有碰到巡逻队，在出车站以后，他一路上不时回头看，确信没有人盯他的梢。火车上尽是无产者，因为天气暖和，个个都高高兴兴的。他搭的硬座车厢坐满了一个大家庭，从老掉了牙的老奶奶到才满月的婴孩，他们是到乡下亲戚家中去串门，弄一些黑市黄油的，他们很坦率地这么告诉温斯顿。

这条路慢慢地开阔起来，不久他就到了她告诉他的那条小径上了，那是牛群在灌木丛中踩踏出来的。他没有带表，但是知道还不到十五点。脚下到处是风信子，要不踩到上面是办不到的。他蹲了下来，摘了一些，一半是消遣时间，但是也模模糊糊地想到要在同那姑娘见面时献给她一束花。他摘了很大的一束，正在嗅着他的一股不好闻的淡淡的香味时，忽然听到背后有人踩踏枯枝的脚步声，不禁吓得动弹不得。他没有别的办法，只好继续摘花。很可能就是那姑娘，但也可能还是有人盯上了他。回过头去看就是做贼心虚，他一朵又一朵地摘着。这时有一只手轻轻地落到了他的肩上。

他抬头一看，原来是那姑娘。她摇摇头，显然是警告他不要出声。然后她拨开树枝，沿着那条狭狭的小径，很快地引着路走到树林深处去。显然她以前去过那里，因为她躲闪坑坑洼洼非常熟练，好像出于习惯一样。温斯顿跟在后面，手中仍紧握着那束花。他的第一个感觉是感到放心，但是他看着前面那个苗条健康的身子，上面束着那条猩红的腰带，宽紧适当，露出了她的臀部的曲线，他就沉重地感到了自惭形秽。即使事到如今，她回头一看，仍很可能就此打退堂鼓。甜美的空气和葱翠的树叶使他感到气馁。在从车站出来的路上，五月的阳光已经使他感到了全身肮脏，脸色苍白，完全是个过惯室内生活的人，皮肤上的每一个毛孔里都嵌满了伦敦的煤烟尘土。他想到至今为止她大概还从来没有在光天化日之下见到过他。他们到了她说到过的那根枯木的旁边，她一跃过去，在一片密密麻麻的灌木丛中拨开树枝，温斯顿跟着她走到一个天然的小空地，那块小小的多草的土墩周围都是高高的幼树，把他严密地遮了起来。那姑娘停了步，回过身来说：

“咱们到了。”

他面对着她，相距只有几步远。但是他仍不敢向她靠近。

“我在路上不想说什么话，”她继续说，“万一什么地方藏着话筒。我想不至于，但仍有可能性。他们那些畜生总可能有一个认出你的声音来。这里就没事了。”

他仍没有勇气靠近她。“这里就没事了？”他愚蠢地重复说。

“是的。你瞧这些树。”这些树都是小榛树，从前被砍伐过。后来又长了新苗，都是细长的杆儿，没有一棵比手腕还粗。“没有一棵大得可以藏话筒。再说，我以前来过这里。”

他们只是在没话找话说。他已经想法走近了她一些。她挺着腰站在他前面，脸上的笑容隐隐有股嘲笑的味道，好像在问他为什么迟缓地不动手。风信子掉到了地上，好像是自己掉下来似的。他握住她的手。

“你能相信吗，”他说，“到现在为止我还不知道你眼睛的颜色？”他注意到它们是棕色的，一种比较淡的棕色，睫毛却很浓。

“现在你既然已经看清了我，你还能多看一眼吗？”

“能，很容易。”他又说，“我三十九岁，有个摆脱不了的妻子。我患静脉曲张，有五个假牙。”

“我都不在乎。”那姑娘说。

接着，也很难说究竟是谁主动，她已在他的怀里了。起初，他除了感到完全不可相信之外，没有任何感觉。那个年轻的身躯靠在他的身上有些紧张，一头黑发贴在他的脸上，说真的，她真的抬起了脸，他开始吻她红润的宽阔的嘴。她的双臂搂紧了他的脖子，轻轻地叫他亲爱的。宝贝，心肝儿。他把她拉到地上。她一点也不抗拒，听任他的摆布，他要怎么样就怎么样。但是实际情况却是，肌肤的相亲，并没有使他感到肉体上的刺激。他所感到的仅仅是不可相信和骄傲。他很高兴，终于发生了这件事情，但是他没有肉体上的欲望。事情来得太快了，她的年轻，她的美丽，使他害怕，他已习惯过没有女人的生活——他也不知道什么缘故。那个姑娘坐了起来，从头发里捡出一朵风信子。她靠着他坐着，伸手搂住他的腰。

“没有关系，亲爱的，不用急。整个下午都是咱们的。这地方很隐蔽，是不是？有一次集体远足我迷了路才发现的。要是有人过来，一百米以外就可以听到。”

“你叫什么名字？”温斯顿问。

“裘莉亚。我知道你叫什么。温斯顿——温斯顿·史密斯。”

“你怎么打听到的？”

“想打听这种事情我比你有能耐，亲爱的。告诉我，在那天我递给你条子以前，你对我有什么看法？”

他没有想到要对她说谎话。一开始就把最坏的想法告诉她，这甚至也是爱的表示。

“我一见你就恨你，”他说。“我想强奸你，然后再杀死你。两个星期以前，我真的想在地上捡起一块石头打破你的脑袋。要是你真的想知道，我以为你同思想警察有联系。”

那姑娘高兴地大笑起来，显然认为这是对她伪装巧妙的恭维。

“思想警察！你真的那么想吗？”

“也许不完全是这么想。但是从你的外表来看，你知道，就只是因为你又年轻，又肉感，又健康，我想，也许——”

“你想我是个好党员。言行纯洁。旗帜、游行、口号、比赛、集体郊游——老是搞这样的事情。你想我一有机会就会揭发你是思想犯，把你干掉？”

“是的，几乎是那样。好多好多年轻的姑娘都是那样，这个你也知道。”

“全赖这东西，”她一边说，一边把少年反性同盟的猩红色腰带扯了下来，扔在一根树枝上。接着，她想起了一件事情，从外衣口袋里掏出一小块巧克力来，一掰成两块，给了温斯顿一块。他没有吃就从香味中知道这是一种很不常见的巧克力，颜色很深，晶晶发亮，用银纸包着。一般的巧克力都是暗棕色的，吃起来像垃圾堆烧出来的烟味，这是最相近的形容。但是有的时候，他也吃到过像她给他的那种巧克力。第一阵闻到的香味勾起了他的模糊记忆，但是记不清是什么了，尽管这感觉很强烈，久久不去。

“你从哪儿搞到这玩艺儿的？”他问。

“黑市，”她毫不在乎地说，“你瞧，我实际上就是那种女人，我擅长玩把戏。在少年侦察队里我做过队长。每星期三个晚上给少年反性同盟做义务活动。我没完没了地在伦敦到处张贴他们的胡说八道的宣传品。游行的时候我总是举大旗。我总是面带笑容，做事从来不退缩，总是跟着大伙儿一起喊。这是保护自己的唯一办法。”

温斯顿舌尖上的第一口巧克力已经融化，味道很好。但是那个模糊的记忆仍在他的意识边缘上徘徊，一种你很明显地感觉到，但是却又确定不了是什么具体形状的东西，好像你从眼角上看到的东西。他把他撇在一旁，只知道这是使他很后悔而又无法挽救的一件事的记忆。

“你很年轻，”他说。“你比我小十几岁。像我这样一个人，你看中了什么？”

“那是你脸上有什么东西吸引了我。我决定冒一下险。我很能发现谁是不属于他们的人。我一看到你，我就知道你反对他们。”

他们，看来是指党，尤其是指核心党，她说起来是用公开的讥嘲的口气，这种仇恨的情绪使温斯顿感到不安，尽管他知道如果有什么地方是安全的话，他们现在待的地方肯定是安全的。她身上有一件事使他感到很惊讶，那就是她满嘴粗话。党员照说不能说骂人的话，温斯顿自己很少说骂人的话，至少不是高声说。但是裘莉亚却似乎一提到党，特别是核心党，就非得用小胡同里墙上粉笔涂抹的那种话不可。他并不是不喜欢。这不过是她反对党和党的一切做法的一种表现而已，而且似乎有点自然健康，像一头马嗅到了烂草打喷嚏一样。他们已经离开了那个空地，又在稀疏的树荫下走回去，只要小径够宽可以并肩走，就互相搂着腰。他觉得去了腰带以后，她的腰身现在柔软多了。他们说话很低声。裘莉亚说，出了那块小空地，最好不出声。他们不久就到了小树林的边上。她叫他停了步。

“别出去，外面可能有人看着。我们躲在树枝背后就没事。”

他们站在榛树荫里。阳光透过无数的树叶照在他们的脸上仍是热的。温斯顿向远处田野望去，发现这个地方是他认识的，不禁觉得十分惊异。他一眼就知道了。这是一个古老的牧场，草被啃得低低的，中间弯弯曲曲地有一条小径，到处有鼹鼠洞。在对面高高矮矮的灌木丛里，可以看到榆树枝在微风中摇摆，树叶像女人的头发一样细细地飘动。尽管看不到，肯定在附近什么地方，有一条溪流，绿水潭中有鲤鱼在游泳。

“这里附近是不是有条小溪？”他轻轻问道。

“是啊，有一条小溪。在那边那块田野的边上。里面有鱼，很大的鱼。你可以看到他们在柳树下面的水潭里浮沉，摆动着尾巴。”

“那是黄金乡——就是黄金乡！”他喃喃地说。

“黄金乡？”

“没什么，亲爱的。那是我有时在梦中见到的景色。”

“瞧！”裘莉亚轻声叫道。

一只画眉停在不到五米远的一根高度几乎同他们的脸一般齐的树枝上。也许它没有看到他们。它是在阳光中，他们是在树荫里。它展开翅膀，又小心地收了起来，把头低了一会儿，好像向太阳致敬，接着就开始唱起来，嘤鸣不绝。在下午的寂静中，它的音量是很惊人的。温斯顿和裘莉亚紧紧地挨在一起，听得入了迷。这样一分钟接着一分钟，那只画眉鸣叫不已，变化多端，从来没有前后重复的时候，好像是有心表现它的精湛技艺。有时候它也暂停片刻，舒展一下翅翼，然后又收敛起来，挺起色斑点点的胸脯，又放怀高唱。温斯顿怀着一种崇敬的心情看着。那只鸟是在为谁，为什么歌唱？并没有配偶或者情敌在听他。它为什么要栖身在这个孤寂的树林的边上兀自放怀歌唱？他心里想，不知附近有没有安装着窃听器。他和裘莉亚说话很低声，窃听器是收不到他们的声音的，但是却可以收到画眉的声音。也许在窃听器的另一头，有个甲壳虫般的小个子在留心窃听——听到的却是鸟鸣。可是画眉鸣叫不止，逐渐把他的一些猜测和怀疑驱除得一干二净。这好像醍醐灌顶，同树叶缝中漏下来的阳光合在一起。他停止了思想，只有感觉在起作用。他怀里的姑娘的腰肢柔软温暖。他把她的身子挪转一下从而使他俩面对着面；她的肉体似乎融化在自己的肉体里了。他的手摸到哪里，哪里就像水一样不加抗拒。他们的嘴唇贴在一起；同刚才的硬梆梆的亲吻大不一样。他们再挪开脸的时候，两个人都深深地叹了口气。那只鸟也吃了一惊，扑翅飞走了。

温斯顿的嘴唇贴在她的耳边轻轻说：“马上。”

“可不能在这里，”她轻轻回答。“回到那块空地去。那里安全些。”

他们很快地回到那块空地，一路上折断了一些树枝。一回到小树丛中之后，她就转过身来对着他。两个人都呼吸急促，但是她的嘴角上又现出了笑容。她站着看了他一会儿，就伸手拉她制服的拉链。啊，是的！这几乎同他梦中所见的一样。几乎同他想象中的一样快，她脱掉了衣服，扔在一旁，也是用那种美妙的姿态，似乎把全部文明都抛置脑后了。她的肉体在阳光下显得十分白晰。但他一时没有去看她的肉体，他的眼光被那露出大胆微笑的雀斑脸庞吸引住了。他在她前面跪了下来，把她的手握在自己的手中。

“你以前干过吗？”

“当然干过！几百次了——至少几十次了。”

“同党员一起？”

“是的，总是同党员一起。”

“同核心党的党员一起？”

“那可没有，从来没有同那些畜牲一起。不过他们如果有机会，有不少人会愿意的。他们并不像他们装的那样道貌岸然。”

他的心跳了起来。她已经干了几十次了；他真希望是几百次，几千次。任何腐化堕落的事都使他感到充满希望。谁知道？也许在表面之下，党是腐朽的，他提倡艰苦朴素只不过是一种掩饰罪恶的伪装。如果他能使他们都传染上麻疯和梅毒，他一定十分乐意这么做！凡是能够腐化、削弱、破坏的事情，他都乐意做！他把她拉下身来，两人面对着面。

“你听好了，你有过的男人越多，我越爱你。你明白吗？”

“完全明白。”

“我恨纯洁，我恨善良。我都不希望哪里有什么美德。我希望大家都腐化透顶。”

“那么，亲爱的，我应该很配你。我腐化透顶。”

“你喜欢这玩艺儿吗？我不是只指我，我指这件事本身。”

“我热爱这件事。”

这就是他最想听的话。不仅是一个人的爱，而是动物的本能，简单得不加区别的欲望：这就是能够把党搞垮的力量。他把她压倒在草地上，在掉落的风信子的中间。这次没有什么困难。不久他们的胸脯的起伏恢复到了正常的速度，兴尽后分开躺在地上了。阳光似乎更加暖和了。两人都有了睡意。他伸手把制服拉了过来，盖在她身上。接着两人就马上睡着了，大约睡了半个小时。

温斯顿先醒的。他坐起身来，看着那张仍旧睡着，枕在她的手掌上的雀斑脸。除了她的嘴唇以外，你不能说她美丽。如果你细看。眼角有一两条皱纹。短短的黑发特别浓密柔软。他忽然想到他还不知道她姓什么，住在哪里。

睡着的无依无靠的年轻健康的肉体引起了他一种怜悯的心情。但是却不完全是刚才站在榛树下听那画眉鸣叫时所感到的那种盲目的柔情。他把制服拉开，看她的洁白如脂的肉体。他想，要是在从前，一个男人看一个女人的肉体，就动了欲念，事情就是那么单纯。可是如今已没有纯真的爱或纯真的欲念了。没有一种感情是纯真的，因为一切都夹杂着恐惧和仇恨。他们的拥抱是一场战斗，高潮就是一次胜利。这是对党的打击，这是一个政治行为。

第三章

“这里我们可以再来一次。”裘莉亚说，“随便哪个地方只用两次还是安全的。不过当然，在一两个月之内却不能用。”

她一醒来，神情就不同了。她又变得动作干净利落起来。她穿上了衣服，腰上系起了猩红的腰带，开始安排回去的行程。把这种事情交给她去办，似乎很自然。她显然在实际生活方面很有办法，而这正是温斯顿所欠缺的。而且她对伦敦周围的乡间十分熟悉，了若指掌，这是她从无数次集体郊游中积累起来的知识。她给他安排的路线与他来的路线大不相同，要他到另外一个车站去伦敦。她说：“千万不要走同一条路线回家。”好像是阐明一条重要的原理似的。她先走，温斯顿等半小时以后才在她后面走。

她还说了一个地方，他们可以在四天以后下班时在那里相会。那是一条比较穷苦住宅区的街道，那里有一个露天市场，一般都很拥挤喧闹。她将在那里的货摊之间徘徊，假装是寻找鞋带或者线团。如果她认为平安无事，她见他走近就擤鼻子；否则他就得装作不认识走过去。但是如果运气好，他们就可以在人群中间太平无事地说上一刻钟的话，安排下一次的约会。

“现在我得走了，”一等到他记住了她的吩咐，她就说道，“我得在十九点三十分回去。我要为少年反性同盟尽两小时的义务，做发传单等等的事情。你说可恶不可恶？给我梳一下头发好不好？头发里有树叶吗？肯定没有？那么再见，亲爱的，再见！”

她投入他怀里，狠狠地吻他，一会儿之后她就推开幼树，无声无息地消失在树林中了。到现在他还不知道她姓什么，住在哪里。不过，没有关系，因为他们不可能在室内相会，或者交换什么信件。

后来他们一直没有再到树林中那块空地里去过。五月份他们只有一次机会真的做了爱。那是在裘莉亚告诉他的另外一个隐蔽的地方，在三十年前曾经有颗原子弹掉在那里的几乎成了一片荒野的所在，有一个炸毁的教堂，那地方就在教堂的钟楼里。只要你能走到那里，那个地方很不错，但是要到那里却很危险。其余的时间，他们只能在街上相会，每次都换地方，每次都从来没有超过半小时。在街上，一般是能够说些话的。他们在人头济济的人行道上慢慢走，一前一后，从来不互相看一眼，却能奇怪地进行时断时续的谈话，就像灯塔一亮一灭一样，如果看到有穿党员制服的人走近或者附近出现一个电幕，就突然哑声不言，几分钟以后又把刚才说的半句话继续说下去，但是到了约定分手的地方又突然中断，到了第二天晚上又没头没脑地继续下去。裘莉亚似乎很习惯于这种谈话方式，她称为“分期谈话”。她说话不动嘴皮，技巧娴熟，令人惊奇。他们每天晚上见面，几乎快有一个月了，在这过程中，他们只有一次做到了接个吻。那是他们在一条横街上不言不语地走着的时候（裘莉亚一离开大街就从来不说话），突然响起一声震耳的轰鸣，地面震动，空中一片乌黑，温斯顿跌倒在地，又痛又怕。一定是附近掉了一个火箭。突然之间他发现裘莉亚的脸就近在几厘米旁边，面无血色，像白粉一样。甚至她的嘴唇也发白。她已经死了！他把她搂过来，却发现自己吻的是个活人的温暖的脸。但是他的嘴唇接触到一种粉末状的东西。原来两人的脸上尽是厚厚的一层灰泥。

也有一些晚上，他们到了约好的地方，却不得不连招呼也不打就走开了，因为正好街角有巡逻队过来，或者头顶上有直升机巡逻。即使不那么危险，要找时间相会也很困难。因为温斯顿一周工作六十小时，裘莉亚的工作时间更长，他们倒休的日子因工作忙闲而异，并不经常吻合，反正裘莉亚从来没有一个晚上是完全有空的。她花了不少时间听报告和游行，为少年反性同盟散发传单，为仇恨周做旗帜，为节约运动募捐，以及诸如此类的活动。她说这样做有好处：这是一种伪装。小地方你如果守规矩，大地方你就能打破规矩。她甚至说服温斯顿参加那些热心的党员都尽义务参加的加班军火生产，这样又牺牲了他的一个晚上的时间。因此每星期有一个晚上，温斯顿就得花四个小时干令人厌倦的工作，在一个灯光黯淡的透风的车间里，在电幕音乐和锤子敲打的单调声中，把小零件旋在一起，这大概是炸弹的导管。

他们在教堂的钟楼相会时，若断若续的谈话所遗留的空隙就填满了。那是个炎热的下午。钟楼上那间四方的小房子里空气闷热停滞，有股强烈的鸽屎味。他们坐在尘土很厚、嫩枝遍地的地板上谈了好几小时的话，过一会儿两人之中就有一个人站了起来到窗缝里去隙望一眼，看有没有人走近。

裘莉亚二十六岁，同其他三十个姑娘一起住在一个宿舍里（“总是生活在女人臭里！我真恨女人！”她补充说。）不出他的所料，她在小说司管小说写作器。她很喜欢她的工作，主要是管理维修一台功率很大但很不易伺候的电机。她并不“聪明”，但是喜欢动手，搞机器就感到自在。她能够介绍给你怎样创作一部小说的全部过程，从计划委员会发出的总指示到改写小组的最后润饰。但是她对成品没有兴趣。她说，她“不怎么喜欢读书”。书本只不过是要生产的商品，就像果酱或鞋带一样。

她对六十年代早期以前的事都记不得什么了，她所认识的人中，唯一经常谈到革命前日子的人是她八岁时不再见到的爷爷。她上学时是曲棍球队队长，连续两年获得奖杯，当过少年侦察队的小队长，青年团支部书记，最后参加了少年反性同盟。她得到的鉴定一直很出色。她甚至被送到小说司里的色情文学处工作，这是某人名声可靠的毫无置疑的标志，因为该处的工作就是为无产者生产廉价的色情文学。据她说，在里面的工作人员称那儿为垃圾场。她在那里工作了一年，协助生产像《最佳故事选》或《女学校的一夜》等密封寄发的书籍，无产者青少年偷偷摸摸地买去消遣，像买禁书一样。

“这些书写了些什么？”温斯顿好奇地问。

“哦，完全是胡说八道。实际上都很无聊。他们一共只有六种情节，互相抄来抄去。当然我只是在管万花筒。我从来没有参加过改写组。要我动笔可不行，亲爱的——水平不够。”

他惊异地获悉，除了头头儿以外，色情文学处的工作人员全是姑娘。他们所根据的理论是，男人的性本能比女人不易控制，因此更有可能遭到他们自己所制造的淫秽作品的腐蚀。

“他们甚至不要已婚的女人到那里去工作，”她还说，“一般人总认为姑娘都很纯洁，这里却有一个不是那样。”

她第一次同男人发生关系是在十六岁的时候，对象是个六十岁的党员，他后来怕遭到逮捕便自杀了。“他干得很干净，”裘莉亚说，“否则，他一招供，他们就会知道我的名字。”从此以后，她又有过好几起。在她看来，生活很简单。你想快快活活过日子，“他们”——指的是党——都不让你快活，你就尽量打破他的规矩。她似乎认为，“他们”要剥夺你的快活，就像你要避免被逮住一样，是很自然的事。她憎恨党，而且用很粗的话这么说，但是她对党却没有一般的批评。对于党的理论。除非触及她的生活，她一概没有兴趣。他注意到，她从来不用新话，只有一两句在日常生活中已经流行的除外。她从来没有听到过兄弟会，不相信有这个组织的存在。任何有组织的反叛党的尝试都注定要失败的，因此她认为那是愚蠢之极。聪明人该做的事是打破他的规矩而不危及你的生命。他隐隐地想，在年轻一代中间不知有多少像她那样的人。这一代人是在革命后的世界中长大的，不知有别的世界，把党视为万世不易的东西，就像头上的天空一样。对他的权威绝不反抗，只是千方百计加以回避，就像兔子躲开猎狗一样。

他们没有谈到结婚的可能性。这事太渺茫了，连想也不值一想。即使能有办法除掉温斯顿的妻子凯瑟琳，也没有一个委员会会批准这样一桩婚事。即使做白日梦，也是没有希望的。

“她是怎么样的一个人，你的妻子？”裘莉亚问。

“她是——你知道新话中有个词儿叫‘思想好’的吗？那是说天生的正统派，根本不可能有坏思想的念头。”

“我不知道这个词儿，不过我知道那号人，太知道了。”

他就把他婚后生活情况告诉她，奇怪的是，她似乎早已知道了其中的主要环节。她好像亲眼看到过或者亲身经历过的一样，向他一一描述他一碰到凯瑟琳，凯瑟琳的身体就僵硬起来，即使她的胳膊紧紧地搂住了他，她似乎仍在使劲儿推开他。同裘莉亚在一起，他觉得谈到这种事情一点也不感到困难，反正凯瑟琳早已不再是一种痛苦的记忆，而成了一种可厌的记忆了。

“要不是为了这一点，我还是可以忍受的。”他说。接着他把凯瑟琳每星期一次在同一天的晚上迫着他像办例行公事似的干那件事的情况告诉她。“她不愿干这件事，但又没有什么东西能使她不这么干。她曾经把他叫作——你猜也猜不到。”

“咱们对党的义务？”裘莉亚脱口而出。

“你怎么知道的？”

“亲爱的，我也上过学。在学校里对十六岁以上的姑娘每个月有一次性教育讲座。在青年团里也有，他们长年累月地这样向你灌输。在许多人身上大概生了效。但是，当然，谁也说不准；人人都是伪君子。”

她开始在这个题目上发挥起来。在裘莉亚身上，一切的事情都要推溯到她自己在性方面的强烈意识。不论在什么情况下，一触及到这个问题，她就显得特别敏锐。不像温斯顿，她了解党在性方面搞禁欲主义的内在原因。这只是因为性本能创造了他自己的天地，非党所能控制，因此必须尽可能加以摧毁。尤其重要的是，性生活的剥夺能够造成歇斯底里，而这是一件很好的事，因为可以把他转化为战争狂热和领袖崇拜。她是这么说的：

“你做爱的时候，你就用去了你的精力；事后你感到愉快，天塌下来也不顾。他们不能让你感到这样。他们要你永远充满精力。

什么游行、欢呼、挥舞旗帜，都只不过是变了质、发了酸的性欲。要是你内心感到快活，那么你有什么必要为老大哥、三年计划、两分钟仇恨等等他们这一套名堂感到兴奋？”

他想，这话说得有理，在禁欲和政治上的正统性之间，确有一种直接的紧密的关系。因为，除了抑制某种强烈的本能，把他用来做推动力以外，还有什么别的办法能够把党在党员身上所要求的恐惧、仇恨、盲目信仰保持在一定的水平呢？性的冲动，对党是危险的，党就加以利用。他们对人们要想做父母的本能，也耍弄了同样的手段。要废除家庭是实际做不到的，相反，还鼓励大家要钟爱自己的子女，这种爱护几乎是一种极其老式的方式。另外一方面，却有计划地教子女反对父母，教他们侦察他们的言行，密告他们的偏离正统的倾向。家庭实际上成了思想警察的扩大，用这种方法可以用同你十分接近的人做告密者，日日夜夜地监视着你。

他又突然想到了凯瑟琳。凯瑟琳太愚蠢，没有识破他的见解的不合正统，要不然的话，早就会向思想警察揭发他了。但在这当儿使他想起她来的还是由于下午空气的闷热，使他额上冒了汗。他就开始向裘莉亚说到十一年前也是在一个炎热的夏日下午所发生的事，或者不如说所没有能够发生的事。

那是在他们婚后三四个月的时候，他们到肯特去集体远足迷了路。他们掉在大队的后面只不过几分钟，不过拐错了一个弯，到了一个以前的白垩土矿场的边缘上，悬崖有十米到二十米深，底下尽是大石块。附近没有人可以问路。凯瑟琳一发现迷了路就十分不安起来，离开吵吵嚷嚷的远足伙伴哪怕只有一会儿，也使她感到做了错事。她要顺着原路走回去，朝别的方向去寻找别人。但是这时温斯顿看到他们脚下悬崖的石缝里长着几簇黄莲花。其中一簇有品红和橘红两种颜色，显然出于同根。

他从来没有见过这样的事，因此他把凯瑟琳叫过来看。

“瞧，凯瑟琳！瞧这几朵花，靠近矿底的那一簇。你瞧清楚了没有，是两种颜色！”

她本来已经转了身要走了，这时勉强回来看了一眼。她甚至在悬崖上伸出脖子去看他指的地方。他站在她后面不远，把手扶着她的腰。这时他忽然想到附近没有一个人影，只有他们两个，连树叶也纹丝不动，更没有一声鸟语。在这样一个地方，装有窃听器的可能性是极小的，即使有，也只能录到声音。这时是下午最热最困的时候。阳光向他们直晒，他的脸上流下了汗珠。他突然想到了这个念头……

“你为什么不推她一把？”裘莉亚说，“换了我就会推的。”

“是的，你会推的。要是换了现在的我，我也会推的。也许——不过我说不好。”

“你后悔没有推吗？”

“是的，可以说我后悔没有推。”

他们并排坐在尘土厚积的地板上。他把她拉得近一些。她的脑袋偎在他的肩上，她头发上的香气盖过了鸽子屎臭。他想，她很年轻，对生活仍有企望，她不懂得，把一个碍事的人推下悬崖去不解决任何问题。

“实际上不会有什么不同。”他说。

“那么你为什么后悔没有推呢？”

“那只是因为我赞成积极的事情，不赞成消极的事情。在我们参加的这场比赛里，我们是无法取胜的。只不过有几种失败比另几种失败好一些，仅此而已。”

他感到她的肩膀因为不同意而动了一下。他说这种话时，她总是不同意的。她不能接受个人总要失败乃是自然规律的看法。她在一定程度上也认识到，她本人命运已经注定，思想警察迟早就要逮住她、杀死她，但是她的心里又认为，仍有可能构筑一个秘密的天地，按你的意愿生活。你所需要的不过是运气，狡猾、大胆。她不懂得，世界上没有幸福这回事儿，唯一的胜利在于你死了很久以后的遥远的将来，而从你向党宣战开始，最好把自己当作一具尸体。

“我们是死者。”他说。

“我们还没有死。”裘莉亚具体地说。

“肉体上还没有死。六个月，一年——五年。这是可以想象的。我害怕死。你年轻，所以大概比我还害怕死。显然，我们要尽量把死推迟，但是没有什么不同。只要人仍保持人性，死与生是一回事。”

“哦，胡说八道！你愿意同谁睡觉，同我还是同一具骷髅？你不喜欢活着吗？你不喜欢这种感觉吗？这是我，这是我的手，这是我的腿，我是真实的，实在的，活着的！你不喜欢吗？”

她转过身来用胸脯压着他。隔着制服，他感觉到她的乳房，丰满而结实。她的身体好像把青春和活力灌注到了他的身上。

“是啊，我喜欢这个。”他说。

“那么不要再说死了。现在听我说，亲爱的，我们得安排下次的约会。我们也可以回到树林中的那个地方去，因为我们已经长久没有去那里了。但是这次你一定得走另外一条路。我已经计划好了。你搭火车——你瞧，我给你画出来。”

她以她特有的实际作风，把一些尘土扫在一起，用鸽子窝里的一根小树枝，开始在地上画出一张地图来。

第四章

温斯顿看一看却林顿先生的店铺楼上的那简陋的小屋。窗户旁边的那张大床已经用粗毛毯铺好，枕头上没有盖的。壁炉架上那口标着十二个小时的老式座钟在滴答地走着。角落里，在那折叠桌子上，上次买的玻璃镇纸在半暗半明中发出柔和的光芒。

壁炉围栏里放着一只破旧的铁皮煤油炉，一只锅子，两只杯子，这都是却林顿先生准备的。温斯顿点了火，放一锅水在上面烧开。他带来了一只信封，里面装了胜利牌咖啡和一些糖精片。钟上的指针是晚上七点二十分；应该说是十九点二十分。她说好十九点三十分来。

蠢事啊，蠢事！他在心里不断地这么说，自觉的、无缘无故的、自找灭亡的蠢事！党员可能犯的罪中，数这罪是最不容易隐藏的。实际上，这一念头当初浮现在他的脑海里是由于折叠桌光滑的桌面所反映的玻璃镇纸在他的心目中所造成的形象。不出所料，却林顿先生毫不留难地出租了这间屋子。他显然很高兴能到手几块钱。当他知道温斯顿要这间屋子是为了幽会，他也不觉得吃惊或者反感。相反，他装作视而不见，说话泛泛而谈，神情非常微妙，使人觉得他好像有一半已经隐了身一样。他还说，清静独处是非常难得的事情。人人都想要找个地方可以偶尔图个清静。他们只要能够找到这样一个地方，别人知道了也最好不要声张，这是起码的礼貌。他甚至还说，这所房子有两个入口，一个经过后院，通向一条小巷。这么说时他好像几乎已经销声匿迹了一样。

窗户底下有人在唱歌。温斯顿躲在薄纱窗帘后面偷偷看出去。六月的太阳还很高，在下面充满阳光的院子里有一个又肥又大的女人，像诺曼圆柱一样壮实，胳膊通红，腰部系着一条粗布围裙，迈着笨重的脚步在洗衣桶和晾衣绳之间来回走着，晾出一批方形的白布，原来是婴儿的尿布。她的嘴里不咬着晾衣服的夹子时，就用很大嗓门的女低音歌唱：

这只不过是没有希望的痴想，
消失起来像春天一样快，
可是一句话，一个眼色
却教我胡思乱想，失魂落魄！

这着歌在伦敦已经流行了好几个星期了。这是音乐司下面的一个科为无产者出版的许多这种类似歌曲中的一首。这种歌曲的歌词是由一种名叫写诗器的装置编写出来的，不需要一点点人力。但是那女人唱得那么动听，使得这些胡说八道的废话听起来非常悦耳。他可以听到那个女人一边唱着歌，一边鞋子在石板上磨来擦去，街头孩子们的叫喊，远远的什么地方隐隐约约的市声，但是屋子里仍有异样的静寂，那是由于没有电幕。

蠢事，蠢事，蠢事！他又想了起来。不可想象他们能够几个星期来此幽会一次而不被发觉。但是要想在室内而且在近在咫尺的地方，有一个自己的秘密的地方，这个诱惑对他们两人来说都是太大了。在他们去了教堂钟楼那次以后，在很长的一段时间里都没有办法安排一个相会的地方。为了迎接仇恨周，工作时间大大延长了。到仇恨周还有一个月，但是繁杂的准备工作使大家都要加班加点。最后他们两人终于弄到在同一个下午休息。他们原来商量好再到树林中那块空地去。在那天的前一个晚上，他们在街头见了一面。当他们两人混在人群中相遇时，温斯顿像平时一样很少看裘莉亚，但匆匆一瞥，使他觉得她的脸色似乎比平时更加苍白。

“吹了，”她看到情况比较安全时马上低声说，“我是说明天的事。”

“什么？”

“明天下午，我不能来。”

“为什么不能来？”

“又是那个，这次开始得早。”

他猛一下感到很生气。在认识她一个月之内，他对她的欲望的性质已经有了变化。开始时很少有真实的感情。他们第一次的做爱只不过是意志行为。但第二次以后情况就不同了。她头发的气味、嘴唇的味道、皮肤的感觉都似乎钻到了他的体内，弥漫到周围的空气中。她成了他一种生理上的必需，成了一种他不仅需要而且感到有权享有的东西。她一说她不能来，他就觉得她在欺骗他。正当这个时候，人群把他们一挤，他们的手无意中碰了一下。她把他的手指尖很快捏了一把，引起的似乎不是欲望，而是情爱。他想到，你如果同一个女人生活在一起，这种失望大概是不断发生的正常的事，因此突然对她产生了一种深厚的柔情，这是他从来没有发生过的。他真希望他们是一对结婚已有十年历史的夫妇。他真希望他们两人像现在那样在街上走着，不过是公开的，不带恐惧，谈着琐碎的事儿，买着家用的杂物。他尤其希望他们能有一个地方可以单独在一起，而不必感到每次相会非做爱不可。他想到租却林顿先生的屋子的念头倒并不是在这个时候产生的，而是在第二天。他向裘莉亚提出后，她出乎意料地马上同意了。他们两人都明白，这样做是发疯。好像是两人都有意向坟墓跨近一步。他一边在床边坐着等待她，一边又想起了友爱部的地下室。命中注定的恐怖在你的意识中时现时隐，真是奇怪的事。在未来的某个时间里，这种恐怖必然会在死前发生，就像九十九必然是在一百之前一样。你无法躲避，不过也许能够稍加推迟，但是你却经常有意识地、有意志地采取行动，缩短他未发生前的一段间隙时间。

就在这个当儿，楼梯上响起了一阵急促的脚步声。裘莉亚冲了进来。她提着一个棕色帆布工具包，这是他经常看到她在上下班时带着的。他走向前去搂她，但是她急忙挣脱开去，一半是因为她手中还提着工具包。

“等一会儿，”她说，“我给你看我带来了一些什么。你带了那恶心的胜利牌咖啡没有？我知道你会带来的。不过你可以把他扔掉了，我们不需要他。瞧这里。”

她跪了下来，打开工具包，掏出面上的一些扳子，旋凿。下面是几个干净的纸包。她递给温斯顿的第一个纸包给他一种奇怪而有点熟悉的感觉。里面是种沉甸甸的细沙一样的东西，你一捏，他就陷了进去。

“不是糖吧？”他问。

“真正的糖。不是糖精，是糖。这里还有块面包——正规的白面包，不是我们吃的那种次货——还有一小罐果酱。这里是一罐牛奶——不过瞧！这才是我感到得意的东西。我得用粗布把他包上，因为——”

但是她不用告诉他为什么要把他包起来。因为香味已弥漫全室，这股浓烈的香味好像是从他孩提时代发出的一样，不过即使到了现在有时也会偶尔闻到，在一扇门还没有关上的时候飘过过道，或者在一条拥挤的街道上神秘地飘来，你闻了一下就又闻不到了。

“这是咖啡，”他喃喃地说，“真正的咖啡。”

“这是核心党的咖啡。这里有整整一公斤，”她说。

“这些东西你怎么弄到的？”

“这都是核心党的东西。这些混蛋没有弄不到的东西，没有！但是当然，服务员、勤务员都能揩一些油——瞧，我还有一小包茶叶。”

温斯顿在她身旁蹲了下来。他把那个纸包撕开一角。

“这是真正的茶叶，不是黑莓叶。”

“最近茶叶不少。他们攻占了印度之类的地方，”她含含糊糊地说，“但是我告诉你，亲爱的。我要你转过背去，只要三分钟。走到床那边去坐着，别到离窗口太近的地方。我说行了再转过来。”

温斯顿心不在焉地看着薄纱窗帘的外面。院子里那个胳膊通红的女人仍在洗衣桶和晾衣绳之间来回地忙碌着。她从嘴里又取出两只夹子，深情地唱着：

他们说时间能治愈一切创伤，
他们说你总能把他忘得精光；
但是这些年来的笑容和泪痕，
却仍使我心痛像刀割一样！

看来这个女人把这支废话连篇的歌背得滚瓜烂熟。她的歌声随着夏天的甜美空气飘了上来，非常悦耳动听，充满了一种愉快的悲哀之感。你好像觉得，如果六月的傍晚无休无止，要洗的衣服没完没了，她就会十分满足地在那里待上一千年，一边晾尿布，一边唱情歌。他想到他从来没有听到过一个党员独自地自发地在唱歌，真有点奇怪。这样做就会显得有些不正统，古怪得有些危险，就像一个人自言自语。也许只有当你吃不饱肚子的时候才会要唱歌。

“你现在可以转过身来了。”裘莉亚说。

他转过身去，一时几乎认不出是她了。他原来以为会看到她脱光了衣服。但是她没有裸出身子来。她的变化比赤身裸体还使他惊奇。她的脸上会涂了胭脂，抹了粉。

她一定是到了无产者区小铺子里买了一套化妆用品。她的嘴唇涂得红红的，脸颊上抹了胭脂。鼻子上扑了粉，甚至眼皮下也涂了什么东西使得眼睛显得更加明亮了。她的化妆并不熟练巧妙，但温斯顿在这方面的要求并不高。他以前从来没有见过或者想过一个党内的女人脸上会涂脂抹粉。她的面容的美化十分惊人。这里抹些红，那里涂些白，她不仅好看多了，而且更加女性化了。她的短发和男孩子气的制服只增加了这种效果。他把她搂在怀里时，鼻孔里充满了一阵阵人造紫罗兰香气。他想起了在地下室厨房里的半明半暗中那个老掉牙的女人的嘴。她用的也是这种香水，但是现在这一点却似乎无关重要。

“还用了香水！”他说。

“是的，亲爱的，还用了香水。你知道下一步我要作什么吗？我要去弄一件真正的女人衣裙，不穿这难看的裤子了。我要穿丝袜，高跟鞋！在这间屋子里我要作一个女人，不做党员同志。”

他们脱掉了衣服，爬到红木大床上。这是他第一次在她面前脱光了衣服。在此以前，他一直对自己苍白瘦削的身体感到自惭形秽，还有小腿上的突出的青筋，膝盖上变色的创疤。床上没有床单，但是他们身下的毛毯已没有毛，很光滑，他们两人都没有想到这床又大又有弹性。“一定尽是臭虫，但是谁在乎？”裘莉亚说。除了在无产者家中以外。你已很少看到双人大床了。温斯顿幼时曾经睡过双人大床，裘莉亚根据记忆所及，她从来没有睡过。

接着他们就睡了一会儿，温斯顿醒来时，时钟的指针已悄悄地移到快九点钟了。他没有动，因为裘莉亚的头枕在他的手臂上。她的胭脂和粉大部分已经擦到他的脸上或枕头上了，但淡淡的一层胭脂仍显出了她脸颊的美。夕阳的淡黄的光线映在床角上，照亮了壁炉，锅里的水开得正欢。下面院子里的那个女人已不再唱了，但自远方街头传来了孩子们的叫喊声。他隐隐约约地想到，在那被抹掉了的过去，在一个夏日的晚上，一男一女一丝不挂，躺在这样的一张床上，愿意做爱就做爱，愿意说什么就说什么，没有觉得非起来不可，就是那样躺在那里，静静地听着外面市场的闹声，这样的事情是不是正常。肯定可以说，从来没有一件这种事情是正常的时候。裘莉亚醒了过来，揉一揉眼睛，撑着手肘抬起身子来看一眼煤油炉。

“水烧干了一半，”她说，“我马上起来煮咖啡。我们还有一个小时。你家里什么时候断电熄灯？”

“二十三点三十分。”

“宿舍里是二十三点，不过你得早些进门。因为——嗨，去你的，你这个脏东西！”

她突然扭过身去到床下地板上拾起一只鞋子，像男孩子似的举起胳膊向屋子角落扔去，动作同他看到她在那天早上两分钟仇恨时间向果尔德施坦因扔字典完全一样。

“那是什么？”他吃惊地问。

“一只老鼠。我瞧见他从板壁下面钻出鼻子来，那边有个洞。我把他吓跑了。”

“老鼠！”温斯顿喃喃自语，“在这间屋子里！”

“到处都有老鼠，”裘莉亚又躺了下来，满不在乎地说，“我们宿舍里甚至厨房里也有。伦敦有些地方尽是老鼠。你知道吗？他们还咬小孩。真的，他们咬小孩。在这种街道里，做妈妈的连两分钟也不敢离开孩子。那是那种褐色的大老鼠，可恶的是这种害人的东西——”

“别说下去了！”温斯顿说，紧闭着双眼。

“亲爱的！你的脸色都发白了。怎么回事？你觉得不好过吗？”

“世界上所有可怕的东西中——最可怕的是老鼠！”

她挨着他，双臂双腿都勾住他，好像要用她的体热来抚慰他。他没有马上睁开眼睛。有好几分钟之久，他觉得好像又回到了他这一辈子中不断做过的噩梦之中，梦中的情况总是一样。他站在一道黑暗的墙前，墙的那一边是一种不可忍受的、可怕得使你不敢正视的东西。他在这种梦中总是深感到一种自欺欺人的感觉，因为事实上他知道黑暗的墙后是什么。他只要拼命努力一下，就可以把这东西拉到光天化日之下来，就像从自己的脑子里掏出一块东西来一样。他总是还没有弄清这东西到底是什么就醒来了，不过这东西有些同刚才他打断裘莉亚的时候她正在说的东西有关。

“对不起，”他说，“没有什么。我只是不喜欢老鼠而已。”

“别担心，亲爱的，咱们不让他们待在这里。咱们等一会儿走以前，用破布把洞口塞上。下次来时，我带些石灰来，把洞好好地堵上。”

这时莫名的恐惧已经消失了一半。他感到有些难为情。靠着床头坐起来。裘莉亚下了床。穿好了衣服，煮了咖啡。锅子里飘出来的香味浓郁而带刺激性，他们把窗户关上。深怕外面有人闻到，打听是谁在煮咖啡。加了糖以后，咖啡有了一种光泽，味道更好了。这是温斯顿吃了多年糖精以后几乎忘记了的东西。裘莉亚一手插在口袋里，一手拿着一片抹了果酱的面包，在屋子里走来走去，随便看一眼书架。指出最好怎么修理折叠桌，一屁股坐在破沙发里，看看是不是舒服，有点好玩地仔细观察一下座钟的十二小时钟面。她把玻璃镇纸拿到床上来凑着光线看。他把他从她手中取回来，又给他的柔和的、雨水般的色泽吸引住了。

“你认为这是什么东西？”裘莉亚问。

“我认为这不是什么东西——我是说，我认为从来没有人把他派过用处，我就是喜欢这一点。这是他们忘掉篡改的一小块历史。这是从一百年以前传来的讯息，只是你不知道怎么辨认。”

“还有那边的画片——”她朝着对面墙上的蚀刻画点一点头。“那也有一百年的历史了吗？”

“还要更久，大概有两百年了。我说不好。如今什么东西你都无法知道有多久的历史了。”

她走过去瞧。“那只老鼠就是在这里伸出鼻子来的，”她踢一踢画下的板壁说，“这是什么地方？我以前在什么地方见过他。”

“这是一个教堂，至少以前是个教堂。名字叫作圣克里门特的丹麦人。”却林顿先生教他的那支歌有几句又浮现在他的脑际，他有点留恋地唱道：“圣克利门特教堂的钟声说，橘子和柠檬。”

使他感到惊奇的是，她把这句歌词唱完了：

圣马丁教堂的钟声说，你欠我三个铜板，
老巴莱教堂的钟声说，你什么时候归还？

“这下面怎么唱，我已忘了。不过反正我记得最后一句是，‘这里有支蜡烛照你上床，这里有把斧子砍你脑袋！’”

这好像是一个分成两半的暗号。不过在“老巴莱教堂的钟声”下面一定还有一句。也许恰当地提示一下，可以从却林顿先生的记忆中挖掘出来。

“是谁教给你的？”他问。

“我爷爷。我很小的时候他常常教我唱。我八岁那年，他气死了——反正，他不见了。我不知道柠檬是什么，”她随便又说一句，“我见过橘子。那是一种皮很厚的圆形黄色的水果。”

“我还记得柠檬，”温斯顿说，“在五十年代很普遍。很酸，闻一下也教你的牙齿发软。”

“那幅画片后面一定有个老鼠窝，”裘莉亚说，“哪一天我把他取下来好好打扫一下。咱们现在该走了。我得把粉擦掉，真讨厌！等会儿我再擦掉你脸上的唇膏。”

温斯顿在床上又懒了一会儿。屋子里慢慢地黑了下来。他转身对着光线，懒洋洋地看着玻璃镇纸。使人感到无限兴趣的不是那块珊瑚，而是玻璃内部本身。这么深，可是又像是空气一般透明。玻璃的弧形表面仿佛就是苍穹，下面包藏着一个小小的世界，连大气层都一并齐全。他感到他可以进入这个世界中去，事实上他已经在里面了，还有那红木大床、折叠桌、座钟、铜板蚀刻画，还有那镇纸本身。那镇纸就是他所在的那间屋子，珊瑚是裘莉亚和他自己的生命，有点永恒地嵌在这个水晶球的中心。

第五章

赛默消失了。一天早上，他没有来上班；有几个没头脑的人谈到了他的旷工。第二天就没有人提到他了。第三天。温斯顿到记录司的前厅去看布告板，上面有一张布告开列着象棋委员会委员的名单。赛默过去是委员。这张名单看上去几乎同以前一模一样，上面并没有谁的名字给划掉，但是名单上少了一个人。这就够了。赛默已不再存在；他从来也没有存在过。

天气十分酷热。在迷宫般的部里，没有窗户，装有空气调节设备的房间保持着正常的温度，但是在外面，人行道热得烫脚，上下班时间。地铁中臭气熏人。仇恨周的准备工作正进行得如火如荼，各部工作人员都加班加点。游行、集会、军事检阅、演讲报告、蜡像陈列、电影放映、电幕节目都得组织起来，模拟人像赶制出来，口号起草出来，歌曲编写出来，谣言传播出去，照片伪造出来。小说司里裘莉亚所在的那个单位已不在制造小说，而在赶制许多暴行小册子。温斯顿除了经常工作以外，每天还要花很多时间检查《泰晤士报》过期的旧报存档，把要在演讲和报告中引用的新闻进行篡改修饰。深夜里喧闹的无产者群众在街头闲逛，整个城市奇怪地有一种狂热的气氛。火箭掉下的次数更多了，有时候远处有大爆炸，谁也不知什么缘故，谣言却很纷纭。

仇恨周主题歌（叫作“仇恨歌”）的新曲已经谱出，电幕上正在没完没了地播放。歌曲的旋律像野兽的吼叫，很难叫作音乐，而有点像击鼓。配着进军的步伐，由几百个男声大声合唱，听起来怪吓人的。无产者很喜欢它，在夜半的街头，同仍旧流行的《这只不过是没有希望的痴想》竟相媲美。派逊斯家的孩子用一只蜂窝和一张大便纸白天黑夜地吹奏着，使人无法忍受。温斯顿每天晚上的工作都比以前排得更满了。派逊斯组织的志愿人员在为这条街道准备仇恨周，缝旗子、画招贴、在屋顶上竖旗杆、在街上架铁丝准备挂横幅。派逊斯吹嘘说，单单胜利大厦挂出的旗帜加起来就有四百米。他兴高采烈，得其所哉。天气热，再加上干体力活，使他有了借口，在晚上也穿着短裤和敞领衬衫。他同时出现在几个地方，忙碌不堪，推啊拉的，缝啊敲的，出主意想办法，用同志间劝告的口吻鼓动每个人，身上无处不散发出似乎无穷无尽的恶浊的汗臭。

伦敦到处突然出现了一幅新的招贴，没有文字说明，画的只是一个欧亚国士兵的庞大身躯，有三四米高，蒙古种的脸毫无表情，跨着大军靴向前迈步行进，腰上搓着一挺轻机枪。你不论从哪个角度看那招贴。机枪的枪口总是对准着你，由于透视的原理，枪口很大很大。这张招贴画贴在每道墙上的每个空位上，甚至比老大哥画像的数目还要多。无产者一般不关心战争，这时却被鼓动起来，迸发出他们一时的爱国热情。好像是为了要配合流行的情绪，火箭炸死的人比平时更多了。有一枚落在斯坦普奈一家电影院里，把好几百人埋在废墟下面。附近的居民都出来送殡，行伍之长，数小时不断，实际上成了抗议示威。还有一枚炸弹落在一个当作游戏场的闲置空地上，有好几十个儿童被炸得血肉横飞。于是又举行了愤怒的示威，把果尔德施坦因的模拟像当众焚毁，好几百张欧亚国士兵的招贴被撕了下来一起烧掉，在一片混乱之中有一些店铺遭到洗劫；接着有谣言说，有间谍在用无线电指挥火箭的投扔，有一对老年夫妇只因为有外国血统之嫌，家屋就被纵火焚毁。两位老人活活烧死。

在却林顿先生铺子的楼上，裘莉亚和温斯顿只要有机会去，就在窗户底下的空床上并排躺着，为了图凉快，他们身上脱得光光的。老鼠没有再来，但在炎热中臭虫却猛增。这似乎并没有什么关系。不论是脏还是干净，这间屋子无异于天堂。他们一到之后就到处撒上从黑市上买来的胡椒，脱光衣服，流着汗做爱，完了就睡一觉，醒来时臭虫又开始猖獗，聚集起来进行反攻。

在六月份里，他们一共幽会了四次，五次，六次——七次。温斯顿已没有一天到晚喝杜松子酒的习惯了。他似乎已经不再有此需要。他长胖了，静脉曲张溃疡消褪，只是在脚踝上方的皮肤上留下一块棕斑，他早起的咳嗽也好了。生活上的一些琐事也不再使他觉得难以忍受了，他已不再有什么冲动要向电幕做鬼脸表示厌恶，或者拉开嗓门大骂。现在他们有了一个固定的幽会地点，几乎像是自己的家，因此即使只能偶然相会，时间也才只一两个小时，但这也无所谓了。重要的是居然有旧货铺楼上那一间屋子。知道有他安然存在，也就跟到了里面差不多。这间屋子本身就自成一个天地，过去世界的一块飞地，现已绝迹的动物可以在其中迈步。温斯顿觉得，却林顿先生也是一个现已绝迹的动物。他有时在上楼的时候停下步来同却林顿先生聊一会儿。那个老头儿似乎很少外出，甚至根本不外出，此外，他也几乎没有什么顾客。他在黑暗的小店堂与甚至更小的后厨房之间，过着幽灵一般的生活，他在那间厨房里自己做饭，厨房里还有一台老掉了牙的唱机，上面安着一个大喇叭，能有机会与人说话，他似乎很高兴。他的鼻子又尖又长，戴着一副镜片很厚的眼镜，穿着一件平绒上衣，弯着背在那些不值一钱的货物之间踱来踱去，神情活像一个收藏家，不像一个旧货商。他有时会略带热情地摸摸这件破烂或者那件破烂——瓷器做的瓶塞、破鼻烟壶的釉漆盖、镀金胸针盒，里面装着几根早已夭折的婴孩的头发——他从来不要求温斯顿买东西，只是请他欣赏欣赏。听他说话就像听一架老掉牙的八音盒一样。他从他的记忆中又挖掘出来一些早已为人所遗忘的歌谣片断。有一支歌是关于二十四只乌鸦的，还有一支歌是关于一头折了角的母牛的，还有一支歌是关于柯克·罗宾的惨死的。“我想你也许会觉得有兴趣。”他每次想起一个片断，就会有点不以为然地笑道。但是不管哪一支歌谣，他记得的只有一两句。

他们两个人都知道——也可以说，这个念头一直盘桓在他们的心中——现在这样的情况是不可能长久的。有时候，死亡的临近似乎比他们睡在上面的那张大床还要现实，他们就只好紧紧地搂在一起，这是一种绝望的肉欲，就像一个快死的人在临死前五分钟享受他最后一点的快感一样。但也有一些时候，他们却有不仅感到安全而且感到长远的幻觉。他们两人都感到，只要他们实际处身于那间屋子，就不会有灾难临头。要到那里去，倒是又困难又危险，但是那间屋子却是个避难所。当温斯顿凝视着那镇纸的中央的时候，他感到，要到那水晶世界里面去是办得到的，一旦到了里面，时间就能停止了。他们常常耽溺于逃避现实的白日梦。他们的运气会永远好下去，他们可以在这一辈子永远这样偷偷摸摸搞下去而不会被发觉。或者凯瑟琳会死掉，温斯顿和裘莉亚就可以想个巧妙的方法结婚。或者他们一起自杀。或者他们躲了开去，改头换面，学会无产者说话的腔调，到一家工厂去做工，在一条后街小巷里过一辈子，而不被人发觉。他们两人都知道，这都是痴人说梦。实际生活中是没有出路的。甚至那唯一切实可行的办法，即自杀，他们也无意实行。过一天算一天，过一星期算一星期，虽然没有前途，却还是尽量拖长现在的时间，这似乎是一种无法压制的本能，就像只要有空气，肺就总要呼吸一样。

有时候他们也谈到搞实际活动来反党，但是却不知道怎样迈出第一步。即使传说中的兄弟会确有其事，要参加进去还有困难。他告诉她在他和奥勃良之间存在着，或者说似乎存在着一种奇怪的亲切感。他有时就感到有这样的冲动，要到奥勃良面前去对他说自己是党的敌人，要求他的帮助。很奇怪，她并不觉得这样做很冒失。她善于从相貌上看人，温斯顿只根据眼光一闪就认为奥勃良是个可靠的人。她似乎觉得是很自然的事。此外，她也想当然地认为，大家，几乎每个人，内心里都是仇恨党的，只要安全无失，都会打破规矩的。但是她不相信有普遍的、有组织的反对派存在，或者有可能存在。她说，关于果尔德施坦因及其地下军的传说只不过是党为了他自己的目的而捏造出来的胡说八道，你不得不假装相信。在党的集会和自发的示威中。她还无数次拉开嗓门高喊要把那些她从来没有听到过而且她也一点也不相信他们犯了什么罪行的人处以死刑。在公审大会上，她参加青年团的队伍。在法庭外面从早到晚高喊“打倒卖国贼！”在两分钟仇恨中，她咒骂果尔德施坦因总抢在别人之先。但是果尔德施坦因是谁，他的主张是什么，她却一无所知。她是革命后成长的，年纪太轻，不知五十年代和六十年代的思想战线上的斗争。像独立的政治运动这样的事，她是无法理解的；而且不论怎么说，党是不可战胜的。他将永远存在，永远是那个样子。你的反抗只能是暗中不服从，或者至多是孤立的暴力行为，例如杀掉某个人或者炸掉某个地方。

在某些方面她比温斯顿还精，还不易相信党的宣传。有一次谈到同欧亚国打仗时，她随口说，她认为根本没有在打仗，这叫他大吃一惊。她说，每天落在伦敦的火箭可能是大洋国政府自己发射的。“目的只是为了要吓唬人民”。这个念头他可从来没有想到过。她也使他感到有些妒意，因为她说在两分钟仇恨中她最大的困难还是要忍住不致大声笑出来。但是她对党的教导有怀疑只是在这些教导触及她自己的生活的时候，她经常是容易相信官方的无稽之谈的。那只是因为在她看来真假之间的区别关系不大。例如，她相信飞机是党发明的，这是她在上小学的时候学到的。（温斯顿记得，在他上小学的时候，那是在五十年代后期，党自称由他发明的还只有直升机；十多年以后，裘莉亚上小学时，就是飞机了；再隔一代，就会说蒸汽机也是他发明的了。）当他告诉她，在他出生之前，早在革命发生之前，就已有了飞机的存在时，她对这一事实一点也不感兴趣。说到头，飞机究竟是谁发明的有什么关系呢？但是比较使他吃惊的却是有一次随便聊天时他发现，她不记得四年之前大洋国在同东亚国打仗，同欧亚国和平相处。不错，她认为整个战争都是假的；但显然她甚至没有注意到已经换了敌人的名字。她含糊地说：“我以为我们一直在同欧亚国打仗。”这使他感到有点吃惊。飞机的发明是在她出生以前很久的事，而战争对象的转换却才只有四年，是她早已长大成人以后的事。他同她辩论了大约有半小时，最后他终于使她记起来说，她隐约记得有一阵子敌人是东亚国而不是欧亚国。但是她认为这一问题无所谓。她不耐烦地说："谁管他？总是不断地打仗，一个接着一个，反正你知道所有的消息都是谎话。"

有时他同她说到记录司和他在那里干的大胆伪造的工作。她对这种事情似乎并不感到奇怪。她并没有因为一想到谎话变成了真理而感觉到脚下变成了深渊。他告诉她关于琼斯、阿朗逊、鲁瑟福的事和有一次意义重大的纸条滑过他的手指尖的事。但她对此并没有什么反应。说真的，一开始的时候她还无法领会这件事的意义。

"他们是你的朋友吗？"她问。

"不是，我不认识他们。他们是核心党员。而且他们的年纪比我大多了。他们是老一辈的人，革命以前的时代的人。我只认得他们的脸。"

"既然这样，那有什么可以发愁的呢？一直不断有人被杀掉，是不是？"

他要想使她明白。"这个问题不同一般。这不是谁被杀死的问题。你知道不知道，从昨天开始往回推算，所有的过去都被抹掉了？如果说有什么地方还存在过去的话，也只存在于少数几样实在的东西里，但没有文字说明，就像那块玻璃一样。关于革命和革命前的事，我们已经几乎一无所知了。每一项记录都已销毁或篡改掉了，每一本书都已改写过了，每一幅画都已重画过了，每一个塑像、街道大楼都已改了名字，每一个日期都已改动过了。而且这个过程还天天、随时随刻地在进行。历史已经停止。除了党永远是正确的无休无止的现在，任何东西都不存在。当然，过去遭到篡改，我是知道的，但我永远无法加以证明，哪怕在我进行篡改伪造的时候。这种事情做了以后，什么证据都不留。唯一的证据存在于我的脑中，但是我一点也没有把握有任何另外一个人也有我的同样记忆。在我一辈子中就只有那一次，在事件发生了多年以后，我居然的确掌握了实际的具体证据。"

“那又有什么用？”

“那没有什么用，因为我几分钟以后就把他扔了。要是今天再发生这样的事，我就要把他留下来。”

“我可不！”裘莉亚说，“我敢冒险，但只为值得冒险的事冒险，绝不会为几张旧报纸冒险。即使你留了下来，你又能拿它怎么样？”

“也许没有多大用处。但这毕竟是证据，可能在这里或者那里撒下一些怀疑的种子，那是假定我敢拿去给别人看。我认为在我们这一辈子要改变任何现状是不可能的了。但是可以想象，有时在某个地方会出现反抗的小集团，一小批人集合在一起，人数慢慢增加，甚至还留下一些痕迹，下一代的人可以接着干下去。”

“我对下一代没有兴趣，亲爱的。我只对我们自己有兴趣。”

“你只是一个腰部以下的叛逆，”他对她说。

她觉得这句话十分风趣，高兴地伸开胳膊搂住他。

她对党的理论和细枝末节毫无兴趣。他一开始谈到英社的原则、双重思想、过去的默默无声和客观现实的抹杀，或者一开始用新话的词儿，她就感到厌倦，混乱，说她从来没有注意过这种事情。大家都知道这都是废话，因此操这个心干什么？她只知道什么该高兴，什么该不高兴，这样就够了。如果他老是谈这种事情，她往往就睡着了，这个习惯真叫他没有办法。她是那样的一种人，随时随地都可以睡觉。在同她说话中，他发现假装正统而又不知正统为何意是件十分容易的事。可以说，在没有理解能力的人身上，党把他的世界观灌输给他们最为成功。最明显不过的违反现实的东西，都可以使他们相信，因为他们从来不理解，对他们的要求是何等荒唐，因为他们对社会大事没有兴趣，从来不去注意发生了什么事情。正是由于缺乏理解，他们没有发疯。他们什么都一口吞下，吞下的东西对他们并无害处，因为没有残渣遗留，就像一颗玉米粒不加消化地通过一只鸟的体内一样。

第六章

这件事终于发生了。期待中的信息传了过来。他觉得他这一辈子都在等待这件事的发生。

他正走在部里大楼的长长的走廊里，快到裘莉亚上次把那纸条塞到他手中的地方，他才意识到身后跟着一个个子比他高的人。那个人，不知是谁，轻轻地咳了一声，显然是表示要说话。温斯顿猛然站住。转过身去，那人是奥勃良。

他们终于面对着面，他的唯一冲动似乎是要逃走。他的心猛跳着，说不出话来。但是奥勃良仍继续走着，一只友好的手按了一下温斯顿的胳膊，这样他们两人就并肩向前走了。他开始用他特别彬彬有礼的口气说话，这是他与大多数核心党员不同的地方。

“我一直想找个机会同你谈谈，”他说，“前不久我读到你在《泰晤士报》发表的一篇用新话写的文章。我想你对新话颇有学术上的兴趣吧？”

温斯顿已恢复了他的一部分自信。他说：“谈不上什么学术上的兴趣。我是个外行，这不是我的专业。我从来没有参加过这一语言的实际创作工作。”

“但是你的文章写得很漂亮，”奥勃良说，“这不仅是我个人的意见。我最近同你的一位朋友谈过，他肯定是个专家。我一时记不起他的名字来了。”

温斯顿的心里又是一阵难过。不可想象这不是提到赛麦。但是赛麦不仅死了，而且是被抹掉了，是个非人，提到他会有丧命的危险。奥勃良的话显然一定是个信号，一个暗号。由于两人共同参与了这个小小的思想罪行，他使他们成了同谋犯。他们原来是在走廊里慢慢地继续走着，这时奥勃良止了步。他整了一整鼻梁上的眼镜，这个姿态总使人有一种奇怪的亲切之感，接着他说：

“我其实想要说的是，我在你的文章中注意到你用了两个现在已经过时了的词儿。不过这两个词儿是最近才过时的。你有没有看过第十版的新话词典？”

“没有，”温斯顿说，“我想这还没有出版吧。我们记录司仍在用第九版。”

“是啊，第十版要过几个月才发行，但是他们已发了几本样书。我自己就有一本。也许你有兴趣看一看？”

“很有兴趣。”温斯顿说，马上领会了这个意思。

“有些新发展是极其聪明的。减少动词数目，我想你对这点是会有兴趣的。让我想，派个通讯员把词典送给你？不过这种事情我老是容易忘了。还是你有空到我住的地方来取吧，不知你方便不方便？请等一等。我把地址写给你。”

他们正好站在一个电幕的前面。奥勃良有些心不在焉地摸一摸他的两只口袋。摸出了一本皮面的小笔记本和一支金色的墨水笔。他就在电幕下面写了地址，撕了下来，交给了温斯顿，这个位置使得在电幕另一边的人可以看到他写的是什么。

“我一般晚上都在家。”他说，“如果正好不在，我的勤务员会把词典给你的。”

说完他就走了，留下温斯顿站在那儿，手中拿着那张纸片，这次他没有必要把他藏起来了。但是他还是仔细地把上面写的地址背熟了，几个小时以后就把他同其他一大堆废纸一起扔进了忘怀洞。

他们在一起顶多只讲了两分钟的话。这件事只可能有一个含义。这样做是为了让温斯顿知道奥勃良的地址。所以有此必要是因为除了直接询问以外要知道谁住在哪里是不可能的。什么电话簿、地址录都是没有的。奥勃良对他说的就是“你如果要看我，可以到这个地方来找我。”也许那本词典里夹着一封信，藏着一句话。反正，有一点是肯定的。他所梦想的密谋确实存在，他已经碰到了他外层的边缘了。

他知道他迟早要应奥勃良的召唤而去找他。可能是明天，也可能要隔很久——他也说不定。刚才发生的事只不过是多年前已经开始的一个过程的实现而已。第一步是个秘密的不自觉的念头；第二步是开始写日记，他已经从思想进入到了语言，现在又从语言进入到了行动。最后一步则是将在友爱部里发生事情了。他已经决定接受这个结局。始即是终，终寓于始。但是这有点使人害怕；或者确切地说，这有点像预先尝一下死亡的滋味，有点像少活几天。甚至在他同奥勃良说话的时候，当所说的话的含义慢慢明显以后，他全身感到一阵发冷，打了个寒战。他有了一种踏进潮湿寒冷的坟墓的感觉，并不因为他早已一直知道坟墓就在前面等候他而感到好过些。

第七章

温斯顿醒来时眼里充满了泪水。裘莉亚睡意很浓地挨近他，嘴里喃喃地说着大概是“怎么回事”之类的话。

“我梦见——”他开始说道，马上又停住了。这梦境太复杂了，说不清楚。除了梦本身之外，还有与梦有关的记忆，那是在醒来以后几秒钟之内浮现在他心中的。

他闭上眼睛躺着，仍浸沉在梦境中的气氛里。这是一场光亮夺目、场面很大的梦，他的整个一生，好像夏日傍晚雨后的景色一样，展现在他的前面。这都是在那玻璃镇纸里面发生的，玻璃的表面成了苍穹，苍穹之下，什么东西都充满了柔和的清澈的光芒，一望无际。这场梦也可以由他母亲的手臂的一个动作所概括，实际上，也可以说是他母亲的手臂的一个动作所构成的。这个动作在三十年后他又在新闻片中看到了，那就是那个犹太妇女为了保护她的小孩不受子弹的扫射而做的一个动作，但是仍不能阻止直升机把她们母子俩炸得粉碎。

“你知道吗，”他说，“以前我一直以为我母亲是我害死的。”

“你为什么要害死你的母亲？”裘莉亚问道，仍旧在睡梦之中。

“我没有害死她，没有在肉体上害死她。”

在梦中，他记起了他对他母亲的最后一瞥，醒来以后，围绕着这梦境的一切细枝末节都涌上了心头。这个记忆他在许多年来是一直有意从他的意识中排除出去的。他已记不得确切日期了，不过这件事发生的时候他大概至少已有十岁了，也可能是十二岁。

他父亲在这以前就消失了，在这以前究竟多久，他已记不得了。他只记得当时生活很不安定，朝不保夕：经常发生空袭，在地下铁道车站中躲避空袭，到处都是瓦砾，街头贴着他所看不懂的公告，穿着同样颜色衬衫的成群少年，面包房前长长的队伍，远处不断响起的机枪声，尤其是，总是吃不饱。他记得每天下午要花许多时间同其他一些孩子在垃圾桶、废物堆里捡破烂，什么菜帮子，菜叶子，土豆皮，有时甚至还有陈面包片，捡到这些。他们就小心翼翼地把炉碴扒掉；有时还在马路上等卡车开过，他们知道这些卡车有固定路线，装的是喂牛的饲料，在驶过坑坑洼洼的路面时，就会洒出一些豆饼下来。

他父亲失踪的时候，他母亲并没有表示奇怪或者剧烈的悲痛，但是一下子就变了一个人。她好像精神上完全垮掉了一样。甚至连温斯顿也感到她是在等待一件必然会发生的事。一切该做的事她都照样在做——烧饭、洗衣、缝补、铺床、扫地、掸土——但是总是动作迟缓，一点多余的动作也没有，好像艺术家的人体模型自己在走动一样，这使人觉得奇怪。她的体态动人的高大身子似乎自然而然地陷于静止了。她常常一连好几小时一动不动地坐在床边，给他的小妹妹喂奶，他的小妹妹是个体弱多病、非常安静的婴儿，只有二三岁，脸瘦得像只猴子。她偶然会把温斯顿紧紧地搂在怀里，很久很久不说话。他尽管年幼无知，只管自己，但也明白这同要发生的、但是从来没有提到的事情有关。

他记得他们住的那间屋子，一张白床单铺盖的床占了一半的面积。屋子里有个煤气灶，一个食物柜，外面的台阶上有个棕色的陶瓷水池，是几家合用的。他记得他母亲高大的身子弯在煤气灶上搅动着锅里的什么东西。他尤其记得他老是肚子饿，吃饭的时候总要吵个不休。他常常一次又一次哼哼唧唧地问他母亲，为什么没有更多吃的，他常常向她大喊大闹（他甚至还记得他自己的嗓门，由于大喊大叫过早地变了音，有时候洪亮得有些奇怪），他也常常为了要分到他一些吃的而伪装可怜。他母亲是很乐意多分给他一些的。她认为他是个“男孩”，分得最多是当然之理；但是不论她分给他多少，他总是嫌不够。每次吃饭时她总求他不要自私，不要忘了小妹妹有病，也需要吃的，但是没有用。她如果不给他多盛一些，他就气得大喊大叫，把锅子和勺子从她手中夺过来，或者把他妹妹盆中的东西抢过来。他也明白这么做，他母亲和妹妹得挨饿，但是他没有办法；他甚至觉得自己有权这么做。他肚中的辘辘饥肠似乎就是他的理由。两餐之间，如果他母亲防卫不严，他还常常偷吃食物柜上一点点可怜的贮藏。

有一天发了巧克力的定量供应。过去已经有好几个星期、好几个月没有发了。他还十分清楚地记得那珍贵的一点点巧克力，二两重的一块（那时候仍用磅称），三人分。应该分成等量的三块。但是突然之间，仿佛有人在指使他似的，温斯顿听到自己声如洪钟的要求，把整块巧克力都给他。他母亲叫他别贪心。接着就是没完没了的哼哼唧唧，又是叫，又是哭，眼泪鼻涕，劝诫责骂，讨价还价。他的小妹妹双手紧抱着他母亲，活像一只小猴子，坐在那里，从他母亲的肩后望过来，眨着大眼睛悲伤地看着他。最后他母亲把那块巧克力掰了四分之三，给了温斯顿，把剩下的四分之一给了他妹妹。那小姑娘拿着巧克力，呆呆地看着，好像不知那是什么东西。温斯顿站着看了一会儿。接着他突然跃身一跳，从他妹妹手中把那块巧克力一把抢走就跑到门外去了。

“温斯顿，温斯顿！”他母亲在后面叫他，“快回来！把你妹妹的那块巧克力还给她！”

他停了下来，但没有回来。他母亲焦虑的眼光盯着他的脸。就是在这个时候，她也在想那就要发生的事，即使他不知道究竟是什么。他妹妹这时意识到有东西给抢走了，软弱地哭了几声。他母亲搂紧了她，把她的脸贴在自己的胸口上。这个姿势使温斯顿意识到他妹妹快要死了。他转过身去，逃下了楼梯，巧克力捏在手中快要化了，有点黏糊糊的。

他以后没有再见到他母亲。他吃了巧克力以后，觉得有点惭愧，在街头闲荡了几个小时，饥火中烧才驱使他回家。他一回去就发现母亲不在了。那个时候，这已成了正常的现象。屋子里除了他母亲和妹妹以外，什么都不缺。他们没有拿走衣服，甚至也没有拿走他母亲的大衣。到今天他还没有把握，他母亲是不是已经死了。完全有可能，她只是被送到强迫劳动营去了。至于他妹妹，很可能像他自己一样，被送到一个孤儿院里去了，他们把他叫作保育院，这是在内战后像雨后春笋般出现的。她也很可能跟他母亲一起去了劳动营，也很可能初被丢在什么地方，无人过问而死了。

这个梦在他心中仍栩栩如生，特别是那个胳膊一搂的保护姿态，似乎包含了这个梦的全部意义。他又回想到两个月前的另外一个梦。他的母亲同坐在铺着白床单的床边抱着孩子一样，这次是坐在一条沉船里，掉在他的下面，逐渐往下沉，但仍从越来越发黑的海水中抬头朝他看。

他把他母亲失踪的事告诉了裘莉亚。她眼也不睁开就翻过身来，蜷缩在他怀里，睡得更舒服一些。

“你在那时候大概真是头畜生，”她含糊地说，“孩子们全是畜生。”

“是的。但是这件事的真正意义是——”

从她呼吸声听来，显然她又睡着了。他很想继续谈谈他的母亲。从他所记得的关于她的情况来看，他想她并不是个不平常的女人，更谈不上聪明。但是她有一种高贵的气派，一种纯洁的素质，这只是因为她有自己的行为标准。她有自己的爱憎，不受外界的影响。她从来没有想到过，没有效用的事就没有意义。如果你爱一个人，你就爱他，当你没有别的东西可以给他时，你仍把你的爱给他。最后一块巧克力被抢走时，他母亲怀里抱着孩子。这没有用，改变不了任何东西，并不能变出一块巧克力来，并不能使那孩子或她自己逃脱死亡；但是她仍抱着她，似乎这是很自然的事。那条沉船上的那个逃难的女人也用她的胳膊护着她的孩子，这像一张纸一样单薄，抵御不了枪弹。可怕的是党所做的事却是使你相信，仅仅冲动，仅仅爱憎并无任何意义，但同时却又从你身上剥夺掉一切能够控制物质世界的力量。你一旦处在党的掌握之中，不论你有感觉还是没有感觉，不论你做一件事还是不做一件事，都无关紧要。不论怎么样，你还是要消失的，不论是你或你的行动，都不会再有人提到。历史的潮流里已没有你的踪影。但是在两代之间的人们看来，这似乎并不是那么重要，因为他们并不想篡改历史。他们有自己的不加置疑的爱憎作为行为的准则。他们重视个人的关系。一个完全没有用处的姿态，一个拥抱，一滴眼泪，对将死的人说一句话，都有本身的价值。他突然想到，无产者仍旧是这样。他们并不忠于一个政党，或者一个国家，或者一个思想，他们却相互忠于对方。他有生以来第一次不再轻视无产者，或者只把他们看成是一种有朝一日会爆发出生命来振兴全世界的蛰伏的力量。无产者仍有人性。他们没有麻木不仁。他们仍保有原始的感情，而他自己却是需要作出有意识的努力才能重新学会这种感情。他这么想时却毫不相干地记起了几星期前他看到人行道上的一只断手，他把他踢到马路边，好像这是个白菜头一样。

“无产者是人，”他大声说，“我们不是人。”

“为什么不是？”裘莉亚说，她又醒了过来。

他想了一会儿。“你有没有想到过，”他说，“我们最好是趁早从这里出去，以后不再见面？”

“想到过，亲爱的，我想到过好几次了。但是我还是不想那么做。”

“我们很幸运，”他说，“但是运气不会很长久。你还年轻，你的外表正常纯洁。如果你避开我这种人，你还可以活上五十年。”

“不，我已经想过了。不论你做什么，我都要跟着做。别灰心丧气。我要活命很有办法。”

“我们可能还可以在一起待六个月——一年——谁知道。最后我们还是要分手的。你没有想到我们将来完全是孤独无援的？他们一旦逮住了我们，我们两个人是没有办法，真的一点也没有办法给对方帮什么忙的。如果我招供，他们就会枪毙你，如果我拒绝招供，他们也会枪毙你。不管我做什么，说什么，或者不说什么，都不会推迟你的死亡。我们不会知道对方是死是活。我们将完全束手无策。有一点是重要的，那就是我们不要出卖对方，尽管这一点也不会造成任何不同。”

“如果你说的是招供，”她说，“那我们还是要招供的。人人都总是招供的。你没有办法，他们拷打你。”

“我不是说招供。招供不是出卖。无论你说的或做的是什么都无所谓。有所谓的是感情。如果他们能使我不再爱你——那才是真正的出卖。”

她想了一会儿。“这他们做不到，”她最后说，“这是他们唯一做不到的事。不论他们可以使你说些什么话，但是他们不能使你相信这些话。他们不能钻到你肚子里去。”

“不能，”他有点希望地说，“不能；这话不错。他们不能钻到你肚子里去。如果你感到保持人性是值得的，即使这不能有任何结果，你也已经打败了他们。”

他想到通宵不眠进行窃听的电幕。他们可以日以继夜地侦察你。但是如果你能保持头脑清醒，你仍能胜过他们。他们尽管聪明，但仍无法掌握怎样探知别人脑袋里怎样在想的办法。但当你落在他们手中时也许不是这样。友爱部里的情况究竟如何，谁也不知道，但不妨可以猜一猜：拷打、麻醉药、测量你神经反应的精密仪器。不给你睡觉和关单独禁闭造成你精神崩溃、不断的讯问。无论如何，事实是保不了密的。他们可以通过讯问，可以通过拷打弄清楚。但是如果目标不是活命而是保持人性，那最终有什么不同呢？他们不能改变你的爱憎，而且即使你要改变，你自己也无法改变。他们可以把你所做的，或者说的，或者想的都事无巨细地暴露无遗，但是你的内心仍是攻不破的，你的内心的活动甚至对你自己来说也是神秘的。

第八章

他们来了，他们终于来了！

他们站着的那间屋子是长方形的，灯光柔和。电幕的声音放得很低，只是一阵低声细语。厚厚的深蓝色地毯，踩上去使你觉得好像是踩在天鹅绒上。在屋子的那一头，奥勃良坐在一张桌边，桌上有一盏绿灯罩的台灯，他的两边都有一大堆文件。仆人把裘莉亚和温斯顿带进来的时候，他连头也不抬。

温斯顿的心跳得厉害，使他担心说不出话来。他心里想的只有一句话：他们来了，他们终于来了。到这里来，本身就是一件冒失的事，两人一起来就更是纯粹的胡闹。不错，他们是走不同的路线来的，只是到了奥勃良家的门口才碰头。但是，光是走进这样一个地方就需要鼓起勇气。只有在极偶然的情况下，你才有机会见到核心党员住宅里面是什么样子，或者有机会走进他们的住宅区。什么东西都令人望而生畏——公寓大楼的整个气氛就不一样，什么东西都十分华丽，什么地方都十分宽敞，讲究的食品和优质的烟草发出没有闻惯的香味，电梯升降悄然无声，快得令人难以置信，穿着白上衣的仆人来回忙碌着。他到这里来虽然有很好的借口，但是每走一步总是担心半路上会突然杀出一个穿黑制服的警卫来，要查看他的证件，把他撵走。 但是，奥勃良的仆人二话不说，让他们两人进来。他是个小个子，长着黑头发，穿着一件白上衣，脸型像块钻石，完全没有表情，很可能是个中国人的脸。他带他们走过一条过道，地上铺着柔软的地毯，墙上糊着奶油色的墙纸，嵌壁漆成白色，一切都是一尘不染，十分清洁。这也使人望而生畏。温斯顿还记不起曾经在什么地方看到过有一条过道的墙上不是由于人体的接触而弄得污黑的。

奥勃良手里捏着一张纸条，似乎在专心阅读。他的粗眉大眼的脸低俯着，使你可以看清他的鼻子的轮廓，样子可怕，又很聪明。他坐在那里一动也不动，大约有二十秒钟。然后他拉过听写器来，用各部常用的混合行话，发了一个通知：

“一逗号五逗号七等项完全批准句点六项所含建议加倍荒谬接近罪想取消句点取得机器行政费用充分估计前不进行建筑句点通知完。”

他慢吞吞地从椅子上欠身站了起来，走过无声的地毯，向他们这边过来。说完了那些新话，他的官架子似乎放下了一点，但是他的神情比平时严肃，好像因为有人来打扰他而很不高兴。温斯顿本来已经感到恐惧，这时却突然又掺杂了一般的不好意思的心情。他觉得很有可能。自己犯了一个愚蠢的错误。他有什么证据可以确定奥勃良是个政治密谋家呢？只不过是眼光一闪，一句模棱两可的话，除此之外，只有他自己的秘密幻想，那是完全建筑在睡梦上的。他甚至不能退而依靠他是来借那本词典的那个借口了，因为在那种情况下就无法解释裘莉亚的在场。奥勃良走过电幕旁边，临时想到了一个念头，就停了下来，转过身去，在墙上按了一下按钮。啪的一声，电幕上的说话声中断了。

裘莉亚轻轻惊叫了一声，即使在心情慌乱中，温斯顿也惊异得忍不住要说：

“原来你可以把他关掉！”

“是的，”奥勃良说，“我们可以把他关掉。我们有这个特权。”

他这时站在他们前面。他的魁梧的身材在他们两人面前居高临下，他脸上的表情仍旧使人捉摸不透。他有点严峻地等待着温斯顿开腔，可是等他说什么？就是现在也可以想象，他是个忙人，有人来打扰他，心里感到很恼火。没有人说话。电幕关掉后，屋子里像死一般的静寂。时间滴嗒地过去，压力很大。温斯顿仍旧凝视着奥勃良的眼睛，但是感到很困难。接着那张严峻的脸突然露出了可以说是一丝笑容。奥勃良用他习惯的动作，端正一下他鼻梁上的眼镜。

“我来说，还是你来说？”他问道。

“我来说吧，”温斯顿马上说，“那玩意儿真的关掉了？”

“是的，什么都关掉了。这里就只有我们自己。”

“我们到这里来。因为——”

他停了下来，第一次发现自己的动机不明。由于他实际上并不知道他能从奥勃良那儿得到什么帮助，因此要说清楚他为什么到这里来，很不容易。他尽管意识到他说的话听起来一定很软弱空洞，还是继续说道：

“我们相信一定有种密谋。有种秘密组织在进行反对党的活动，而你是参加的。我们也想参加，为他工作。我们是党的敌人。我们不相信英社原则。我们是思想犯。我们也是通奸犯。我这样告诉你是因为我们完全相信你，把我们的命运交给你摆布。如果你还要我们用其他方式表明我们自己，我们也愿意。”

他觉得后面门已经开了。就停了下来，回头一看，果然不错，那个个子矮小、脸色发黄的仆人没有敲门就进来了。温斯顿看到他手中端着一只盘子，上面有酒瓶和玻璃杯。

“马丁是咱们的人，”奥勃良不露声色地说，“马丁，把酒端到这边来吧。放在圆桌上，椅子够吗？那么咱们不妨坐下来，舒舒服服地谈一谈。马丁，你也拉把椅子过来。这是谈正经的。你暂停十分钟当仆人吧。”

那个小个子坐了下来，十分自在，但仍有一种仆人的神态，一个享受特权的贴身仆人的神态。温斯顿从眼角望去，觉得这个人一辈子就在扮演一个角色，意识到哪怕暂且停止不演这种角色也是危险的。奥勃良把酒瓶拿了过来，在玻璃杯中倒了一种深红色的液体。这使温斯顿模糊地想起很久很久以前在墙上或者广告牌上看到过的什么东西——用电灯泡组成的一只大酒瓶，瓶口能上下移动，把瓶里的酒倒到杯子里。从上面看下去，那酒几乎是黑色的，但在酒瓶里却亮晶晶地像红宝石。他有一种又酸又甜的气味。他看见裘莉亚毫不掩饰她的好奇，端起杯子送到鼻尖闻。

“这叫葡萄酒，”奥勃良微笑道，“没有问题，你们在书上一定读到过。不过，没有多少卖给外围党的人。”他的脸又严肃起来，他举起杯。“我想应该先喝杯酒祝大家健康，为我们的领袖爱麦虞埃尔·果尔德施坦因干杯。”

温斯顿很热心地举起了酒杯。葡萄酒是他从书本子上读到过，很想尝一下的东西，又像玻璃镇纸或者却林顿先生记不清的童谣一样，属于已经消失的、罗曼蒂克的过去，他私下里喜欢把这过去叫作老时光。不知为什么缘故，他一直认为葡萄酒味道极甜，像黑莓果酱的味道，而且能马上使人喝醉。实际上，等到他真的一饮而尽时，这玩意儿却很使人失望。原来他喝了多年的杜松子酒，已喝不惯葡萄酒了。他放下了空酒杯。

“那么真的有果尔德施坦因这样一个人？”他问道。

“是啊，有这样一个人，他还活着。至于在哪里，我就不知道了。”

“那么那个密谋——那个组织？这是真的吗？不是秘密警察的捏造吧？”

“不是，这是真的。我们管他叫兄弟会。除了他确实存在，你们是他的会员以外，你们就别想知道别的了。关于这一点，我等会儿再说。”他看了一眼手表，“哪怕是核心党里的人，把电幕关掉半个小时以上也是不恰当的。你们不应该一起来，走时得分开走。你，同志——”他对裘莉亚点一点头，“先走。我们大约有二十分钟的时间可以利用。我首先得向你们提一些问题。这你们想必是能理解的。总的来说，你们打算干什么？”

“凡是我们能够干的事。”温斯顿说。

奥勃良坐在椅上略微侧过身来，可以对着温斯顿。他几乎把裘莉亚撇在一边不顾了，大概是视为当然地认为，温斯顿可以代表她说话。他的眼皮低垂了一下。他开始用没有感情的声音轻轻地提出他的问题，好像是例行公事一般，大多数问题的答案他心中早已有数了。

“你们准备献出生命吗？”

“是的。”

“你们准备杀人吗？”

“是的。”

“你们准备从事破坏活动，可能造成千百个无辜百姓的死亡吗？”

“是的。”

“你们准备把祖国出卖给外国吗？”

“是的。”

“你们准备欺骗、伪造、讹诈、腐蚀儿童心灵、贩卖成瘾毒品、鼓励卖淫、传染花柳病——凡是能够引起腐化堕落和削弱党的力量的事都准备做吗？”

“是的。”

“比如，如果把硝镪水撒在一个孩子的脸上能够促进我们的事业，你们准备这么做吗？”

“是的。”

“你们准备隐姓埋名，一辈子改行去做服务员或码头工人吗？”

“是的。”

“如果我们要你们自杀，你们准备自杀吗？”

“是的。”

“你们两个人准备愿意分手，从此不再见面吗？”

“不！”裘莉亚插进来叫道。

温斯顿觉得半晌说不出话来。他有一阵子仿佛连说话的功能也被剥夺了。他的舌头在动，但是出不来声，嘴型刚形成要发一个字的第一个音节，出来的却是另外一个字的第一个音节，这样反复了几次。最后他说的话，他也不知道怎么说出来的。他终于说：

“不。”

“你这么告诉我很好，”奥勃良说，“我们必须掌握一切。”

他转过来又对裘莉亚说，声音里似乎多了一些感情。

“你要明白，即使他侥幸不死。也可能是另外一个人了。我们可能使他成为另外一个人。他的脸，他的举止，他的手的形状，他的头发的颜色，甚至他的声音也会变了。你自己也可能成为另外一个人。我们的外科医生能够把人变样，再也认不出来。有时这是必要的。有时我们甚至要锯肢。”

温斯顿忍不住要偷看一眼马丁的蒙古人种的脸。他看不到有什么疤痕，裘莉亚脸色有些发白，因此雀斑就露了出来，但是她大胆面对着奥勃良。她喃喃地说了句什么话，好像是表示同意。

“很好。那么就这样说定了。”

桌子上有一只银盒子装着香烟，奥勃良心不在焉地把香烟盒朝他们一推，自己取了一支，然后站了起来，开始慢慢地来回踱步，好像他站着可以更容易思考一些。香烟很高级，烟草包装得很好，扎扎实实的，烟纸光滑，很少见到。奥勃良又看一眼手表。

“马丁，你可以回到厨房去了，”他说，“一刻钟之内我就打开电幕。你走以前好好看一眼这两位同志的脸。你以后还要见到他们。我却不会见到他们了。”

就像在大门口时那样，那个小个子的黑色眼睛在他们脸上看了一眼。他的态度里一点也没有善意的痕迹。他是在记忆他们的外表，但是他对他们并无兴趣，至少表面上没有兴趣。温斯顿忽然想到，也许人造的脸是不能变换表情的。马丁一言不发，也没有打什么招呼，就走了出去，悄悄地随手关上了门。奥勃良来回踱着步，一只手插在黑制服的口袋里，一只手夹着香烟。

“你们知道，”他说，“你们要在黑暗里战斗。你们永远是在黑暗之中。你们会接到命令，要坚决执行，但不知道为什么要发这样的命令。我以后会给你们一本书，你们就会从中了解我们所生活的这个社会的真正性质，还有摧毁这个社会的战略。你们读了这本书以后，就成了兄弟会的正式会员。但是除了我们为之奋斗的总目标和当前的具体任务之外，其他什么也不会让你们知道的。我可以告诉你们兄弟会是存在的，但是我不能告诉你们他有多少会员，到底是一百个，还是一千万。从你们切身经验来说，你们永远连十来个会员也不认识。你们会有三、四个联系人，过一阵子就换人，原来的人就消失了。由于这是你们第一次联系，以后就保存下来。你们接到的命令都是我发出的。如果我们有必要找你们，就通过马丁。你们最后被逮到时，总会招供。这是不可避免的。但是你们除了自己干的事以外，没有什么可以招供。你们至多只能出卖少数几个不重要的人物。也许你们甚至连我也不能出卖。到时候我可能已经死了，或者变成了另外一个人，换了另外一张脸。”

他继续在柔软的地毯上来回走动。尽管他身材魁梧，但他的动作却特别优雅。甚至在把手插进口袋或者捏着一支香烟这样的动作中也可以显示出来。他给人一种颇有自信，很体谅别人的印象，甚至超过有力量的印象，但这种体谅带着讥讽的色彩。他不论如何认真。都没有那种狂热分子才有的专心致志的劲头儿。他谈到杀人、自杀、花柳病、断肢、换脸型的时候，隐隐有一种揶揄的神情。“这是不可避免的，”他的声音似乎在说，“这是我们必须毫不犹豫地该做的事。但是等到生活值得我们好好过时，我们就不干这种事了。”温斯顿对奥勃良产生了一种钦佩，甚至崇拜的心情。他一时忘记了果尔德施坦因的阴影。你看了一眼奥勃良的结实的肩膀，粗眉大眼的脸，这么丑陋，但是又这么文雅，你就不可能认为他是可以打败的。没有什么谋略是他所不能对付的，没有什么危险是他所没有预见到的。甚至裘莉亚似乎也很受感染。她听得入了迷，连香烟在手中熄灭了也不知道。奥勃良继续说：

“你们会听到关于存在兄弟会的传说。没有疑问，你们已经形成了自己对他的形象。你们大概想象他是一个庞大的密谋分子地下网，在地下室里秘密开会，在墙上刷标语，用暗号或手部的特殊动作互相打招呼。没有这回事。兄弟会的会员没有办法认识对方。任何一个会员所认识的其他会员，只是寥寥几个。就是果尔德施坦因本人。如果落入思想警察之手，也不能向他们提供全部会员名单，或者提供可以使他们获得全部名单的情报。没有这种名单。兄弟会所以不能消灭掉就是因为他不是一般观念中的那种组织。把他团结在一起的，只不过是一个不可摧毁的思想。除了这个思想之外，你们没有任何东西可以做你们的依靠。你们得不到同志之谊，得不到鼓励。你们最后被逮住时，也得不到援助。我们从来不援助会员。至多，绝对需要灭口时，我们有时会把一片剃须刀片偷偷地送到牢房里去。你们得习惯于在没有成果、没有希望的情况下生活下去。你们工作一阵子以后，就会被逮住，就会招供，就会死掉。这是你们能看到的唯一结果。在我们这一辈子里，不可能发生什么看得见的变化。我们是死者。我们的唯一真正生命在于将来。我们将是做为一杯黄土，几根枯骨参加将来的生活。但是这将来距现在多远，谁也不知道。可能是一千年。目前除了把神志清醒的人的范围一点一滴地加以扩大以外，别的事情都是不可能的。我们不能采取集体行动。我们只能把我们的思想通过个人传播开去，通过一代传一代传下去。在思想警察面前，没有别的办法。”

他停了下来，第三次看手表。

“同志，该是你走的时候了。”他对裘莉亚说，“等一等，酒瓶里还有半瓶酒。”

他斟满了三个酒杯，然后举起了自己的一杯酒。

“这次为什么干杯呢？”他说，仍隐隐带着一点嘲讽的口气。

“为思想警察的混乱？为老大哥的死掉？为人类？为将来？”

“为过去。”温斯顿说。

“过去更重要。”奥勃良神情严肃地表示同意。他们喝干了酒，裘莉亚就站了起来要走。奥勃良从柜子顶上的一只小盒子里取出一片白色的药片，叫她衔在舌上。他说，出去千万不要让人闻出酒味：电梯服务员很注意别人的动静。她走后一关上门，他就似乎忘掉她的存在了。他又来回走了一两步，然后停了下来。

“有些细节问题要解决，”他说，“我想你大概有个藏身的地方吧？”

温斯顿介绍了却林顿先生铺子楼上的那间房子。

“目前这可以凑合，以后我们再给你安排别的地方。藏身的地方必须经常更换。同时我会把那书送一本给你——”温斯顿注意到，甚至奥勃良在提到这本书的时候，也似乎是用着重的口气说的——“你知道，是果尔德施坦因的书，尽快给你。不过我可能要过好几天才能弄到一本。你可以想象，现有的书不多。思想警察到处搜查销毁，使你来不及出版。不过这没有什么关系。这本书是销毁不了的。即使最后一本也被抄走了，我们也能几乎逐字逐句地再印出来。你上班去的时候带不带公文包？”他又问。

“一般是带的。”

“什么样子？”

“黑色，很旧。有两条搭扣带。”

“黑色，很旧，两条搭扣带——好吧，不久有一天——我不能说定哪一天——你早上的工作中会有一个通知印错了一个字，你得要求重发。第二天你上班时别带公文包。那天路上有人会拍拍你的肩膀说，‘同志，你把公文包丢了’。他给你的公文包中就有一本果尔德施坦因的书。你得在十四天内归还。”

他们沉默不语了一会儿。

“还有几分钟你就必须要走了，”奥勃良说，“我们以后再见——要是有机会再见的话——”

温斯顿抬头看他。“在没有黑暗的地方？”他迟疑地问。

奥勃良点点头，并没有表示惊异。“在没有黑暗的地方，”他说，好像他知道这句话指的是什么，“同时，你在走以前还有什么话要想说吗？什么信？什么问题？”

温斯顿想了一想他似乎没有什么问题再要问了；他更没有想说些一般好听的话。他心中想到的，不是同奥勃良或兄弟会直接有关的事情，却是他母亲临死前几天的那间黑暗的卧室、却林顿先生铺子楼上的小屋子、玻璃镇纸、花梨木镜框中那幅蚀刻钢版画这一切混合起来的图像。他几乎随口说：

“你以前听到过一首老歌谣吗，开头一句是‘圣克利门特教堂的钟声说，橘子和柠檬。’”

奥勃良又点一点头。他带着一本正经、彬彬有礼的样子，唱完了这四句歌词：

圣克利门特教堂的钟声说，橘子和柠檬，
圣马丁教堂的钟声说，你欠我三个铜板，
老巴莱教堂的钟声说，你什么时候归还？
肖尔迪区教堂的钟声说，等我发了财。

“你知道最后一句歌词！”温斯顿说。

“是的，我知道最后一句歌词。我想现在你得走了。不过等一等，你最好也含一片药。”

温斯顿站起来时，奥勃良伸出了手。他紧紧一握，把温斯顿手掌的骨头几乎都要捏碎了。温斯顿走到门口回过头来，但是奥勃良似乎已经开始把他忘掉了。他把手放在电幕开关上等他走。温斯顿可以看到他身后写字桌上绿灯罩的台灯、听写器、堆满了文件的铁丝框。这件事情已经结束了。他心里想，在六十秒钟之内，奥勃良就已回去做他暂时中断的为党做的重要工作。

第九章

温斯顿累得人都冻成胶了。“冻胶”，是个很确切的字眼。他是自动在他脑海中出现的。他的身体不但像冻胶那么软，而且像冻胶那样半透明。他觉得要是举起手来，他就可以看透另一面的光。大量的工作把他全身的血液和淋巴液都挤干了，只剩下神经、骨骼、皮肤所组成的脆弱架子。所有的知觉都很敏感。穿上制服，肩膀感到重压；走在路上，脚底感到酸痛；甚至手掌的一张一合也造成关节咯咯地响。

他在五天之内工作了九十多个小时。部里的人都是如此。现在工作已经结束，到明天早上以前，他几乎无事可做，任何党的工作都没有。他可以在那个秘密的幽会地方待六个小时，然后回自己家中的床上睡九个小时。在下午温煦的阳光照沐下，他沿着一条肮脏的街道，朝着却林顿先生的铺子慢慢地走去，一边留神注意着有没有巡逻队，一边又毫无理由地认为这天下午不会有人来打扰他。他的公文包沉甸甸的，每走一步就碰一下他的膝盖，使他的大腿的皮肤感到上下一阵发麻。公文包里放着那本书，他到手已有六天了，可是还没有打开来过，甚至连看一眼也没有看过。

仇恨周已进行了六天，在这六天里，天天是游行、演讲、呼喊、歌唱、旗帜、标语、电影、蜡像、敲鼓、吹号、齐步前进、坦克咯咯、飞机轰鸣、炮声隆隆。在这六天里，群众的情绪激动得到了最高峰。大家对欧亚国的仇恨沸腾得到了发狂的程度，要是在那最后一天要公开绞死的二千名欧亚国战俘落入群众之手的话，他们毫无疑问地会被撕得粉碎。就在这个时候忽然宣布，大洋国并没有在同欧亚国作战。大洋国是在同东亚国作战。欧亚国是个盟国。

当然，没有人承认发生过什么变化。只不过是极其突然地，一下子到处都让人知道了：敌人是东亚国，不是欧亚国。温斯顿当时正在伦敦的一个市中心广场参加示威。时间是在夜里，人们的苍白的脸和鲜红的旗帜都沐浴在强烈的泛光灯灯光里。广场里挤满了好几千人，其中有一批大约一千名学童，穿着少年侦察队的制服，集中在一起。在用红布装饰的台上，一个核心党的党员在发表演讲，他是个瘦小的人，胳臂却长得出奇，与身材不合比例，光秃的大脑袋上只有少数几绺头发。他是个像神话中的小妖精式人物，满腔仇恨，一手抓着话筒，一手张牙舞爪地在头顶上挥舞，这只手长在瘦瘦的胳臂上，显得特别粗大。他讲话的声音从扩大器中传出来，特别洪亮刺耳，没完没了地列举一些暴行、屠杀、驱逐、抢劫、强奸、虐待俘虏、轰炸平民、撒谎宣传、无端侵略、撕毁条约的罪状。别人听了以后无法不相信他，也无法不感到愤怒。隔几分钟，群众的情绪就激愤起来，讲话人的声音就被淹没在好几千人不可控制地提高嗓门喊出来的野兽般咆哮之中。最野蛮的喊叫声来自那些学童。那人大约已经讲了有二十分钟的时候，有一个通讯员急急忙忙地走上了讲台，把一张纸递到讲话人的手里。他打开那张纸，一边继续讲话，一边看了那张纸。他的声音和态度都一点也没有变，他讲话的内容也一点没有变，但是突然之间，名字却变了。不需要说什么话，群众都明白了，好像一阵浪潮翻过去似的。大洋国是在同东亚国打仗！接着就发生了一场大混乱。广场上挂的旗帜、招贴都错了！其中一半所画的脸就不对。这是破坏！这是果尔德施坦因的特务搞的！于是大家乱哄哄地把招贴从墙上揭下来，把旗帜撕得粉碎，踩在脚下。少年侦察队的表现特别精彩，他们爬上了屋顶，把挂在烟囱上的横幅剪断。不过在两三分钟之内，这一切就都结束了。讲话的人仍抓着话筒，向前耸着肩膀，另外一只手在头上挥舞，继续讲话。再过一分钟，群众中又爆发出一阵愤怒的吼声。仇恨继续进行，一如既往，只是已换了对象。

温斯顿后来回顾起来感到印象深刻的是，那个讲话的人居然是在一句话讲到一半的时候转换对象的，不仅没有停顿一下，甚至连句子结构都没有打乱。不过当时有另外的事情分了他的心。那是发生在揭招贴的混乱的时候，有一个人连长得怎么样他也没有瞧清，拍拍他的肩膀说："对不起，你大概把你的公文包丢了。"他二话不说，心不在焉地把公文包接了过来。他知道要过好几天才有机会看公文包里的东西。示威一结束，他就回到真理部里，尽管已经快二十三点了。部里的全体工作人员也都已回来。电幕上已经发出指示，要他们回到工作岗位，不过完全没有必要发这指示。

大洋国在同东亚国作战：大洋国一向是在同东亚国作战。五年来的政治文籍现在有一大部分完全要作废了。各种各样的报告、记录、报纸、书籍、小册子、电影、录音带、照片——这一切都得以闪电速度加以改正。虽然没有发出明确指示，不过大家都知道，记录司的首长要在一个星期之内做到任何地方都没有留下曾经提到与欧亚国打过仗，同东亚国结过盟的材料。工作量吓人，尤其是因为这件事不能明说。记录司人人都一天工作十八小时，分两次睡觉，一次睡三小时。地下室里搬来了床垫，在走廊里到处都铺开了。吃饭由食堂服务员用小车推来，吃的是夹肉面包和胜利牌咖啡。温斯顿每次停下工作去睡一小时，总尽量把桌面上的工作处理干净，但每次他睡眼惺忪、腰酸背痛地回来时，桌上又是文件如山，几乎把听写器也掩没了，还掉落在地上，因此第一件事就是把他们好歹整理一下，好腾出地方来工作。最糟糕的是，这项工作一点也不是纯粹机械性的。尽管在大多数的情况下，这不过是更换一下名字，但是一些详细的报道就需要你十分仔细，需要你发挥想象力。为了要把战争从世界上的这一地区挪到另外一个地区，你所需要的地理知识也很惊人。

到第三天，他的眼睛痛得无法忍受，每隔几分钟就需要把眼镜擦一擦。这好像是在努力完成一项繁重的体力工作，你有权力拒绝不干，但又急于想完成，这种心情甚至是有点神经质的。如果他有时间来记的话，对于他在听写器上说的每一句话，他的墨水铅笔的每一笔勾划都是蓄意说谎这一点，他并不感到不安。他像司里的每一个人一样，竭力想把谎话圆得很完美。到第六天早晨，纸条慢慢地减少了。有半小时之久，气力传送管里没有送东西出来。后来又送来一条，接着就没有了。几乎在同一时候，到处工作都搞完了。整个司里的人都深深地——也是暗地里——松了一口气。完成了一项伟大的任务，但是谁也不会提到这件事。现在无论哪一个人都无法用文件来证明曾经同欧亚国打过仗。到十二点钟的时候突然宣布全部工作人员放假到明天早晨。温斯顿在工作的时候，把那装着那本书的公文包放在两只脚之间，睡觉的时候放在枕头下，这时就提着他回了家，刮了胡子，洗了一个澡，尽管水不热，几乎一边洗一边就在澡盆里睡着了。

他爬上却林顿先生铺子楼梯时，全身关节咯咯作响。他很疲倦，但是已没有睡意。他打开窗户，点燃了肮脏的小煤油炉，放了一壶水在上面准备烧咖啡。裘莉亚马上就来；同时还有那本书。他在那张邋遢的沙发上坐下来，把公文包的搭扣带松开。

这是一本黑面厚书，自己装订的，封面上没有书名或作者名字。印刷的字体也有点不规则。书页边上都有点揉烂了，很容易掉页，看来这本书已转了好几个人之手。书名扉页上印的是：

寡头政治集体主义的理论与实践

爱麦虞埃尔·果尔德施坦因著

第一章
无知即力量

有史以来，大概自从新石器时代结束以来，世上就有

> 三种人，即上等人、中等人、下等人。他们又再进一步分为好几种，有各种各样不同的名字，他们的相对人数和他们的相互态度因时代而异；但是社会的基本结构不变。即使在发生了大动荡和似乎无法挽回的变化以后，总又恢复到原来的格局，好像陀螺仪总会恢复平衡一样，不管你把他朝哪个方向推着转。这三种人的目标是完全不可调和的……

温斯顿停了下来，主要是为了要享受一下这样的感觉：他是在舒服和安全的环境中读书。他独处一室，没有电幕，隔墙无耳，不需要神经紧张地张望一下背后有没有人在偷看，或者急于用手把书掩上。夏天的甜蜜空气吻着他的双颊。远处不知什么地方传来了孩子们的隐隐约约的叫喊声。屋子里面，除了时钟滴嗒之外，寂然无声。他在沙发上再躺下一些，把脚搁在壁炉挡架上。这真是神仙般的生活，但愿能永生永世地过下去。在你搞到一本你知道最后总要一读再读的书的时候，你往往会无目的地翻开到一个地方，随便读一段；他现在也是这样，翻开的地方正好是第三章。于是他又读了下去：

第三章
战争即和平

> 世界分成三大超级国家是一件在20世纪中叶前即可预料到的事情。俄国并吞了欧洲，美国并吞了英帝国以后。目前的三大强国就有了两个开始有效的存在：欧亚国和大洋国。第三个东亚国是在又经过十年混战以后出现的。这三个超级大国的边界，有些地方是任意划定的，另外一些地方视战争的一时胜负而有变化，但是总的来说，按地理界线而划分。欧亚国占欧亚大陆的整个北部，从葡萄牙到白令海峡。大洋国占南北美，大西洋各岛屿，包括英伦

三岛，澳大利亚和非洲南部。东亚国较其他两国为小，占中国和中国以南诸国，但经常有变化，其西部边界不甚明确。

这三个超级国家永远是拉一个打一个，与这个结盟，与那个交战，过去二十五年以来一直如此。但是战争已不再像20世纪初期几十年那种的你死我活的毁灭性斗争，而是交战双方之间的目标有限的交锋，因为双方都没有能力打败对方，也没有打仗的物质原因，更没有任何真正意识形态上的分歧，这并不是说，不论战争方式也好，对战争的态度也好，已不是那么残酷，或者比较侠义一些了。不是那样，相反，在所有三国之中，战争歇斯底里是长期持续、普遍存在的，像强奸、抢劫、杀戮儿童、奴役人民、对战俘进行报复，甚至烧死活埋，这样的事情都被视为家常便饭，若是我方而不是敌方所为，则更被认为为国尽忠，为民立功。但在实际上，战争影响所及只有少量的人，大多是有高度训练的专家，相对地来说，造成的伤亡较少。若有战争发生，一般都在遥远的边界，确切的地点一般人只能猜测而已，或者在守卫海道战略要冲的水上浮动堡垒附近。在文明的中心，战争的意义不过是消费品长期发生短缺，偶尔掉下一颗火箭弹，造成几十人死亡，如此而已。事实上，战争已经改变了性质。确切地说，进行战争的原因的重要性次序已经改变。有些战争动机在二十世纪初期的几次大战中已经存在，只是程度较小，如今却占了支配的地位，得到有意识的承认和实行。

要了解目前的战争——尽管每隔几年友敌关系总要发生变化，但战争还是那场战争——的性质，我们首先必须认识到，这场战争是打不出一个结局来的。三个超级国家中的任何一国都不可能被任何两国的联盟所绝对打败。他们都势均力敌，天堑一般的防御条件不可逾越。欧亚国的屏障是大片陆地。大洋国是大西洋和太平洋，东亚国是居民的多产勤劳。其次，从物质意义上来说，已不再有打仗的动机。由于建立了自给自足的经济，生产与消费互相配合，争夺市场是以前战争的主要原因，现在已告结束，争夺原料也不再是生死攸关的事。反正这三个超级国家幅员都很辽阔，凡是所需资源几乎都可以在本国疆界之内获得。如果战争还有什么直接经济目的的话，那就是争夺劳动力了。在三个超级国家之间，大体上有一块四方形的地区，以丹吉尔、布拉柴维尔、达尔文港和香港为四个角，在这个地区里人口占全世界大约五分之一，这个地区从来没有长期属于任何一国。就是为了争夺这人口稠密的地区和北极的冰雪地带，三个大国不断地在角逐。实际上从来没有一个大国曾经控制过这个地区的全部。其中部分地区曾经不断易手，所以造成友敌关系不断地改变，就是因为这样就有机会可以靠突然叛变而争夺到一块地方。

这些争夺地区都有宝贵的矿藏，其中有些地方还生产重要的植物产品，例如橡胶，这在寒冷地带必须用成本较大的方法来人工合成。但是主要是这些地方有无穷无尽的廉价劳动力储备。不论哪一大国控制了赤道非洲，或者中东国家，或者南印度或者印度尼西亚群岛，手头也就掌握了几十亿报酬低廉、工作辛苦的苦力。这些地区的居民多多少少已经毫不掩饰地沦为奴隶，不断地在征服者中间换手，当作煤或石油一样使用，为的是要生产更多的军备，占领更多的领土，控制更多的劳动力，再生产更多的军备，占领更多的领土，控制更多的劳动力，如此周而复始，一而再再而三地继续下去，永无休止。应该指出，战争从来没有真正超出争夺地区的边缘。欧亚国的边界在刚果河盆地与地中海北岸之间伸缩，印度洋和太平洋的岛屿则不断被大洋国或东亚国轮流占领。在蒙古，欧亚国和东亚国的分界线从来没有稳定过。在北极周围，三大国都声称拥有广大领土，实际上这些地方都杳无人烟，未经勘探。不过力量对比却一直总保持大致上的平衡，每个超级国家的心脏地带一直总没有人侵犯过。此外，赤道一带被剥削人民的劳动力，对于世界经济来说，并非真正不可或缺。他们对世界财富并不增添什么，因为不论他们生产什么东西，都用于战争目的，而进行战争的目的总是争取能够处在一个较有利的地位以便进行另一场战争。这些奴隶人口的劳动力可以增快那场延续不断的战争的速率。但如果没有他们的存在，世界社会的结构，以及维持这种结构的方法，基本上不会有什么不同。

现代战争的重要目的（按照双重思想的原则，核心党里的指导智囊是既承认又不承认的）是尽量用完机器的产品而不提高一般的生活水平。自从19世纪末叶以来，工业社会中就潜伏着如何处理剩余消费品的问题。在目前，很少人连饭也吃不饱，这个问题显然并不迫切。即使没有人为的破坏在进行，这个问题可能也不会迫切。今天的世界同1914年以前相比，是个贫瘠的、饥饿的、破败的地方，如果同那个时代的人所展望的未来世界相比，更其是如此。在20世纪初期，凡是有文化的人的心目中，几乎莫不认为未来社会令人难以相信的富裕、悠闲，秩序井然、效率很高——这是一个由玻璃、钢筋、洁白的混凝土构成的晶莹夺目的世界。科学技术当时正在神速发展，一般人很自然地认为以后也会这样继续发展下去。但是后来却没有如此，一部分原因是长期不断的战争造成了贫困，一部分原因是科学技术的进步要依靠根据经验的思维习惯，而在一个严格管制的社会里，这种习惯是不能存在的。总的来说，今天的世界比五十年前原始。有些落后地区固然有了进步，不少技术——多少总是与战争和警察侦探活动有关——有了发展，但大部分试验和发明都停顿下来，五十年代原子战争所造成的破坏从来没有完全复原。尽管如此，机器所固有的危险仍旧存在。从机器问世之日起，凡是有识之士无不清楚，人类就不再需要从事辛劳的体力劳动了，因而在很大程度上也不再需要人与人之间保持不平等了。如果当初有意识地把机器用于这个目的，什么饥饿、过度的劳动、污秽、文盲、疾病都可以在几代之内一扫而空。事实上，在19世纪末叶和20世纪初叶相交之间的大约五十年里。机器虽然没有用于这样的目的，但是由于某种自动的过程，所生产的财富有时候不得不分配掉，客观上确实大大地提高了一般人的生活水平。

但同样清楚的是，财富的全面增长有毁灭——从某种意义上来说，的确是毁灭——等级社会的威胁。世界上如果人人都工作时间短、吃得好、住的房子有浴室和电冰箱，私人有汽车甚至飞机，那么最重要形式的不平等也许会早已消失了。财富一旦普及，他就不分彼此。没有疑问，可以设想有这样一个社会，从个人财物和奢侈品来说。财富是平均分配的，而权力仍留在少数特权阶层人物的手中。但是实际上这种社会不能保持长期稳定。因为，如果人人都能享受闲暇和生活保障，原来由于贫困而愚昧无知的绝大多数人就会学习文化，就会独立思考；他们一旦做到这一点，迟早就会认识到少数特权阶层的人没有作用，他们就会把他们扫除掉。从长期来看，等级社会只有在贫困和无知的基础上才能存在。20世纪初期有些思想家梦想恢复到过去的农业社会，那不是实际的解决办法。那同机械化的趋势相冲突，而后一个趋势在整个世界里都已几乎带有本能性质了，何况，任何国家要是工业落后，军事上就会束手无策，必然会被比较先进的敌国所直接或间接控制。

用限制生产来保持群众贫困，也不是个令人满意的解决办法。在资本主义最后阶段，大概在1920年到1940年之间曾经大规模这么做过。许多国家听任经济停滞，土地休耕，资本设备不增，大批人口不给工作而由国家救济，保持半死半活。但这也造成军事上的孱弱，由于他所造成的贫困并无必要，必然会引起反对。因此问题是，如何维持经济的轮子继续转动而又不增加世界上的真正财富。物品必须生产，但不一定要分配出去。在实践中，要作到这一点的唯一办法是不断打仗。

战争的基本行为就是毁灭，不一定是毁灭人的生命，而是毁灭人类的劳动产品。有些物资原来会使得群众生活得太舒服了，因而从长期来说，也会使得他们太聪明了，战争就是要把这些物资打得粉碎，化为轻烟，沉入海底。战争武器即使没有实际消耗掉，但继续制造他们，仍是一方面消耗劳动力而另一方面又不生产消费品的方便办法。例如水上浮动堡垒所耗劳动力可以制造好几百艘货轮。最后因为陈旧而把他拆卸成为废料，这对无论谁都没有物质上的好处，但为了建造新的水上浮动堡垒，却又要花大量劳动力。原则上，战争计划总是以在满足了本国人口最低需要后把可能剩余的物资耗尽为度。实际上，对于本国人口的需要，估计总是过低，结果就造成生活必需品有一半长期短缺；但这被认为是个有利条件。甚至对受到优待的一些阶层，也有意把他们保持在艰苦的边缘上徘徊，其所以采取这一方针，是因为在普遍匮乏的情况下，小小的特权就能够显得更加重要，从而扩大各个阶层间的差别。按20世纪初期的标准来看，甚至核心党内人物的生活条件，也是够艰苦朴素的。但是，他所享有的少数奢侈条件——设备完善的宽敞住处、料子较好的衣着、质量较好的饮食、烟酒、两三个仆人、私人汽车或直升机——使他所处境况与外围党员迥然不同，而外围党员同我们称为“无产者”的下层群众相比，又处在类似的有利地位。整个社会的气氛就是一个围城的气氛，谁有一块马肉就显出了贫富的差异。同时，因在打仗，自有危险，结果就是，要维持生存，把全部权力交给一个少数人阶层就自然成了不可避免的条件。

下文还要述及。战争不仅完成了必要的毁坏，而且所用方式在心理上是可以接受的。原则上，要浪费世上的剩余劳动力，尽可以修庙宇、盖殿堂、筑金字塔，挖了地洞再埋上，甚至先生产大量物品然后再付诸一炬。但这只能为等级社会提供经济基础，而不能提供感情基础。这里操心的不是群众的情绪，群众的态度无关紧要，只要他们保持不断工作就行；要操心的是党员的情绪。甚至最起码的党员，也要使他既有能力，又很勤快，在很有限的限度内还要聪明，但是他也必须是个容易轻信、盲目无知的狂热信徒，这种人的主导情绪是恐惧、仇恨、颂赞、欣喜若狂，换句话说，他的精神状态必须要同战争状态相适应。战争是不是真的在打，这无关紧要。战争打得好打得坏，由于不可能有决定性的胜利，也无关紧要。需要的只是要保持战争状态的存在。党所要求于他党员的，是智力的分裂，这在战争的气氛中比较容易做到，因此现在已经几乎人人都是如此，地位越高，这种情况越显著。战争的歇斯底里和对敌仇恨在核心党内最为强烈。核心党员担任行政领导，常常必须知道某一条战讯不确，他可能常常发现，整个战争是假的，或者根本没有发生，或者其目的完全不是所宣布的目的；但是这种知识很容易用双重思想的办法来加以消除。同时，核心党员都莫名其妙地相信战争是真的，最后必胜，大洋国将是全世界无可争议的主人，但他们绝不会有人对这种信念会有片刻的动摇。

核心党员人人都相信这未来的胜利，把他当作一个信条。达到最后胜利的方法，或者是逐步攻占越来越多的领土，确立压倒优势的力量，或者是发明某种无敌新式武器。谋求发明新式武器工作继续不断，凡是有创造性头脑的人或者喜欢探索的人要为他们过剩的智力找个出路，这是极少数剩下来的活动之一。目前在大洋国，旧观念的科学几乎已不再存在。新话里没有“科学”这一词汇。过去所有的科学成就，其基础就是根据经验的思维方法，但是违反英社的最根本原则。甚至技术进步也只有在其产品能够在某种方式上用于减少人类自由时才能达到。在一切实用艺术方面，不是停滞不前，就是反而倒退了。土地由马拉犁耕种，而书籍却用机器写作。但在至关紧要的问题上——实际上就是说战争和警察侦探活动上——却仍鼓励经验的方法，或者至少是容忍这种方法的。党有两个目的，一个是征服整个地球，一个是永远消灭独立思考的可能性。因此党急于要解决的也有两个大问题。一个是如何在违背一个人本人意愿情况下发现他在想些什么，另外一个是如何在几秒钟之内未加警告就杀死好几亿人。如果说目前还有科学研究在进行的话，这就是研究的题目。今天的科学家只有两类。一类是心理学家兼刑讯官，他们能极其细致地研究一个人面部表情、姿态、声调变化的意义，试验药物、震荡疗法、催眠、拷打的逼供效果。另外一类是化学家、物理学家、生物学家，他们只关心自己专业中同杀人灭生有关的学科。在和平部的庞大实验室里，在巴西森林深处的试验站里，或者在澳大利亚的沙漠里，或者在南极的人迹不到的小岛上，一批批的专家们都在不知疲倦地工作。有的一心制订未来战争的后勤计划；有的在设计体积越来越大的火箭弹，威力越来越强的爆炸物，厚度越来越打不穿的装甲板；有的在寻找更致命的新毒气，或者一种可以大量生产足以灭绝整个大陆的植物的可溶毒药，或者繁殖不怕一切抗体的病菌；有的在努力制造一种像潜艇能在水下航行一样能在地下行驶的车辆，或者像轮船一样可以脱离基地而独立行动的飞机；有的在探索甚至更加可望而不可及的可能性。例如通过架在几千英里以外空间的透镜把太阳光束集中焦点，或者开发地球中心的热量来制造人为的地震和海啸。

但是这些计划没有一项曾经接近完成过，这三个超级国家没有一个能比别的两国占先一步。更使人奇怪的是，这三个大国由于有了原子弹，实际上已经拥有了一种武器，其威力比他们目前在从事研究的武器大得不知多少。虽然由于习惯使然，党总是说原子弹是他发明的，实际上原子弹早在1940年就问世了，十年后就首次大规模使用。那时在许多工业中心，主要是在欧俄、西欧、北美，扔下了几百个原子弹。结果使得所有国家的统治集团相信，再扔几个原子弹，有组织的社会就完了，那样他们的权力也就完了。自此以后，虽然没有签订什么正式协定，也没暗示有什么正式协定。原子弹就没有再扔。不过三大国还是继续制造原子弹，储存起来以备他们都相信迟早有一天要决战时使用。与此同时，三四十年之内战争艺术几乎没有什么进展。当然，直升机比以前的用途更广，轰炸机基本上为自动推进的投射体所代替，脆弱的军舰让位于几乎不沉的水上浮动堡垒，但除此以外，很少变化。坦克、潜艇、鱼雷、机枪甚至步枪和手榴弹仍在使用。尽管报上和电幕上不断报道杀戮仍在无休无止地进行，但从来没有再重演过以前的战争中常常几个星期就杀死成千上万甚至几百万人的那样殊死大战。

三个超级国家都从来没有想采取会有严重失败危险的战略。凡要采取大规模的行动时，总对盟国进行突然的袭击。三大国采取的战略，或者伪装采取的战略都是一样的。那就是用打仗、谈判、时机选得恰到好处的背信弃义等种种手段，获得一系列基地，把敌国完全包围起来，然后同该敌国签订友好条约，保持几年和平状态，使对方麻痹大意放弃警惕。在这期间把装好的原子弹的火箭部署在一切战略要地，最后万箭齐发，使得对方遭到致命破坏，根本不可能进行报复。这时便同另外剩下的那个世界大国签订友好条约，准备另一次突然袭击。不用说，这种计划完全是做白日梦，不可能实现。此外，除了在赤道一带和北极周围的争夺地区之外，并没有发生过战事；对敌国领土也从来没有进犯过。这说明了超级国家之间有些地方的国界为什么是随意划定的。例如，欧亚国完全可以轻易地征服英伦三岛，后者在地理上是欧洲的一部分，另一方面，大洋国也可以把他的疆界推到莱茵河，甚至到维斯杜拉河。但是这就违反了文化统一的原则，这是各方面都遵循的原则，尽管没有明确规定。如果大洋国要征服原来一度称为法兰西和德意志的地方。这就需要或者消灭其全部居民，这项任务有极大的实际困难，或者同化大约为数一亿、就技术发展来说大致与大洋国同等水平的人民。三大超级国家的问题都是一样的。从他们结构来说，绝不能与外国人有任何来往，除非是同战俘或有色人种奴隶进行程度有限的来往。即使对当前的正式盟国也总是极不信任。除了战俘以外，大洋国普通公民从来没有见到过欧亚国或东亚国的一个公民，而且他也不得掌握外语。如果他有机会接触外国人，他就会发现外国人同他自己一样也是人，他所听到的关于外国人的话大部分都是谎言。他所生活的封闭天地就会打破，他的精神所依的恐惧、仇恨、自以为是就会化为乌有。因此三方面都认识到。不论波斯、埃及、爪哇、锡兰易手多么频仍，但除了炸弹以外，主要的疆界绝不能越过。

在这里面有一个事实从来没有大声提到过，但是大家都是默认的，并且一切行动都是根据他来采取的，那就是：三个超级国家的生活基本上相同。大洋国实行的哲学叫英社原则，欧亚国叫新布尔什维主义，东亚国叫的是个中文名字，一般译为“崇死”，不过也许还是译为“灭我”为好。大洋国的公民不允许知道其他两国的哲学信条，但是却受到憎恨的教育，把他们看作是对道德和常识的野蛮践踏。实际上这三种哲学很难区分，他们所拥护的社会制度也根本区别不开来。到处都有同样的金字塔式结构，同样的对一个半神领袖的崇拜，同样的靠战争维持和为战争服务的经济。因此，三个超级国家不仅不能征服对方，而且征服了也没有什么好处。相反，只要他们继续冲突，他们就等于互相支撑，就像三捆堆在一起的秫秸一样。而且总是那样，这三个大国的统治集团对于对方在干些什么又知道又不知道。他们一生致力于征服全世界，但是他们也知道，战争必须永远持续下去而不能有胜利。同时，由于没有被征服的危险，就有可能不顾现实，这是英社原则和他的敌对思想体系的特点。这里有必要再说一遍上面所说过的话，战争既然持续不断，就从根本上改变了自己的性质。

在过去的时代里，战争按其定义来说，迟早总要结束，一般非胜即败，毫不含糊。而且在过去，战争也是人类社会同实际现实保持接触的主要手段之一。历代的统治者都想要他们的人民对客观世界接受一种不符实际的看法，但是任何幻觉若有可能损害军事效能，他们绝不能鼓励的。只要战败意味着丧失独立，或任何其他的一般认为不好的结果，就必须认真采取预防战败的措施。因此实际方面的事实不能视而不见。在哲学、宗教、伦理、政治方面，二加二可能等于五，但你在设计枪炮飞机时，二加二只能等于四。效能低劣的民族迟早要被征服，要提高效能，就不能有幻觉。此外，要有效能，必须能够向过去学习。这就需要对过去发生的事有个比较正确的了解。当然，报纸和历史书总带有色彩和偏见，但今天实行的那种伪造就不可能发生。战争是保持神志清醒的可靠保障，就统治阶级而言，这也许是所有保障中最重要的保障。战争虽有胜负，但任何统治阶级都不能完全乱来。

但是等到战争确实是名副其实的持续不断时，他也就不再有危险性了。战争持续不断后，就不再有军事必要性这种事情了。技术进步可以停止，最明显的事实可以否认或不顾。上面已经说过，够得上称为科学的研究工作仍在为战争目的而进行，但基本上是一种白日梦，他不能产生成效，但这并不重要。效能，甚至军事效能，都不再需要。在大洋国里，除了思想警察以外，没有任何事情是有效能的。这三个超级国家没有一个是可以征服的，因此，每一个国家实际上都是个单独的天地，怎么样颠倒黑白、混淆是非，都没有关系。现实仅仅通过日常生活的需要才使人感到他的压力，那就是吃饭喝水的需要，住房穿衣的需要，避免误喝毒药或失足掉下高楼等等的需要。在生与死之间，在肉体享受和肉体痛苦之间，仍有差别，但是仅此而已。大洋国公民与外界隔绝，与过去隔绝，就像生活在星际的人，分不清上下左右。这种国家的统治者是绝对的统治者，仿佛法老或恺撒。他们可不能让他们统治下的人民大批饿死，数目大到对自己不利的程度；他们也必须在军事技术上保持同他们敌手一样低的水平；但是一旦达到了最低限度，他们就可以随心所欲地歪曲现实。

因此，按以前的战争标准来看，现在的战争完全是假的。这好像是两头反刍动物，头上的角所顶的角度都不会使对方受伤。但是，尽管战争不是真的，却不是没有意义的。他耗尽了剩余消费品，这就能够保持等级社会所需要的特殊心理气氛。下文就要说到，战争现在纯粹成了内政。过去各国的统治集团可能认识到共同利益，因此对战争的毁灭性虽然加以限制，但还是互相厮杀的，战胜国总是掠夺战败国。而在我们的时代里，他们互相根本不厮杀了。战争是由一国统治集团对自己的老百姓进行的，战争的目的不是征服别国领土或保卫本国领土，战争的目的是保持社会结构不受破坏。因此，“战争”一词已名不符实。如果说战争由于持续不断已不复存在，此话可能属实。人类在新石器时代到20世纪初期之间受到的这种特殊压力，现在已经消失，而由一种完全不同的东西所取代。如果三个超级国家互相不打仗，而同意永远和平相处，互不侵犯对方的疆界，效果大概相同。因为在那样情况下，每一国家仍是一个自给自足的天地，永远不会受到外来危险的震动。因此真正永久的和平同永久的战争一样。这就是党的口号“战争即和平”的内在含义，不过大多数党员对此的了解是很肤浅的。

温斯顿暂停一下，没有继续读下去。远处不知什么地方爆炸了一颗火箭弹。在一间没有电幕的屋子里一个人关起门来读禁书的世外桃源之感还没有消失。他的与众隔绝和安全的感觉里，还有点身体的乏意、沙发的软意、窗外吹进来的微风吻着他的面颊的痒意。这本书使他神往，或者更确切地说，使他感到安心。应该说，他并没有告诉他什么新的东西，但这却是吸引他的一部分原因。他说出了他要说的话，如果他能够把他的零碎思想整理出来的话，他也会这么说的。写这本书的人的头脑同他的头脑一样，只是比他要有力得多，系统得多，无畏得多。他觉得，最好的书，是把你已经知道的东西告诉你的书。他刚把书翻回到第一章就听到裘莉亚在楼梯上的脚步声，他站起来去迎接她。她把棕色的工具袋往地上一撂，投入了他的怀抱。他们距上次见面已有一个星期了。

“我搞到那本书了。”他们拥抱了一会儿后松开时，他告诉她。

“哦，你搞到了吗？那很好。”她没有太多兴趣地说，马上蹲在煤油炉旁边煮起咖啡来。

他们上了床半小时后才又回到了这个话题。夜晚很凉爽，得把床罩揭起来盖上身子。下面传来了听熟了的歌声和鞋子在地上来回的咔嚓声。温斯顿第一次见到的那个胳臂通红的结实的女人，几乎成了院子里必不可少的构成部分。白天里，不论什么时候，她总是在洗衣盆和晾衣绳之间来回，嘴里不是咬着晾衣夹子就是唱着情歌。裘莉亚躺在一边，快要睡着了。他伸手把撂在地上的书拾起来，靠着床头坐起来。

“我们一定要读一读，”他说，“你也要读。兄弟会的所有会员都要读。”

“你读吧，”她闭着眼睛说，“大声读。这样最好。你一边读可以一边向我解释。”

时钟指在六点，那就是说十八点。他们还有三、四个小时。他把书放在膝上，开始读起来。

第一章
无知即力量

有史以来，大概自从新石器时代结束以来，世上就有三种人，即上等人、中等人、下等人。他们又再进一步分为好几种，有各种各样不同的名字，他们的相对人数和他们的相互态度因时代而异；但是社会的基本结构不变。即使在发生了大动荡和似乎无法挽回的变化以后，总又恢复原来的格局，好像陀螺仪总会恢复平衡一样，不管你把他朝哪个方向推着转。

“裘莉亚，你没睡着吧？”温斯顿问。

“没睡着，亲爱的，我听着。念下去吧。真精彩。”他继续念道：

这三种人的目标是完全不可调和的。上等人的目标是要保持他们的地位。中等人的目标是要同高等人交换地位。下等人的特点始终是，他们劳苦之余无暇旁顾，偶尔才顾及到日常生活以外的事，因此他们如果有目标的话，无非是取消一切差别，建立一个人人平等的社会。这样，在历史上始终存在着一场一而再再而三发生的斗争，其大致轮廓相同。在很长时期里，上等人的权力似乎颇为巩固，但迟早总有这样一个时候，他们对自己丧失了信心，或者对他们进行有效统治的能力丧失了信心，或者对两者都丧失了信心。他们就被中等人所推翻，因为中等人标榜自己为自由和正义而奋斗，把下等人争取到自己一边来。中等人一旦达到目的就把下等人重又推回到原来的被奴役地位，自己变成了上等人。不久，其他两等人中有一等人，或者两等人都分裂出一批新的中等人来，这场斗争就周而复始。三等人中只有下等人从来没有实现过自己的目标，哪怕是暂时实现自己的目标。若说整个历史从来没有物质方面的进步，那不免言之过甚。即使在今天这个衰亡时期，一般人在物质上也要比几百年前好一些。但是不论财富的增长，或态度的缓和，或改革和革命，都没有使人类接近平等一步。从下等人的观点来看，历史若有变化，大不了是主子名字改变而已。

到19世纪末期，许多观察家都看出了这种反复现象。于是就出现了各派思想家，认为历史是一种循环过程，他们自以为能够证明不平等乃是人类生活的不可改变的法则。当然，这种学说一直不乏信徒，只是如今提法有了重要变化而已。在过去，社会需要分成等级是上等人的学说。国王、贵族和教士、律师等这类寄生虫都宣传这种学说，并且用在死后冥界里得到补偿的诺言使这个学说容易为人所接受。而中等人只要还在争取权力的时候，总是利用自由、正义、博爱这种好听的字眼。但是现在，这些还没有居于统率地位、但预计不久就可以居于统率地位的人，却开始攻击这种人类大同的思想了。在过去，中等人在平等的旗帜下闹革命，一旦推翻了原来的暴政，自己又建立了新的暴政。现在这种新的一派中等人等于是事先就宣布要建立他们的暴政。

所以产生这种新的学说，一部分原因是历史知识的积累和历史意识的形成。而这在19世纪以前是根本不存在的。历史的循环运动现在已明显可以识别，或者至少表面上是如此。如果可以识别，那就可以改变。但是主要的、根本的原因是，早在20世纪初期，人类平等在技术上已可以做到了。按天赋来说各人不等，而且各有所长，有些人就比别人强些，此话固然仍旧不错，但是阶级区分已无实际必要，财富巨额差别也是如此。在以前的各个时代里，阶级区分不仅不可避免，而且是适宜的。不平等的是文明代价。但是由于机器生产的发展，情况就改变了。即使仍有必要让各人做不同的工作，却没有必要让他们生活于不同的社会或经济水平上。因此，从即将夺得权力的那批人的观点来看，人类平等不再是要争取实现的理想，而是要避免的危险。在比较原始的时代里，要建立一个公正和平的社会实际上是不可能的，但这种社会却是比较容易使人相信。好几千年以来人类梦寐以求的，就是实现一个人人友爱相处的人间天堂，既没有法律，也没有畜生一般的劳动。有些人纵使在每一次历史变化中都能得到实际好处，这种幻想仍对他们有一定的吸引力。法国革命、英国革命、美国革命的后代对于他们自己嘴上说的关于人权、言论自由、法律面前人人平等之类的话，有点信以为真，甚至让自己的行为在某种程度上也受到这些话的影响。但是到20世纪四十年代，所有主要的政治思潮都成了极权主义的了。就在人世天堂快可实现的关头，他却遭到了诋毁。每种新的政治理论，不论自称什么名字，都回到了等级制度和严格管制。在1930年左右,观点开始普遍硬化的时候，一些长期以来已经放弃不用的做法，有些甚至已有好几百年放弃不用的做法，例如未经审讯即加监禁、把战俘当作奴隶使用、公开处决、严刑拷打逼供、利用人质、强制大批人口迁徙等等。不仅又普遍实行起来，而且也为那些自认为开明进步的人所容忍，甚至辩护。

只有在全世界各地经过十年的国际战争、国内战争、革命和反革命以后，英社和他的两个对手才作为充分完善的政治理论而出现。但是在他们之前，本世纪早一些时候就曾出现过一般称为集权主义的各种制度，经过当时动乱之后要出现的未来世界主要轮廓，早已很明显了。由什么样一种人来控制这个世界，也同样很明显。新贵族大部分是由官僚分子、科学家、技术人员、工会组织者、宣传专家、社会学家、教师、记者、职业政客组成的。这些人出身中产薪水阶级和上层工人阶级，是由垄断工业和中央集权政府在这个贫瘠不毛的世界所塑造和纠集在一起的。同过去时代的对手相比，他们在贪婪和奢侈方面稍逊，但权力欲更强，尤其是对于他们自己的所做所为更为自觉，更是一心一意要打垮反对派。这最后一个差别极其重要。与今天的暴政相比，以前的所有暴政都不够彻底，软弱无能。过去的统治集团总受到自由思想的一定感染，到处都留有空子漏洞，只注意公开的动静，不注意老百姓在想些什么。从现代标准来看，甚至中世纪的天主教会也是宽宏大量的。部分原因在于过去任何政府都没有力量把他的公民置于不断监视之下。但是由于印刷术的发明，操纵舆论就比较容易了，电影和无线电的发明又使这更进一步。接着发明了电视以及可以用同一台电视机同时收发，私生活就宣告结束。对于每一个公民，或者至少每一个值得注意的公民，都可以一天二十四小时把他置于警察的监视之下，让他听到官方的宣传，其他一切交往渠道则统统加以掐断。现在终于第一次有了可能，不仅可以强使全体老百姓完全顺从国家的意志，而且可以强使全体老百姓舆论完全化一。

在五十年代和六十年代的革命时期以后，社会像过去一样又重新划分为上等人、中等人、下等人三类。不过新的这类上等人同他的前辈不同，不是凭直觉行事，他们知道需要怎样来保卫他们的地位。他们早已认识到，寡头政体的唯一可靠基础是集体主义。财富和特权如为共同所有，则最容易保卫。在本世纪中叶出现的所谓“取消私有制”，实际上意味着把财产集中到比以前更少得多的一批人手中；不同的只是：新主人是一个集团，而不是一批个人。从个人来说，党员没有任何财产，有的只是一些微不足道的个人随身财物。从集体来说，大洋国里什么都是属于党的财产，因为什么都归他控制，他有权按他认为合适的方式处理产品。在革命以后的几年中，党能够踏上这个统率一切的地位，几乎没有受到任何反对，因为整个过程是当作集体化的一个步骤而采取的。一般都认为，在没收了资产阶级之后，必然就跟着实行新的主义。资产阶级毫无疑义地确实遭到了没收。工厂、土地、房屋、运输工具——都从他们手中夺走了；由于这些东西不再成为私有财产，那必然就是公有财产。英社是从以前的运动中产生的，他袭用了以前运动的词汇，因此，他在事实上执行了纲领中的主要一个项目，其结果是把经济不平等永久化了，这可以预见到，也是事先有意如此。

但是把等级社会永久化的问题却比这深刻得多。统治集团只有在四种情况下才会丧失权力：或者是被外部力量所征服；或者是统治无能，群众起来造反；或者是让一个强大而不满的中等人集团出现；或者是自己丧失了统治的信心和意志。这四个原因并不单个起作用，在某种程度上总是同时存在。统治阶级如能防止这四个原因的产生就能永久当权。最终的决定性因素是统治阶级本身的精神状态。

在本世纪中叶以后，第一种危险在现实生活中确已消失。三个强国瓜分了世界，不论哪一国都不可征服，除非是通过人口数字上的缓慢变化，而政府只要有广泛的权力，这可以很容易加以避免。第二个危险也仅仅是理论上的危险。群众从来不会自动起来造反，他们从来不会由于身受压迫而起来造反。说真的，只要不给他们比较的标准，他们从来不会意识到自己受压迫。过去时代反复出现的经济危机完全没有必要，现在不会允许发生，不过可能发生其他同样大规模的失调，而且也的确发生了，但不会产生政治后果，因为不满情绪没有办法可以明确表达出来。至于生产过剩问题，自从发明机器技术以来一直是我们社会的潜伏危机，但可以用不断战争的办法加以解决(见第三章)，为了把民众的斗志保持在必要的高度，这也很有用。因此，从我们目前的统治者的观点来看，唯一真正的危险是有一个新的集团分裂出去，这个集团的人既有能力，又没有充分发挥作用，因此权力欲很大；还有就是在统治者自己的队伍中产生自由主义和怀疑主义。这也就是说，问题是教育，是要对领导集团和他下面的人数更多的执行集团这两批人的觉悟不断地发挥影响。至于群众的觉悟只需在反面加以影响就行了。

了解这个背景以后，对于大洋国社会的总结构，即使还没有了解，也可以由此做出推断。雄踞金字塔最高峰的是老大哥。老大哥一贯正确，全才全能。一切成就、一切胜利、一切科学发明、一切知识、一切智慧、一切幸福、一切美德，都直接来自他的领导和感召，没有人见到过老大哥。他是标语牌上的一张脸，电幕上的一个声音。我们可以相当有把握地说，他是永远不会死的，至于他究竟是哪一年生的，现在也已经有相当多的人感到没有把握了。老大哥是党用来给世人看到的自己的一个伪装。他的作用是充当对个人比较容易感到而对组织不大容易感到的爱、敬、畏这些感情的集中点。在老大哥之下是核心党，党员限在六百万人。即占大洋国人口不到百分之二。核心党下面是外围党，如果说核心党是国家的头脑，外围党就可以比作手。外围党下面是无声的群众，我们习惯称为“无产者”，大概占人口百分之八十五。按我们上面分类的名称，无产者即下等人，因为赤道地带的奴隶人口由于征服者不断易手，不能算为整个结构中的固定部分或必要部分。

在原则上，这三类人的身份不是世袭的。父母为核心党员，子女在理论上并不生来就是核心党员。加入核心党或外围党都需要经过考试，一般在十六岁时候进行。在种族上没有什么歧视，在地域上也没有什么偏重。在党内最高阶层中可以找到犹太人、黑人、纯印第安血统的南美洲人；任何地方的行政官员都总是从该地区居民中选拔。大洋国任何地方的居民都没有自己是殖民地人民、受远方首都治理的感觉。大洋国没有首都，他的名义首脑是个动向去处谁都不知道的人。除了英语是其重要混合语，新话是其正式语言以外，他没有任何其他集中化的东西。维系他的统治的，不是他们共同的血统，而是共同的信仰。不错，我国的社会是分阶层的，而且阶层分明，非常严格，乍看之下仿佛是按世袭的界线划分的。在不同集团之间，流动性远远不如资本主义制度或者前工业时代那么大。党的两大分支之间，有一定数量的流动，但其程度不大，足以保证质量低劣的人不会吸收到核心党里去，而外围党里有雄心壮志的人有向上爬的机会，但不致为害。在实际生活中，无产阶级者是没有机会升入党内的。他们中间最有天赋的人，若有可能成为不满的核心人物，则干脆由思想警察逐个消灭掉。不过这种情况不一定非永远如此不可，也不成为一种原则。党不是以前旧概念的一个阶级。他并不一定要把权力传给自己的子女；如果没有别的办法选拔最能干的人材担任最高领导工作，他完全愿意从无产阶级队伍中间选拔完全新的一代人来担任这一工作。在关键重大的年代里，由于党不是一个世袭组织，这对消除反对意见起了很大作用。老一辈的社会主义者一向受到反对所谓“阶级特权”的训练，都认为凡不是世袭的东西就不可能长期永存。他们没有看到，寡头政体的延续不一定需要体现在人身上；他们也没有想到，世袭贵族一向短命，而像天主教那样的选任组织有时却能维持好几百年或者好几千年。寡头政体的关键不是父子相传，而是死人加于活人身上的一种世界观，一种生活方式的延续。一个统治集团只要能够指定他的接班人就是一个统治集团。党所操心的不是维系血统相传而是维系党的本身的永存。由谁掌握权力并不重要，只要等级结构保持不变。

我们时代的一切信念、习惯、趣味、感情、思想状态，其目的都是为了要保持党的神秘，防止有人看穿目前社会的真正本质。目前不可能实际发生造反，或者造反的先声。从无产阶级那里，没有什么可以担心的。你不去惹他们，他们就会一代又一代地、一个世纪又一个世纪地做工、繁殖、死亡，不仅没有造反的冲动，而且也没有能力理解可以有一个不同于目前世界的世界。只有在工业技术的发展使得你必须给他们以较高的教育的时候，他们才会具有危险性；但是由于军事和商业竞争已不复重要，民众教育水平实际已趋下降。群众有什么看法，或者没有什么看法，已被视为无足轻重的事。因为他们没有智力，所以不妨给予学术自由。而在一个党员身上，哪怕在最无足轻重的问题上都不容有丝毫的不同意见。

党员从生下来一直到死，都在思想警察的监视下生活。即使他在单独的时候，他也永远无法确知自己的确是单独一人。不论他在哪里，不论他在睡觉还是在醒着，在工作还是在休息，在澡盆里还是在床上，他都可能受到监视，事先没有警告，事后也不知自己已受到监视。他做的事情没有一件是可以放过的。他的友谊、他的休息、他对妻儿的态度、他单独的时候的面部表情、他在睡梦中喃喃说的话、甚至他身体特有的动作，都受到严密的考察。实际行为不端那就不用说了，而且不论多么细微的任何乖张古怪行为，任何习惯的变化，任何神经性习惯动作，凡是可以视为内心斗争的征象的，无不被察觉到。他在任何方面都没有选择余地。另外一方面。他的行为并不受到任何法律或任何明文规定的行为法则管辖。大洋国内没有法律。有些思想和行为，如经察觉，必死无疑，但是并没有受到正式的取缔禁止，没完没了的清洗、逮捕、拷打、监禁、气化都不是当作犯了实际罪行的惩罚，而仅仅是为了把一些有朝一日可能犯罪的人清除掉。党员不仅需要有正确的观点，而且需要正确的本能。要求他必须具备的各种信念和态度，有许多从来没有向他明确说明过，而且若要明确说明，势必暴露英社固有的内在矛盾。如果他是个天生正统的人(新话叫思想好)，他不论在什么情况下想也不用想。都会知道，正确的信念应该是什么，应该有什么感情。反正，在儿童时代就受到以犯罪停止、黑白、双重思想这样的新话词汇为中心的细致的精神训练，使他不愿意也不能够对任何问题有太深太多的想法。

对于党员，不要求他有私人的感情，也不允许他有热情的减退。他应该生活在对外敌内奸感到仇恨、对胜利感到得意、对党的力量和英明感到五体投地的那种狂热情绪之中。他对简单乏味的生活所产生的不满，被有意识地引导到向外发泄出来，消失在两分钟仇恨这样的花样上。至于可能引起怀疑或造反倾向的思想，则用他早期受到的内心记律训练而事先就加以扼杀了。这种训练的最初和最简单的一个阶段，新话叫作犯罪停止，在孩子们很小的时候就可以进行。犯罪停止的意思就是指在产生任何危险思想之前出于本能地悬崖勒马的能力。这种能力还包括不能理解类比，不能看到逻辑错误，不能正确了解与英社原则不一致的最简单的论点、对于任何可以朝异端方向发展的思路感到厌倦、厌恶。总而言之，犯罪停止意味着起保护作用的愚蠢。但光是愚蠢还不够，还要保持充分正统，这就要求对自己的思维过程能加以控制，就像表演柔软体操的杂技演员控制自己身体一样。大洋国社会的根本信念是，老大哥全能，党一贯正确。但由于在现实生活中老大哥并不全能，党也并不一贯正确。这就需要在处理事实时要始终不懈地、时时刻刻地保持灵活性。这方面的一个关键字眼是黑白。这个字眼像新话中的许多其他字眼一样，有两个相互矛盾的含义。用在对方身上，这意味着不顾明显事实硬说黑就是白的无耻习惯。用在党员身上，这意味着在党的记律要求你说黑就是白时，你就有这样自觉的忠诚。但这也意味着相信黑就是白的能力，甚至是知道黑就是白和忘掉过去曾经有过相反认识的能力。这就要求不断窜改过去，而要窜改过去只有用那个实际上包括所有其他方法的思想方法才能做到，这在新话中叫作“双重思想”。

窜改过去之所以必要，有两个原因。一个是辅助性的原因，也可以说是预防性的原因。那就是，党员所以和无产者那样能够容忍当前的生活条件，一部分原因是他没有比较的标准。为了要使他相信他比他的祖先生活过得好，物质生活平均水平不断地提高，必须使他同过去隔绝开来，就像必须使他同外国隔绝开来一样。但是窜改过去，还有一个重要得多的原因是，需要保卫党的一贯正确性。为了要让大家看到党的预言在任何情况下都是正确的，不仅需要不断修改过去的讲话、统计、各种各样的记录，使之符合当前状况，而且不能承认在理论上或政治友敌关系上发生过任何变化。因为改变自己的思想，或者甚至改变自己的政策，无异于承认自己的弱点。例如，如果今天的敌人是欧亚国或者东亚国(不论是哪一国)，那么那个国家都必须始终是敌人。如果事实不是如此，那么就必须窜改事实。这样历史就需要不断改写。由真理部负责的这种日常窜改伪造过去的工作，就像友爱部负责的镇压和侦察工作一样，对维持政权的稳定乃属必不可少的。

篡改过去是英社的中心原则。这一原则认为，过去并不客观存在，他只存在于文字记录和人的记忆中。凡是记录和记忆一致的东西，不论什么，即是过去。既然党完全控制记录，同样也完全控制党员的思想，那么党要过去成为什么样子就必然是什么样子。同样，虽然过去可以篡改，但在任何具体问题上都绝不承认篡改过。因为，不论当时需要把他改成什么样子，在改以后，新改出来的样子就是过去；任何其他不同样子的过去都没有存在过。甚至同一件事在一年之中改了好几次而改得面目全非时，也是如此。党始终掌握绝对真理，很明显，绝对的东西绝不可能会不同于现在的样子。下文将要谈到，要控制过去首先要依靠训练记忆力。要作到所有的文字记录都符合当前的正统思想，这样机械的事好办。但还需要使得大家对所发生的事的记忆也按所要求的样子。既然有必要改变一个人的记忆或者窜改文字记录，那么也就有必要忘掉你曾经那样做过。可以像学会其他思想上的手法一样学会这种手法。大多数党员和所有正统的和聪明的人都学会了这种手法。在老话中，这很老实地被称为“现实控制”。在新话中这叫“双重思想”，不过“双重思想”所包括的还有很多别的东西。

双重思想意味着在一个人的思想中同时保持并且接受两种相互矛盾的认识的能力。党内知识分子知道自己的记忆应向什么方向加以改变；因此他也知道他是在窜改现实。但是由于运用了双重思想，他也使自己相信现实并没有遭到侵犯。这个过程必须是自觉的，否则就不能有足够的精确性；但也必须是不自觉的，否则就会有弄虚做假的感觉，因此也有犯罪的感觉。双重思想是英社的核心思想，因为党的根本目的就是既要利用自觉欺骗，而同时又保持完全诚实的目标坚定性。有意说谎，但又真的相信这种谎言；忘掉可以拆穿这种谎言的事实，然后在必要的时候又从忘怀的深渊中把事实拉了出来，需要多久就维持多久；否认客观现实的存在，但与此同时又一直把所否认的现实估计在内——所有这一切都是绝对必要的，不可或缺。甚至在使用双重思想这个字眼的时候也必须运用双重思想。因为你使用这个字眼就是承认你在窜改现实；再来一下双重思想，你就擦掉了这个认识；如果反复，永无休止，谎言总是抢先真理一步。最后靠双重思想为手段，党终于能够抑制历史的进程，而且谁知道呢，也许还有继续几千年的这种能力。

过去所有的寡头政体所以丧失权力，或者是由于自己僵化，或者是由于软化。所谓僵化，就是他们变得愚蠢和狂妄起来，不能适应客观情况的变化，因而被推翻掉。所谓软化，就是他们变得开明和胆怯起来，在应该使用武力的时候却做了让步，因此也被推翻掉了。那就是说，他们丧失权力或者是通过自觉，或者是通过不自觉。而党的成就是，他实行了一种思想制度，能够使两种情况同时并存。党的统治要保持长久不衰，没有任何其他的思想基础。你要统治，而且要继续统治，你就必须要能够打乱现实的意识。因为统治的秘诀就是把相信自己的一贯正确同从过去错误中汲取教训的能力结合起来。

不用说，双重思想最巧妙的运用者就是发明双重思想、知道这是进行思想欺骗的好办法的那些人。在我们的社会里，最掌握实际情况的人也是最不是根据实际看待世界的人。总的来说，了解越多，错觉越大；人越聪明，神志越不清醒。关于这一点，有一个明显的例子：你的社会地位越高，战争歇斯底里越甚。对于战争的态度最最近乎理性的是那些争夺地区的附属国人民。在他们看来，战争无非是一场继续不断的灾祸，像潮汐一样在他们身上淹过去又淹过来。哪一方得胜对他们毫无相干。他们只知道改朝换代不过是为新的主子干以前同样的活，新主子对待他们与以前的主子并无差别。我们称为“无产者”的那些略受优待的工人只是偶尔意识到有战争在进行。必要的时候可以驱使他们发生恐惧和仇恨的狂热，但是如果听之任之，他们就会长期忘掉有战争在进行。只有在党内，尤其在核心党内才能找到真正的战争热情。最坚决相信要征服全世界的人，是那些知道这是办不到的人。这种矛盾的统一的奇怪现象——知与无知，怀疑与狂热——是大洋国社会主要特点之一。官方的意识形态中充满了矛盾，甚至在没有实际理由存在这种矛盾的地方，也存在这种矛盾。例如，社会运动原来所主张的一切原则，党无不加以反对和攻击，但又假社会之名，这么做，党教导大家要轻视工人阶级，这是过去好几百年来没有先例的，但是又要党员穿着一度是体力工人才穿的制服。所以选定这种服装也是由于这个缘故。党有计划地破坏家庭关系，但是给党的领导人所起的称呼又是直接打动家庭感情的称呼。甚至统治我们的四个部的名称，也说明有意歪曲事实之厚颜无耻到了什么程度。和平部负责战争，真理部负责造谣，友爱部负责拷打，富裕部负责挨饿。这种矛盾不是偶然的，也不是出于一般的伪善。而是有意运用双重思想。因为只有调和矛盾才能无限制地保持权力。古老的循环不能靠别的办法打破。如果要永远避免人类平等，如果我们所称的上等人要永远保持他们的地位，那么目前的心理状态就必须加以控制。

但是写到这里为止有一个问题我们几乎没有注意到，那就是：为什么要避免人类平等？如果说上述情况不错的话，那么这样大规模地、计划缜密地努力要在某一特定时刻冻结历史的动机又是什么呢？

这里我们就接触到了中心秘密。上面已经谈到，党的神秘，尤其是核心党的神秘，取决于双重思想。但是最初引起夺取政权和后来产生双重思想、思想警察、不断战争、以及其他一切必要的附带产物的，还有比这更加深刻的原始动机，从不加以怀疑的本能。这个动机实际上包括……

温斯顿发现四周一片沉寂。就好像你突然听到一种新的声音一样。他觉得裘莉亚躺着一动不动已有很长时候了。她侧身睡着，腰部以上裸露着，脸颊枕在手心上，一绺黑发披在眼睛上。她的胸脯起伏缓慢，很有规律。

“裘莉亚。”

没有回答。

“裘莉亚，你醒着吗？”

没有回答。她睡着了。他合上书，小心地放在地上，躺了下来，把床罩拉上来把两人都盖好。

他心里想，他还是没有了解到最终的那个秘密。他知道了方法，但是他不知道原因。第一章像第三章一样，实际上并没有告诉他什么他所不知道的东西，只不过是把他已经掌握的知识加以系统化而已。但是读过以后，他比以前更加清楚，自己并没有发疯。居于少数地位，哪怕是一个人的少数，也并不使你发疯。有真理，就有非真理，如果你坚持真理，哪怕全世界都不同意你，你也没有发疯。西沉的夕阳的一道黄色光芒从窗户中斜照进来，落在枕头上。他闭上了眼睛。照在他脸上的落日余晖和贴在他身边的那个姑娘的光滑的肉体，给了他一种强烈的、自信的感觉。他很安全，一切太平无事。他一边喃喃自语“神志清醒不是统计数字所能表达的”，一边就入睡了，心里感到这句话里包含着深刻的智慧。

第十章

他醒来的时候，有一种睡了很久的感觉，但是看一眼那台老式的座钟，却还只有二十点三十分。他躺着又打了一个盹；接着下面院子里又传来了听惯了的深沉的歌声：

这只不过是没有希望的痴想，
消失起来像春天一样快，
可是一句话，一个眼色，
却让我胡思乱想，失魂落魄！

这喋喋不休的歌曲盛行不衰，到处都仍可听到，寿命比《仇恨歌》还长。裘莉亚被歌声吵醒，舒服地伸个懒腰，起了床。

“我饿了，”她说，“我们再煮一些咖啡。他妈的！炉子灭了，水也冰凉。”她提起炉子，摇了一摇，“没有煤油了。”

“我们可以向老却林顿要一些吧。”

“奇怪得很，我原来是装满的。我得穿起衣服来，”她又说，“好像比刚才冷了一些。”

温斯顿也起了床，穿好衣服。那不知疲倦的声音又唱了起来：

他们说时间能治愈一切创伤，

他们说你总能把他忘得精光，
但是这些年来的笑容和泪痕，
却仍使我心痛像刀割一样！

他一边束好工作服的腰带，一边走到窗户边上。太阳已经沉到房后去了，院子里不再照射到阳光。地上的石板很湿，好像刚刚冲洗过似的，他觉得天空也好像刚刚冲洗过似的，从屋顶烟囱之间望去，一片碧蓝。那个女人不知疲倦地来回走着，一会儿放声歌唱。一会儿又默不出声，没完没了地晾着尿布。他不知道她是不是靠洗衣为生，还是仅仅给二三十个孙儿女做牛马？裘莉亚走到他身边来，他们站在一起有些入迷地看着下面那个壮实的人影。他看着那个女人的典型姿态，粗壮的胳臂举了起来往绳子上晾衣服，鼓着肥大的母马似的屁股，他第一次注意到她很美丽。他以前从来没有想到，一个五十岁妇女的身体由于养儿育女而膨胀到异乎寻常的肥大，后来又由于辛劳过度而粗糙起来，像个熟透了的萝卜，居然还可能是美丽的。但是实际情况却是如此，而且，他想，为什么不可以呢？那壮实的、没有轮廓的身躯像一块大理石一般，那粗糙发红的皮肤与一个姑娘的身体之间的关系正如玫瑰的果实同玫瑰的关系一样。为什么果实要比花朵低一等呢？

“她很美。”他低声说。

“她的屁股足足有一米宽，”裘莉亚说。

“那就是她美的地方，”温斯顿说。

他把裘莉亚的柔软的细腰很轻易地搂在胳膊里。她的身体从臀部到膝部都贴着他的身体。但是他们两人的身体却不能生儿育女。这是他们永远不能做的一件事。他们只有靠用嘴巴才能把他们头脑中的秘密传来传去。但是下面那个女人没有头脑，她只有强壮的胳膊、热情的心肠和多产的肚皮。他心里想她不知生过了多少子女。很可能有十五个。她曾经有过一次像野玫瑰一样鲜花怒放的时候，大概一年左右，接着就突然像受了精的果实一样膨胀起来，越来越硬，越红，越粗，此后她的一生就是洗衣服、擦地板、补袜子、烧饭，这样打扫缝补，先是为子女，后是为孙儿，没完没了，持续不断，整整干了三十年，到了最后，还在歌唱。他对她有着一种神秘的崇敬，这种感情同屋顶烟囱后面一望无际的碧蓝的晴空景色有些掺杂在一起。奇怪的是对每个人来说，天空都是一样的天空，不论是欧亚国，还是东亚国，还是在这里。天空下面的人基本上也是一样的人——全世界到处都是一样，几亿，几十亿的人，都不知彼此的存在，被仇恨和谎言的高墙隔开，但几乎是完全一样的人——这些人从来不知道怎样思想。但是他们的心里，肚子里，肌肉里却积累着有朝一日会推翻整个世界的力量。如果有希望，希望在无产者中间！他不用读到那本书的结尾，就知道这一定是果尔德施坦因的最后一句话。未来属于无产者。他是不是能够确实知道，当无产者胜利的日子来到的时候，对他温斯顿·史密斯来说，他们建立起来的世界会不会像党的世界那样格格不入呢？是的，他能够，因为至少这个世界会是一个神志清醒的世界。凡是有平等的地方，就有神志清醒。迟早这样的事会发生：力量会变成意识。无产者是不朽的，你只要看一眼院子里那个刚强的身影，就不会有什么疑问。他们的觉醒终有一天会来到。可能要等一千年，但是在这以前，他们尽管条件不利，仍旧能保持生命，就像飞鸟一样，把党所没有的和不能扼杀的生命力通过肉体，代代相传。

“你记得吗，”他问道，“那第一次在树林边上向我们歌唱的画眉？”

“他没有向我们歌唱，”裘莉亚说，“他是在为自己歌唱。其实那也不是，他就是在歌唱罢了。”

鸟儿歌唱，无产者歌唱，但党却不歌唱。在全世界各地，在伦敦和纽约，在非洲和巴西，在边界以外神秘的禁地，在巴黎和柏林的街道，在广袤无垠的俄罗斯平原的村庄，在中国和日本的市场——到处都站立着那个结实的不可打垮的身影，因干辛劳工作和生儿育女而发了胖，从生下来到死亡都一直劳碌不停，但是仍在歌唱。就是从她们这些强壮的肚皮里，有一天总会生产出一种有自觉的人类。你是死者；未来是他们的。但是如果你能像他们保持身体的生命一样保持头脑的生命，把二加二等于四的秘密学说代代相传，你也可以分享他们的未来。

“我们是死者。”他说。

“我们是死者。”裘莉亚乖乖地附和说。

“你们是死者。”他们背后一个冷酷的声音说。

他们猛地跳了开来。温斯顿的五脏六腑似乎都变成了冰块。他可以看到裘莉亚眼里的瞳孔四周发白。她的脸色蜡黄。两颊上的胭脂特别醒目，好像与下面的皮肤没有关系。

“你们是死者。”冷酷的声音又说。

“是在画片后面。”裘莉亚轻轻说。

“是在画片后面，”那声音说，“你们站在原地，没听到命令不许动。”

这开始了，这终于开始了！他们除了站在那里互相看着以外什么办法也没有。赶快逃命，趁现在还来得及逃出屋子去——他们没有想到这些。要想不听从墙上发出来的声音，是不可想象的。接着一声咔嚓，好像打开了锁，又像是掉下了一块玻璃。画片掉到了地上，原来挂画片的地方露出了一个电幕。

“现在他们可以看到我们了。”裘莉亚说。

“现在我们可以看到你们了。”那声音说，“站到屋子中间来，背靠背站着。把双手握在脑袋后面，互相不许接触。”

他们没有接触，但他觉得他可以感到裘莉亚的身子在哆嗦，也许这不过是因为他自己身子在哆嗦。他咬紧牙关才使自己的牙齿不上下打颤，但他控制不了双膝。下面屋子里里外外传来一阵皮靴声。院子里似乎尽是人。有什么东西拖过石板地。那女人的歌声突然中断了。有一阵什么东西滚过的声音，好像洗衣盆被推过了院子，接着是愤怒的喊声，最后是痛苦的尖叫。

“屋子被包围了。”温斯顿说。

“屋子被包围了。”那声音说。

他听见裘莉亚咬紧牙关。“我想我们可以告别了。”她说。

“你们可以告别了。”那声音说。接着又传来了另外一个完全不同的声音，是一个有教养的人的文雅声音，温斯顿觉得以前曾经听到过：“另外，趁我们还没有离开话题，这里有支蜡烛照你上床，这里有把斧子砍你脑袋！”

温斯顿背后的床上有什么东西重重地掉在上面。有一张扶梯从窗户中插了进来，打破了窗户。有人爬窗进来。楼梯上也有一阵皮靴声。屋子里站满了穿着黑制服的强壮汉子，脚上穿着有铁掌的皮靴，手中拿着橡皮棍。

温斯顿不再打哆嗦了，甚至眼睛也不再转动。只有一件事情很重要：保持安静不动，不让他们有殴打你的借口！站在他前面的一个人，下巴像拳击选手一样凶狠，嘴巴细成一道缝，他把橡皮棍夹在大拇指和食指之间，端量着温斯顿。温斯顿也看着他。把手放在脑袋后面，你的脸和身体就完全暴露在外，这种仿佛赤身裸体的感觉，使他几乎不可忍受。那个汉子伸出白色的舌尖，舔一下应该是嘴唇的地方，接着就走开了。这时又有一下打破东西的哗啦声。有人从桌上拣起玻璃镇纸，把他扔到了壁炉石上，打得粉碎。

珊瑚碎片，像蛋糕上的一块糖做的玫瑰蓓蕾一样的小红粒，滚过了地席。温斯顿想，那么小，总是那么小。他背后有人深深地吸了一口气，接着猛的一声，他的脚踝被狠狠地踢了一下，使他几乎站不住脚。另外有个人一拳打到裘莉亚的太阳穴神经丛，使她像折尺一样弯了起来。她在地上滚来滚去，喘不过气来。温斯顿的脑袋一动也不敢动，但是有时她的紧张、憋气的脸进入到了他的视野之内。甚至在极端恐惧中，他也可以感到打在她的身上，痛在自己的身上，不过怎么痛也不如她喘不过气来那么难受。他知道这是什么滋味：剧痛难熬，但是你又无暇顾到，因为最最重要的还是要想法喘过气来。这时有两个大汉一个拉着她的肩膀，一个拉着她的小腿，把她抬了起来，像个麻袋似的带出了屋子。温斯顿看到了一眼她的倒过来的脸，面色发黄，皱紧眉头，闭着眼睛，双颊上仍有一点残余的胭脂，这就是他最后看到她的一眼了。

他一动不动地站着。还没有人揍他。他的脑海里出现了各种各样的想法，这些想法都是自动出现的，但是完全没有意思。他想，不知他们逮到了却林顿先生没有。他想，不知道他们怎样收拾院子里的那个女人的。他发现自已憋得慌，但觉得有些奇怪，因为在两三个小时以前刚刚尿过。他注意到壁炉架上的座钟已是九点了，那就是说二十一点。但是光线仍旧很亮。难道八月里的夜晚，到了二十一点，天还没有黑？他想，不知道他和裘莉亚是不是把时间弄错了——睡了足足一圈时钟，还以为是二十点三十分，实际上已是第二天早上八点三十分。但是他没有继续想下去，这并没有意思。

过道里又传来一阵比较轻的脚步声，却林顿先生走进了屋子。穿黑制服的汉子们的态度马上安静下来。却林顿先生的外表也与以前有所不同了。他的眼光落到了玻璃镇纸的碎片上。

“把这些碎片捡起来。”他厉声说。

一个汉子遵命弯腰。伦敦土腔消失了；温斯顿蓦然明白刚才几分钟以前在电幕上听到的声音是谁的声音了。却林顿先生仍穿着他的平绒旧上衣，但是他的头发原来几乎全白，如今却又发黑了。还有他也不再戴眼镜了。他对温斯顿只严厉地看了一眼，好像是验明他的正身，以后就不再注意他。他的样子仍可以认得出来，但他已不是原来那个人了。他的腰板挺直，个子也似乎高大了一些。他的脸变化虽小，但完全改了样。黑色的眉毛不像以前那么浓密，皱纹不见了，整个脸部线条似乎都已改变，甚至鼻子也短了一些。这是一个大约三十五岁的人的一张警觉、冷静的脸。温斯顿忽然想起，这是他一辈子中第一次在心里有数的情况下看到的一个思想警察。

第三部

第一章

他不知道自己身在何处，大概是在友爱部里，但是没有办法弄清楚。

他是在一间房顶很高、没有窗户的牢房里，四壁是亮晶晶的白色瓷砖。隐蔽的灯使得屋子里有一阵凉意，屋子里有一阵轻轻的嗡嗡声不断，他想大概同空气传送设备有关系。墙边有一条长板凳，或者说是木架，宽度只够一屁股坐下，但是却很长，围着四壁，到了门口才中断。在对门的一面，有个便盆，但没有坐圈。每道墙上都有个电幕，一共四个。

他的肚子隐隐作痛。自从他们把他扔进警车带走以后，就一直肚子痛。他也感到饥肠辘辘，饿得难受。他可能有二十四小时没有吃东西了，也可能是三十六小时。他仍不知道他们逮捕他的时候究竟是早上还是晚上，也许永远不会弄清楚了。反正他遭到逮捕以后就没有吃过东西。

他尽可能安静地在狭长的板凳上坐着，双手交叠地放在膝上。他已经学会安静地坐着了。如果你随便乱动，他们就会从电幕中向你吆喝。但是他肚子饿得慌。他最想吃的是一片面包。他仿佛记得工作服口袋里还有些碎面包。甚至很可能还有很大的一块。他所以这么想，是因为他的腿部不时碰到一块什么东西。最后他忍不住要想弄个明白，就胆大起来，伸手到口袋里。

“史密斯！”电幕上一个声音嚷道。“6079号史密斯！在牢房里不许把手插入口袋！”

他又一动不动地坐着，双手交叠放在膝上。他被带到这里来以前曾经被带到另外一个地方，那大概是个普通监狱，或者是巡逻队的临时拘留所。他不知道在那里待了多久，顶多几个小时，没有钟，也没有阳光，很难确定时间。那是个吵闹、发臭的地方。他们把他关在一间像现在这间一样的牢房里，但是很脏很臭，经常关着十多个人。他们大多数人是普通罪犯，不过中间有少数几个政治犯。他静静地靠墙坐着，夹在肮脏的人体之间，心里感到害怕，肚子又痛，因此没有怎么注意周围环境，但是仍旧发现党员囚犯同别的囚犯在举止上有惊人的区别。党员囚犯都一声不响，心里被吓怕了，但是普通囚犯对不论什么事情，或者什么人都毫不在乎。他们大声辱骂警卫，个人财物被没收时拼命争夺，在地板上涂写淫秽的话，吃着偷送进来的东西，这都是他们从衣服里不知什么地方拿出来的，甚至在电幕叫他们安静时也大声反唇相讥。另外一方面，他们有几个人同警卫似乎关系很友善，叫他们绰号，在门上监视洞里把香烟塞过去。警卫们对普通罪犯也似乎比较宽宏大量，即使在不得不用暴力对付他们的时候也是如此。大多数人都要送到强制劳动营中去，因此关于这方面情况有不少谈论。他心里猜想，在劳动营里倒“不错”，只要你有适当的联系，知道周围环境。少不了贿赂、优待、各种各样的投机倒把，少不了玩弄男色和出卖女色，甚至还有用土豆酿制的非法酒精。可以信赖的事都是交给普通罪犯做的，特别是交给匪棍、凶手做的，他们无异是狱中贵族。所有肮脏的活儿都由政治犯来干。

各种各样的囚犯不断进进出出：毒贩、小偷、土匪、黑市商人、酒鬼、妓女。有些酒鬼发起酒疯来需要别的囚犯一起动手才能把他们制服。有一个大块头的女人，大约有六十岁了，乳房大得垂在胸前，因为拼命挣扎，披着一头乱蓬蓬的白发被四个警卫一人抓住一条胳膊或腿抬了进来，她一边还挣扎着乱踢乱打，嘴里大声喊叫。他们把她要想踢他们的鞋子脱了下来，一把将她扔在温斯顿的身上，几乎把他的大腿骨都坐断了。那个女人坐了起来，向着退出去的警卫大声骂了一句："去你们这些婊子养的！"她从温斯顿身上滑下来，坐在板凳上。

"对不起，亲爱的，"她说，"全是这些混蛋，要不，我是不会坐在你身上的。他们碰到一个太太连规矩也不懂。"她停了下来，拍拍胸脯，打了一个嗝。"对不起，"她说，"我有点不好过。"

她向前一俯，哇的一声吐了一地。

"这样好多了，"她说，回身靠在墙上，闭着眼睛，"要是忍不住，马上就吐，我是这么说的。趁还没有下肚就把他吐出来。"

她恢复了精神，转过身来又看了一眼温斯顿，好像马上看中了他。她的粗大的胳膊搂着温斯顿的肩膀，把他拉了过来，一阵啤酒和呕吐的气味直扑他的脸上。

"你叫什么名字，亲爱的？"她问。

"史密斯。"温斯顿说。

"史密斯？"那女人问，"真好玩。我也叫史密斯，唉。"她又感慨地说："也许我就是你的母亲！"

温斯顿想，她很可能就是他的母亲。她的年龄体格都相当，很有可能，在强制劳动营待了二十年以后，外表是会发生一些变化的。

除此之外，没有人同他谈过话。令人奇怪的是，普通罪犯从来不理会党员罪犯。他们叫他们是"政犯"，带有一种不感兴趣的轻蔑味道。党员罪犯似乎怕同别人说话，尤其是怕同别的党员罪犯说话。只有一次，有两个女党员在板凳上挨在一起，于是他在嘈杂人声中听到她们匆忙交换的几句低声的话，特别是提到什么"101号房"，他不知道是指什么。

他们大概是在两三小时以前把他带到这里来的，他肚子的隐痛从来没有消失过，不过有时候好些，有时候坏些，他的思想也随之放松或者收缩。肚子痛得厉害时，他就一心只惦记着痛，惦记着饿。肚子痛得好些时，恐惧就袭心。有时他想到自己会碰到什么下场，仿佛真的发生一般，心就怦怦乱跳，呼吸就几乎要停止了。他仿佛感到橡皮棍打在他的手肘上，钉着铁掌的皮靴踩在他的肋骨上了。他仿佛看到自己匍伏在地上，从打掉了牙的牙缝里大声呼救求饶。他很少想到裘莉亚。他不能集中思想在她身上。他爱她，不会出卖她；但这只是个事实，像他知道的算术规律一样明白。但这时他心中想不起她，他甚至没有想到过她会有什么下场。他倒常常想到奥勃良，怀着一线希望。奥勃良一定知道他被逮捕了。他说过，兄弟会是从来不想去救会员的。不过有刮胡子的刀片，他们如果能够的话会送刮胡子刀片进来的。在警卫冲进来以前只要五秒钟就够了。刮胡子刀片就可以割破喉管，又冷又麻，甚至拿着刀片的手指也会割破，割到骨头上。他全身难受，什么感觉都恢复了，稍微碰一下就会使他痛得哆嗦着往后缩。他即使有机会，他也没有把握会不会用刀片。过一天算一天，似乎更自然一些，多活十分钟也好，即使明知道最后要受到拷打。

有时他想数一数牢房墙上有多少块瓷砖。这应该不难，但数着数着他就忘了已数过多少。他想的比较多的是自己究竟在什么地方，时间是什么时候。有一次，他觉得很肯定，外面一定是白天，但马上又很肯定地认为，外面是漆黑一团。他凭直觉知道，在这样的地方，灯光是永远不会熄灭的。这是个没有黑暗的地方：他现在明白了为什么奥勃良似乎理会这个比喻。在友爱部里没有窗户。他的牢房可能位于大楼的中央，也可能靠着外墙；可能在地下十层，也可能在地上三十层。他在心里想象着这一个个地方，要想根据自己身体的感觉来断定，究竟高高地在空中，还是深深地在地下。

外面有皮靴咔嚓声。铁门打开了。一个年轻军官潇洒地走了进来。他穿着黑制服的身躯细而长，全身似乎都发出擦亮的皮靴的光泽，他的线条笔挺的苍白的脸好像蜡制的面具。他叫门外的警卫把犯人带进来。诗人安普尔福思踉跄进了牢房。门又关上了。

安普尔福思向左右做了个迟疑的动作，仿佛以为还有一扇门可以进去，接着就在牢房里来回踱起步来。他没有注意到温斯顿也在屋里。他的发愁的眼光凝视着温斯顿头上约一英尺的墙上。他脚上没有穿鞋，破袜洞里露着肮脏的脚趾。他也有好几天没有刮胡子了。脸上须根毛茸茸的，一直长到颧骨上，使他看上去像个恶棍，这种神情同他高大而孱弱的身躯和神经质的动作很不相称。

温斯顿从懒洋洋的惰性中振作起一些来。他一定得同安普尔福思说话，即使遭到电幕的叱骂也不怕。甚至很可能安普尔福思就是送刀片来的人。

“安普尔福思。”他说。

电幕上没有吆喝声。安普尔福思停下步来，有点吃惊。他的眼睛慢慢地把焦点集中到了温斯顿身上。

“啊，史密斯！”他说，“你也在这里！”

“你来干什么？”

“老实跟你说——”他笨手笨脚地坐在温斯顿对面的板凳上。“只有一个罪，不是吗？”他说。

“那你犯了这个罪？”

“看来显然是这样。”

他把一只手放在额上，按着太阳穴，这样过了一会儿，好像竭力要想记起一件什么事情来。

“这样的事情是会发生的，”他含糊其词地说，“我可以举一个例子——一个可能的例子。没有疑问，这是一时不慎。我们在出版一部吉卜林诗集的权威版本。我没有把一句诗的最后一个字‘神’改掉。我没有办法！”他几乎气愤地说，抬起头来看着温斯顿。“这一行诗没法改。押的韵是‘杖’[①]。全部词汇里能押这个韵的就只有十二个字。我好几天绞尽脑汁，想不出别的字来。”

他脸上的表情改了样，烦恼的神情消失了，甚至出现了几乎高兴的神情。他尽管蓬头垢面，却闪耀着一种智慧的光芒，书待子发现一些没有用处的事实时所感到的喜悦。

① 英语“神”（god）和“杖”（rod）同韵。

“你有没有想到，”他说，“英国诗歌的全部历史是由英语缺韵这个事实所决定的？”

没有，温斯顿从来没有想到过这一点。而且在目前这样的情况下，他也不觉得这一点有什么重要或者对他有什么兴趣。

“你知道现在是什么时候了？”他问。

安普尔福思又愣了一下。“我根本没有想到。他们逮捕我可能是在两天以前，也可能是在三天以前。”他的眼光在四周墙上转来转去，好像是要找个窗户。“在这个地方，白天黑夜没有什么两样。我看不出你怎么能算出时间来。”

他们又随便谈了几句，接着电幕上毫无理由地吆喝一声，不许他们再说话。温斯顿默默地坐着，双手交叠。安普尔福思个子太大，坐在板凳上不舒服，老是左右挪动，双手先是握在一个膝盖上，过了一会儿又握在另外一个膝盖上。电幕发出吆喝，要他保持安静不动。时间就这样过去。二十分钟，一个小时——究竟多久，很难断定。接着外面又是一阵皮靴声。温斯顿五脏六腑都收缩起来。快了，很快，也许五分钟，也许马上，皮靴咔嚓声可能意味着现在轮到他了。

门打开了。那个脸上冷冰冰的年轻军官进了牢房。他的手轻轻一动，指着安普尔福思。

“101号房。”他说。

安普尔福思夹在警卫中间踉跄地走了出去，他的脸似乎有点不安，但看不透他。

过了很长的一段时间，温斯顿的肚子又痛了。他的念头一而再再而三地在一条轨道上转着，好像一个球不断地掉到同一条槽里。他只有六个念头：肚子痛、一片面包、流血和叫喊、奥勃良、裘莉亚、刀片。他的五脏六腑又是一阵痉挛；皮靴咔嚓声又走近了。门一开，送进来一阵强烈的汗臭。派逊斯走进了牢房。他穿着卡其短裤和运动衫。

这一次使温斯顿吃惊得忘掉了自己。

“你也来了！”他说。

派逊斯看了温斯顿一眼，既没有兴趣，也不感到惊异，只有可怜相。他开始来回走动。不能安静下来。每次他伸直胖乎乎的膝盖时可以看出膝盖在哆嗦。他的眼光停滞，好像无法使自己不呆呆地看着眼前不远的地方。

“你到这里来干什么？”温斯顿问。

“思想罪！”派逊斯说，几乎发不出清楚的音来。他的说话腔调表明，他既完全承认自己的罪行，却又不能相信这样的话居然可以用到自己身上。他在温斯顿前面停了下来，开始热切地求他：“你想他们不会枪毙我的吧？老兄，你说他们会不会？如果你没有干过什么事情，只是有过什么思想，而你又没有办法防止这种思想。他们不会枪毙你的吧？我知道他们会给你一个机会叫你申辩。我相信他们会这样的！他们知道我过去的表现，是不是？你知道我是怎样一个人，我这个人不坏。当然，没有头脑，但是热情。我尽了我的力量为党做工作，是不是？我大概判五年就差不多了，你想是不是？还是十年？像我这样的人在劳动营用处很大。他们不会因为我偶尔出了一次轨就枪毙我的吧？”

“你有罪吗？”温斯顿问。

“我当然有罪！”派逊斯看了一眼电幕。“你以为党会逮捕一个无辜的人吗？”他的青蛙脸平静了一些，甚至有了一种稍带神圣的表情。“思想罪可是件要不得的事情，老兄，”他庄重地说，“他很阴险。你甚至还不知道发生了什么事，他就抓住了你。你知道他怎样抓住我的吗？在睡梦里！是的，事实就是如此。你想，像我这样的人，辛辛苦苦，尽我的本分，从来不知道我的头脑里有过什么坏思想。可是我开始说梦话。你知道他们听到了我说什么吗？”

他压低了声音，好像有人为了医学上的原因而不得不说肮脏话一样。

“‘打倒老大哥！’真的，我说了这个！看来说了还不只一遍。老兄，这话我只对你说，他们没有等这再进一步就逮住了我，我倒感到高兴。你知道我到法庭上去要对他们怎么说吗？我要说，‘谢谢你们，谢谢你们及时挽救了我。’”

“那么谁揭发你的？”温斯顿问。

“我的小女儿。”派逊斯答道，神情有些悲哀，但又自豪，“她在门缝里偷听。一听到我的话，她第二天就去报告了巡逻队。一个七岁小姑娘够聪明的，是不是？我一点也不恨她。我反而为她觉得骄傲。这说明我把她教育得很好。”

他又来回做了几个神经质的动作，好几次眼巴巴地看着便盆，接着他突然拉下了短裤。

“对不起，老兄，”他说，“我憋不住了。等了好久了。”

他的大屁股坐到了便盆上。温斯顿用手遮住脸。

“史密斯！”电幕上的声音吆喝道，“6079号史密斯！不许遮脸，牢房里不许遮脸。”

温斯顿把手移开。派逊斯大声痛快地用了便盆，结果发现冲水的开关不灵。牢房里后来好几小时臭气熏天。

派逊斯被带走了。接着又神秘地来了一些犯人，后来又被带走了。有一个女犯人听到要带到“101号房”里去脸色就变了，人好像顿时矮了一截。有一个时候——如果他带进来的时候是早上，那就是下午；如果是下午，那就是半夜——牢房里有六个犯人，有男有女。大家都一动不动地坐着。温斯顿对面坐着一个没有下巴颏儿、牙齿外露的男人，他的脸就好像一只驯良的大兔子一样。他的肥胖的多斑的双颊宽松下垂，很难不相信里面没有存储着一些吃的。他的浅灰色的眼睛胆怯地从这张脸转到那一张脸，一看到有人注意他，就马上把视线转移开去。

门打开了，又有一个犯人被带了进来，温斯顿看到他的样子，心里一阵凉。他是一个面目平庸的普通人，可能是个工程师，或者是个技术员。但是让人吃惊的是他面孔的消瘦，完全像个骷髅。由于瘦削，眼睛和嘴巴就大得不成比例，眼睛里似乎有一种对什么人或什么东西都怀有刻骨仇恨的恶狠狠的神情。

那个人坐在温斯顿不远的板凳上。温斯顿没有再看他，但是那痛苦的骷髅一般的脸在他的脑海里栩栩如生，好像就在他的眼前一样。他突然明白了这是怎么一回事。那个人快要饿死了。这个念头似乎同时闪过牢房里其他每个人的脑海。板凳上传来一阵轻微的骚动。那个没有下巴颏儿的人的眼光一直向那骷髅一般的人瞥去，马上又有点带着疚意地转了开去，可是又忍不住被吸引过去。接着他就坐立不安起来。终于他站了起来，一手插在工作服的口袋里，蹒跚地走过去，有点难为情地拿出一片发黑的面包来给骷髅头的人。

电幕上马上发出一阵震耳的怒吼。没有下巴颏儿的人吓了一跳。骷髅头的人马上把手放到身后去，好像要向全世界表示他不要那礼物。

“本姆斯特德，”电幕上的声音咆哮道，“2713号本姆斯特德！把那块面包撂在地上！”

没有下巴颏儿的人把那块面包撂在地上。

“站在原地别动，”那声音说，“面对着门，不许动！”

没有下巴颏儿的人遵命不动，他的鼓鼓的面颊无法控制地哆嗦起来。门打开了。年轻的军官进来以后，闪到一旁，后面进来一个矮壮的警卫，胳膊粗壮，孔武有力。他站在没有下巴颏儿的人面前，等那军官一使眼色，就用全身的力量猛地一拳打在没有下巴颏儿的人的嘴上，用力之猛，几乎使他离地而起。他的身体倒到牢房另一头去，掉在便盆的底座前。他躺在那里好像吓待了一样，污血从嘴巴和鼻子中流了出来。他有点不自觉地发出了一阵十分轻微的呻吟声。接着他翻过身去，双手双膝着地，摇摇晃晃地要想站起来。在鲜血和口水中，他的嘴里掉出来打成两半的一排假牙。

犯人们都一动不动地坐着，双手交叠在膝上。没有下巴颏儿的人爬回到他原来的地方。他的脸有一边的下面开始发青。他的嘴巴肿得像一片樱桃色的没有形状的肉块，中间有一个黑洞。血一滴一滴地流到他胸前工作服上。他的灰色的眼睛仍旧转来转去看着别人的脸，比以前更加惶恐了，好像他要弄清楚，他受到这样侮辱别人到底怎样瞧不起他。

门打开了。那个军官略一动手，指着那个骷髅头的人。

“101号房。”他说。

温斯顿身旁有人倒吸一口气。那个骷髅头的人一头栽到地上，跪在上面，双手握紧。

“同志！首长！”他叫道，“你不用把我带到那里去！我不是已经把什么都告诉你了吗？你还想知道什么？我没有什么不愿招供的，没有什么！你只用告诉我是什么，我都马上招供。你写下来，我就签字——什么都行！可不要带我到101号房去！”

“101号房，”那军官说。

那个人的脸本已发白，这时已变成温斯顿不相信会有的颜色，肯定无疑地是一层绿色。

“你怎么对待我都行！”他叫道，“你已经饿了我好几个星期了。把我饿到头，让我死吧！枪毙我，吊死我，判我二十五年。你们还有什么人要我招供的吗？只要说是谁，我就把你们要知道的事情都告诉你们。我不管他是谁，也不管你们要怎样对待他。我有妻子和三个孩子，最大的还不到六岁。你可以把他们全都带来，在我面前把他们喉管割断，我一定站在这里看着。可是千万别把我带到101号房去！”

“101号房。”那军官说。

那个人焦急地一个个看着周围的其他犯人，仿佛有个主意，要把别人来当他的替死鬼。他的眼光落到了那个没有下巴颏儿的人被打烂了的脸。他猛地举起了他的瘦骨嶙峋的胳膊。

“你们应该带他去，不应该带我去！”他叫道，“你们可没有听到他们打烂了他的脸以后他说些什么。只要给我一个机会，我就可以把他说的话全部告诉你。反党的是他，不是我。”警卫走上前一步。那个人的嗓门提高到尖叫的程度。“你们可没有叫到他！”他又说，“电幕出了毛病。你们要的是他，不是我，快把他带走！”

那两个粗壮的警卫得俯身抓住他的胳膊才制服了他。可是就在这个当儿，他朝牢房的地上一扑，抓住墙边板凳的铁腿不放。他像畜生似的大声嚎叫。警卫抓住他的身子，要把他的手指扳开，可是他紧抓住不放，气力大得惊人。他们拉了他二十秒钟左右。其他犯人安静地坐在一旁，双手交叠地放在膝上，眼睛直瞪瞪地望着前方。号叫停止了，那个人已快没有气了。这时又是一声呼号，只是声音不同。原来那个警卫的皮靴踢断了他的一根手指。他们终于把他拽了起来。

“101号房。”那个军官说。

那个人被带了出去，走路摇摇晃晃，脑袋低垂，捧着他被踢伤的手，一点劲儿都没有了。

经过了一段很长的时间。如果那个骷髅头带走的时候是午夜，那么现在就是上午了；如果是上午，就是下午。只有温斯顿一个人，这样已有几个小时了。老是坐在狭板凳上屁股发痛，他就站起来走动走动，倒没有受到电幕的叱喝。那块面包仍在那个没下巴颏儿丢下的地方。开始时，要不去看他，真得咬紧牙关才行，但是过了一会儿，口渴比肚饥更难受了。他的嘴巴干燥难受，还有一股恶臭。嗡嗡的声音和苍白的灯光造成了一种昏晕的感觉，使他的脑袋感到空空如也。他在全身骨头痛得难受的时候就站起来，可是几乎马上又坐了下去，因为脑袋发晕，站不住脚。只要身体感官稍一正常，恐怖便又袭上心头。他有时抱着万一的希望，想到奥勃良和刀片。即使给他送吃的来，不可想象地里面会藏着刀片。他也依稀地想到裘莉亚。她不知在什么地方也在受苦，也许比他还厉害。她现在可能在痛得尖叫。他想：“如果我多吃些苦能救裘莉亚，我肯不肯？是的，我肯的。”但这只是个理智上的决定，因为他知道他应该如此。但他没有这种感觉。在这种地方，除了痛和痛的预感以外，你没有别的感觉。此外，你在受苦的时候，不管为了什么原因，真的能够希望痛苦再增加一些？不过这个问题目前还无法答复。

皮靴又走近了。门打了开来。奥勃良走了进来。

温斯顿要站起来。他吃惊之下，什么戒备都忘掉了。多年来第一次，他忘掉了墙上的电幕。

“他们把你也逮到了！”他叫道。

“他们早就把我逮到了，”奥勃良说，口气里略带一种几乎感到歉意的讽刺。他闪开身子，从他背后出现了一个胸围粗壮的警卫，手中握着一根长长的黑色橡皮棍。

“你是明白的，温斯顿，”奥勃良说，“别自欺欺人。你原来就明白，你一直是明白的。”

是的，他现在明白了，他一直是明白的。但没有时间去想这个。他看到的只有那个警卫手中的橡皮棍。落在什么地方都可能：脑袋顶上，耳朵尖上，胳膊上，手肘上——

手肘上！他瘫了下来，一只手捧着那条挨了一棍的手肘，几乎要跪倒在地。眼前一阵昏花，什么都炸成了一片黄光。不可想象，不可想象一棍打来会造成这样的痛楚！黄光消褪了，他可以看清他们两个人低头看着他。那个警卫看到他那难受劲儿感到好笑。至少有一个问题得到了解答。不管什么原因，你无法希望增加痛苦。对于痛苦，你只能有一个希望：那就是停止。天下没有比身体上的痛苦更难受的了。在痛苦面前，没有英雄，没有英雄。他在地上滚来滚去，一遍又一遍地这么想着，捧着他那被打残了的左臂，毫无办法。

第二章

他躺在一张好像是行军床那样的床上，不过离地面很高，而且身上好像被绑住了，使他动弹不得。比平时更强的灯光照在他的脸上。奥勃良站在旁边，注意地低头看着他。另外一边站着一个穿白大褂的人，手中拿着打针的注射器。

即使在睁开眼睛以后。他也是慢慢地才看清周围的环境的。他有一种感觉，好像自己是从一个完全不同的世界，一个深深的海底世界，游泳游到这个房间中来的。他在下面多久，他不知道。自从他们逮捕他以来，他就没有见过白天或黑夜。而且他的记忆也不是持续的。常常有这样的时候，意识——甚至在睡觉中也有的那种意识，忽然停止了，过了一段空白间隙后才恢复，但是这一段空白间隙究竟是几天，几星期，还是不过几秒钟，就没法知道了。

在手肘遭到那一击之后，噩梦就开始了。后来他才明白，当时接着发生的一切事情只不过是一场开锣戏，一种例行公事式的审讯，几乎所有犯人都要过一遍。人人都得供认各种各样的罪行——刺探情报、破坏，等等。招供不过是个形式，但拷打却是货真价实的。他被打过多少次、每次拷打多久，他都记不得了。不过每次总有五六个穿黑制服的人同时向他扑来。有时是拳头，有时是橡皮棍，有时是铁条，有时是皮靴。他常常在地上打滚，像畜生一样不讲羞耻，蜷缩着身子闪来闪去，想躲开拳打脚踢，但是这是一点也没有希望的，只会招来更多的脚踢，踢在他的肋骨上，肚子上，手肘上，腰上，腿上，下腹上，睾丸上，脊梁骨上。这样没完没了的拳打脚踢有时持续到使他觉得最残酷的、可恶的、不可原谅的事情，不是那些警卫继续打他，而是他竟无法使自己失去意识昏过去。有时候他神经紧张得还没有开始打他就大声叫喊求饶，或者一见到拔出拳头来就自动招供了各种各样真真假假的罪行。也有的时候他下定决心什么都不招，实在痛不过时才说一言半语。或者他徒然地想来个折衷，对自己这么说："我可以招供，但还不到时候。一定要坚持到实在忍不住痛的时候。再踢三脚，再踢两脚，我才把他们要我说的话说给他们听。"有时他被打得站不住脚，像一袋土豆似的掉在牢房里的石头地上，歇息了几个小时以后，又被带出去痛打。也有时候歇的时间比较长。他记不清了，因为都是在睡梦中或昏晕中度过的。他记得有一间牢房里有一张木板床，墙上有个架子，还有一只洗脸盆。送来的饭是热汤和面包，有时还有咖啡。他记得有个脾气乖戾的理发员来给他刮胡子剪头发，还有一个一本正经、没有感情的白衣护士来试他的脉搏，验他的神经反应，翻他的眼皮，粗糙的手指在他身上摸来摸去看有没有骨头折断，在他的胳膊上打针，让他昏睡过去。

拷打不如以前频繁了，主要成了一种威胁，如果他的答复不够让他们满意就用敲打来恐吓他。拷问他的人现在已不再是穿黑制服的粗汉，而是党内的知识分子，都是矮矮的小胖子，动作敏捷。目戴眼镜，分班来对付他。有时一班持续达十几个小时，究竟多久，他也弄不清楚。这些拷问他的人总是使他不断吃到一些小苦头，但是他们主要不是依靠这个。他们打他耳光，拧他耳朵，揪他头发，要他用一只脚站着，不让他撒尿，用强烈的灯光照他的脸，一直到眼睛里流出泪水。但是这一切的目的不过是侮辱他，打垮他辩论说理的能力。他们的真正厉害的武器还是一个小时接着一个小时地、无休无止地无情拷问他，使他说漏了嘴，让他掉入圈套，歪曲他说的每一句话，抓住他的每一句假话和每一句自相矛盾的话，一直到他哭了起来，与其说是因为感到耻辱，不如说是因为神经过度疲劳。有时一次拷问间他要哭五六次。他们多半是大声辱骂他，稍有迟疑就扬言要把他交还给警卫去拷打。但是他们有时也会突然改变腔调，叫他同志，要他看在英社和老大哥面上，假惺惺地问他对党到底还有没有半点忠诚，改正自己做过的坏事。在经过好几小时的拷问而精疲力尽之后，甚至听到这样的软话，他也会泪涕交加。终于这种喋喋不休的盘问比警卫的拳打脚踢还要奏效，使他完全屈服。凡是要他说什么话，签什么字，他都一概遵命。他一心只想弄清楚的是他们要他招认什么，这样他好马上招认，免得吃眼前亏。他招认暗杀党的领导，散发煽动反叛的小册子，侵吞公款，出卖军事机密，从事各种各样的破坏活动。他招认早在1968年就是东亚国政府豢养的间谍。他招认他笃信宗教，崇拜资本主义，是个老色鬼。他招认杀了老婆，尽管他自己明白，拷问的人也明白，他的老婆还活着。他招认多年以来就同果尔德施坦因有个人联系，是个地下组织的成员。该组织包括了他所认识的每一个人。把什么东西都招认，把什么人都拉下水，是很容易的事。况且，在某种意义上，也是合乎事实的。他的确是党的敌人，因为在党的眼里，思想和行为没有差别。

还有另外一种记忆，在他的脑海里互无关联地出现，好像是一幅幅的照片，照片四周一片漆黑。

他在一个牢房里，可能是黑的，也可能是亮的，因为他只看见一双眼睛。附近有一个仪器在慢慢地准确地滴嗒响着。眼睛越来越大，越来越亮。突然他腾空而起，跳进眼睛里，被吞噬掉了。

他被绑在一把椅子上，四周都有仪表，灯光强得耀眼。一个穿白大褂的人在观看仪表。外面一阵沉重的脚步声，门打开了。那个蜡像一般的军官走了进来，后面跟着两个警卫。

“101号房。”那个军官说。

白大褂没有转身。他也没有看温斯顿，他只是在看仪表。

他被推到一条很大的走廊里，有一英里宽，尽是金黄色灿烂的光，他的嗓门很高，大声笑着，招着供。他什么都招认，甚至在拷打下仍没有招出来的东西都招认了。他把他的全部生平都向听的人说了，而这些听的人早已知道这一切了。同他在一起的还有警卫，其他拷问者，穿白大褂的人，奥勃良，裘莉亚，却林顿先生，都一起在走廊里经过，大声哭着。潜伏在未来的可怕的事，却跳过去了，没有发生。一切太平无事，不再有痛楚，他的一生全部都摆了出来，得到了谅解和宽恕。

他在木板床上要坐起身来，好像觉得听到奥勃良的谈话声。在整个拷问的过程中，他虽然从来没有看见过奥勃良，但是他有这样的感觉，觉得奥勃良一直在他身旁，只是没有让他看见而已。奥勃良是这一切事情的总指挥。派警卫打他，又不让他们打死他，是奥勃良。决定什么时候该让温斯顿痛得尖叫，什么时候该让他缓一口气，什么时候该让他吃饭，什么时候该让他睡觉，什么时候该给他打针；提出问题，暗示要什么答复的，也是奥勃良。他既是拷打者，又是保护者；既是审问者，又是朋友。有一次，温斯顿记不得是在打了麻药针睡着了以后，还是正常睡着了以后，还是暂时醒来的时候，他听到耳边有人低声说："别担心，温斯顿，你现在由我看管。我观察你已有七年。现在到了转折点。我要救你，要使你成为完人。"他不知道这是不是奥勃良的说话声，但是这同七年以前在另外一个梦境中告诉他"我们将在没有黑暗的地方相会"的说话声是同一个人的声音。

他不记得拷问是怎样结束的。有一个阶段的黑暗，接着就是他现在所在的那个牢房，或者说房间，逐渐在他四周变得清楚起来。他完全处于仰卧状态，不能移动。他的身体在每个要紧的节骨眼上都被牵制住了，甚至他的后脑勺似乎也是用什么东西抓住似的。奥勃良低头看着他，神态严肃，很是悲哀。他的脸从下面望上去，皮肤粗糙，神情憔悴，眼睛下面有好几道圈儿，鼻子到下巴颏儿有好几条皱纹。他比温斯顿所想象的要老得多了，大概五十来岁。他的手的下面有一个仪表，上面有个杠杆。仪表的表面有一圈数字。

"我告诉过你，"奥勃良说，"要是我们再见到，就是在这里。"

“是的。”温斯顿说。

奥勃良的手微动了一下，此外就没有任何别的预告，温斯顿全身突然感到一阵痛。这阵痛很怕人，因为他看不清是怎么一回事，只觉得对他进行了致命的伤害。他不知道是真的这样，还是用电的效果。但是他的身体被扒拉开来，不成形状，每个关节都被慢慢地扳开了。他的额头上痛得出了汗，但是最糟糕的还是担心脊梁骨要断。他咬紧牙关，通过鼻孔呼吸，尽可能地不弄出声来。

“你害怕，”奥勃良看着他的脸说，“再过一会儿有什么东西要断了。你特别害怕这是你的脊梁骨。你的心里很逼真地可以看到脊椎裂开，髓液一滴一滴地流出来。温斯顿，你现在想的是不是就是这个？”

温斯顿没有回答，奥勃良把仪表上的杠杆拉了回去。阵痛很快消退，几乎同来时一样快。

“这还只有四十。”奥勃良说，“你可以看到，表面七的数字最高达一百。因此在我们谈话的时候，请你始终记住，我有能力随时随地都可以教你感到多痛就多痛。如果你向我说谎，或者不论想怎么样搪塞，或者甚至说的不符合你平时的智力水平，你都会马上痛得叫出来，明白吗？”

“明白了。”温斯顿说。

奥勃良的态度不像以前那样严厉了。他沉思着端正了一下眼镜，踱了一两步。他再说话的时候，声音就很温和，有耐心。他有了一种医生的、教员的、甚至牧师的神情，一心只想解释说服，不是惩罚。

“温斯顿，我为你操心，”他说，“是因为你值得操心。你很明白你的问题在哪里。你好多年以来就已很明白，只是你不肯承认而已。你的精神是错乱的。你的记忆力有缺陷。真正发生的事你不记得，你却使自己相信你记得那些从来没有发生过的事。幸而这是可以治疗的。但是你自己从来没有想法治疗过，因为你不愿意。这只需要意志上稍做努力，可是你就是不肯。即使现在，我也知道，你仍死抱住这个毛病不放，还以为这是美德。我们现在举一个例子来说明。我问你，眼前大洋国是在同哪个国家打仗？”

“我被逮捕的时候，大洋国是在同东亚国打仗。”

“东亚国，很好。大洋国一直在同东亚国打仗，是不是？”

温斯顿吸了一口气。他张开嘴巴要说话，但又没有说。他的眼光离不开那仪表。

“要说真话，温斯顿。你的真话。把你以为你记得的告诉我。”

“我记得在我被捕前一个星期，我们还没有同东亚国打仗。我们当时同他们结着盟。战争的对象是欧亚国，前后打了四年。在这以前——”

奥勃良的手摆动一了下，叫他停止。

“再举一个例子 ，”他说，“几年以前，你发生了一次非常严重的幻觉。有三个人，三个以前的党员叫琼斯、阿隆逊和鲁瑟福的，在彻底招供以后按叛国罪处决。而你却以为他们并没有犯那控告他们的罪。你以为你看到过无可置疑的物证，可以证明他们的口供是假的。你当时有一种幻觉，以为看到了一张照片。你还以为你的手里真的握到过这张照片。这是这样一张照片。”

奥勃良手指中间夹着一张剪报。他在温斯顿的视野里出现了大约五秒钟。这是一幅照片，至于他是什么照片，这是毫无问题的。他就是那张照片。这是琼斯、阿隆逊、鲁瑟福在纽约一次党的会议上的照片，十一年前他曾意外见到，随即销毁了的。他在他的眼前出现了一刹那，就又在他的视野中消失了。但是他已看到了，毫无疑问，他已看到了！他忍着剧痛拼命想坐了起来。但是不论朝什么方向，他连一毫米都动弹不得。这时他甚至忘掉了那个仪表了。他一心只想把那照片再拿在手中，至少再看一眼。

“他存在的！”他叫道。

“不！”奥勃良说。

他走到屋子那一头去。对面墙上有个忘怀洞。奥勃良揭起盖子。那张薄薄的纸片就在一阵热风中卷走了；在看不见的地方一燃而灭，化为灰烬。奥勃良从墙头那边转身回来。

“灰烬，”他说，“甚至是认不出来的灰烬，尘埃。他并不存在。他从来没有存在过。”

“但是他存在过！他确实存在！他存在记忆中。我记得他。你记得他。”

“我不记得他。”奥勃良说。

温斯顿的心一沉。那是双重思想，他感到一点也没有办法。如果他能够确定奥勃良是在说谎，这就无所谓了。但是完全有可能，奥勃良真的已忘记了那张照片。如果这样，那么他就已经忘记了他否认记得那张照片，忘记了忘记这一行为的本身。你怎么能确定这只不过是个小手法呢？也许头脑里真的会发生疯狂的错乱，使他绝望的就是这种思想。

奥勃良沉思地低着头看他。他比刚才更加像一个教师在想尽办法对付一个误入歧途但很有培养前途的孩子。

“党有一句关于控制过去的口号，”他说，“你再复述一遍。”

“谁能控制过去就控制未来；谁能控制现在就控制过去。”温斯顿顺从地复述。

“谁能控制现在就控制过去，”奥勃良说，一边慢慢地点着头表示赞许，“温斯顿，那么你是不是认为，过去是真正存在过的？”

温斯顿又感到一点也没有办法。他的眼光盯着仪表。他不仅不知道怎么答复——“是”还是“不是”——能使他免除痛楚；他甚至不知道到底哪一个答复是正确的。

奥勃良微微笑道：“温斯顿，你不懂形而上学。到现在为止，你从来没有考虑过所谓存在是什么意思。我来说得更加确切些。过去是不是具体存在于空间里？是不是有个什么地方，一个有具体东西的世界里，过去仍在发生着？”

“没有。”

“那么过去到底存在于什么地方呢？”

“在记录里，这是写了下来的。”

“在记录里。还有？”

“在头脑里。在人的记忆里。”

“在记忆里，那么，很好。我们，党，控制全部记录，我们控制全部记忆。因此我们控制过去，是不是？”

“但是你怎么能教人不记得事情呢？”温斯顿叫道，又暂时忘记了仪表，“他是自发的。他独立于一个人之内。你怎么能够控制记忆呢？你就没有能控制我的记忆！”

奥勃良的态度又严厉起来了，他把手放在仪表上。

“恰恰相反，”他说，“你才没有控制你的记忆。因此把你带到这里来。你到这里来是因为你不自量力，不知自重。你不愿为神志健全付出顺从的代价。你宁可做个疯子，光棍少数派。温斯顿，只有经过训练的头脑才能看清现实。你以为现实是某种客观的、外在的、独立存在的东西。你也以为现实的性质不言自明。你自欺欺人地认为你看到了什么东西，你以为别人也同你一样看到了同一个东西。但是我告诉你，温斯顿，现实不是外在的。现实存在于人的头脑中，不存在于任何其他地方。而且不存在于个人的头脑中，因为个人的头脑可能犯错误，而且反正很快就要死亡；现实只存在于党的头脑中，而党的头脑是集体的，不朽的。不论什么东西，党认为是真理就是真理。除了通过党的眼睛，是没有办法看到现实的。温斯顿，你得重新学习，这是事实。这需要自我毁灭，这是一种意志上的努力。你先要知道自卑，然后才能神志健全。”

他停了一会儿，好像要使对方深刻理解他说的话。

“你记得吗，”他继续说，“你在日记中写：‘所谓自由即可以说二加二等于四的自由？’”

“记得。”温斯顿说。

奥勃良举起他的左手，手背朝着温斯顿，大拇指缩在后面，四个手指伸开。

“我举的是几个手指，温斯顿？”

“四个。”

“如果党说不是四个而是五个——那么你说是多少？”

“四个。”

话还没有说完就是一阵剧痛，仪表上的指针转到了五十五。温斯顿全身汗如雨下。他的肺部吸进呼出空气都引起大声呻吟，即使咬紧牙关也压不住。奥勃良看着他，四个手指仍伸在那里。他把杠杆拉回来，不过剧痛只稍微减轻一点。

“几个手指，温斯顿？”

“四个。”

指针到了六十。

“几个手指，温斯顿？”

“四个！四个！我还能说什么？四个！”

指针一定又上升了，但是他没有去看他。他的眼前只见到那张粗犷的严厉的脸和四个手指。四个手指在他眼前像四根大柱，粗大，模糊，仿佛要抖动起来，但是毫无疑问地是四个。

“多少手指，温斯顿？”

“四个！快停下来，快停下来！你怎么能够这样继续下去？四个！四个！”

“多少手指，温斯顿？”

“五个！五个！五个！”

“不，温斯顿，这没有用。你在说谎。你仍认为是四个，到底多少？”

“四个！五个！四个！你爱说几个就是几个。只求你马上停下来，别再让我痛了！”

他猛地坐了起来，奥勃良的胳膊围着他的肩膀。他可能有一两秒钟昏了过去。把他身体绑住的带子放松了。他觉得很冷，禁不住打寒战，牙齿格格打颤，面颊上眼泪滚滚而下。他像个孩子似的抱着奥勃良，围着他肩膀上的粗壮胳膊使他感到出奇的舒服。他觉得奥勃良是他的保护人，痛楚是外来的，从别的来源来的，只有奥勃良才会救他免于痛楚。

“你学起来真慢，温斯顿。”奥勃良温和地说。

“我有什么办法？”他口齿不清地说，“我怎么能不看到眼前的东西呢？二加二等于四呀。”

“有时候是四，温斯顿。但有时候是五。有时候是三。有时候三、四、五全是。你得再努力一些。要神志健全，不是容易的事。”

他把温斯顿放到床上躺下。温斯顿四肢上缚的带子又紧了，不过这次痛已减退，寒战也停止了，他只感到软弱无力，全身发冷。奥勃良点头向穿白大褂的一个人示意，那人刚才自始至终待立不动，这时他弯下身来，仔细观看温斯顿的眼珠，试了他的脉搏，听了他的胸口，到处敲敲摸摸，然后向奥勃良点一点头。

“再来！”奥勃良说。

温斯顿全身一阵痛，那指针一定升高到了七十，七十五。这次他闭上了眼睛。他知道手指仍在那里，仍旧是四个。现在主要的是把痛熬过去。他不再注意到自己究竟是不是在哭。痛又减退了。他睁开眼睛。奥勃良把杠杆拉了回来。

“多少手指，温斯顿？”

“四个。我想是四个。只要能够，我很愿意看到五个。我尽量想看到五个。”

“你究竟希望什么？是要我相信你看到五个，还是真正要看到五个？”

“真正要看到五个。”

“再来！”奥勃良说。

指针大概升到了八十、九十。温斯顿只能断断续续地记得为什么这么痛。在他的紧闭的眼皮后面，手指像森林一般，似乎在跳舞，进进出出，互相叠现。他想数一下，他也不记得为什么。他只知道要数清他们是不可能的，这是由于神秘地，四就是五，五就是四。痛又减退了。他睁开眼睛，发现看到的仍是原来的东西。无数的手指，像移动的树木，仍朝左右两个方向同时移动着，互相交叠。他又闭上了眼。

“我举起的有几个手指，温斯顿？”

“我不知道。我不知道。你再下去，就会把我痛死的。四个，五个，六个——说老实话，我不知道。”

“好一些了。”奥勃良说。

一根针刺进了温斯顿的胳膊。就在这当儿，一阵舒服的暖意马上传遍了他的全身。痛楚已全都忘了。他睁开眼，感激地看着奥勃良。一看到他的粗犷的、皱纹很深的脸，那张丑陋但是聪明的脸，他的心感到一阵酸。要是他可以动弹，他就会伸出手去，放在奥勃良的胳膊上。他从来没有像现在那样这么爱他，这不仅因为他停止了痛楚。归根到底，奥勃良是友是敌，这一点无关紧要的感觉又回来了。奥勃良是个可以同他谈心的人。也许，你与其受人爱，不如被人了解更好一些。奥勃良折磨他，快到了神经错乱的边缘，而且有一阵子几乎可以肯定要把他送了命。但这没有关系。按那种比友谊更深的意义来说，他们还是知己。反正有一个地方，虽然没有明说，他们可以碰头好好谈一谈。奥勃良低头看着他，他的表情说明，他的心里也有同样的想法。他开口说话时，用的是一种随和的聊天的腔调。

“你知道你身在什么地方吗，温斯顿？”他问道。

“我不知道，但我猜得出来，在友爱部。”

“你知道你在这里已有多久了吗？”

“我不知道。几天，几星期，几个月——我想已有几个月了。”

“你认为我们为什么把人带到这里来？”

“让他们招供。”

“不，不是这个原因。再试一试看。”

“惩罚他们。”

“不是！”奥勃良叫道。他的声音变得同平时不一样了，他的脸色突然严厉起来，十分激动。“不是！不光是要你们招供，也不光是要惩罚你们。你要我告诉你为什么把你们带到这里来吗？是为了给你们治病。是为了使你神志恢复健全！温斯顿，你要知道，凡是我们带到这里来的人。没有一个不是治好走的。我们对你犯的那些愚蠢罪行并不感兴趣。党对表面行为不感兴趣，我们关心的是思想。我们不单单要打败敌人，我们还要改造他们。你懂得我的意思吗？”

他俯身望着温斯顿。因为离得很近，他的脸显得很大，从下面望上去，丑陋得怕人。此外，还充满了一种兴奋的表情，紧张得近乎疯狂。温斯顿的心又一沉。他恨不得钻到床底下去。他觉得奥勃良一时冲动之下很可能扳动杠杆。但是就在这个时候，奥勃良转过身去，踱了一两步，又继续说，不过不像刚才那么激动了：

“你首先要明白，在这个地方，不存在烈士殉难问题。你一定读到过以前历史上的宗教迫害的事。在中世纪里，发生过宗教迫害。那是一场失败。他的目的只是要根除异端邪说，结果却巩固了异端邪说。他每烧死一个异端分子，就制造出几千个来。为什么？因为宗教迫害公开杀死敌人。在这些敌人还没有悔改的情况下就把他们杀死，因为他们不肯悔改而把他们杀死。他们所以被杀是因为他们不肯放弃他们的真正信仰。这样，一切光荣自然归于殉难者，一切羞耻自然归于烧死他们的迫害者。后来，在二十世纪，出现了集权主义者，就是这样叫他们的。他们是德国的纳粹分子。他们自以为从过去的错误中汲取了教训；不过他们有一点是明白的，绝不能制造殉难烈士。他们在公审受害者之前，有意打垮他们的人格尊严。他们用严刑拷打，用单独禁闭，把他们折磨得成为匍匐求饶的可怜虫，什么罪名都愿意招认，辱骂自己，攻击别人来掩蔽自己。但是过了几年之后，这种事情又发生了。死去的人成了殉难的烈士，他们的可耻下场遗忘了。再问一遍为什么是这样？首先是因为他们的供词显然是逼出来的，是假的。我们不再犯这种错误。在这里招供的都是真的。我们想办法做到这些供词是真的。而且，尤其是，我们不让死者起来反对我们，你可别以为后代会给你昭雪沉冤。后代根本不会知道有你这样一个人。你在历史的长河中消失得一干二净。我们要把你化为气体，消失在太空之中。你什么东西也没有留下：登记簿上没有你的名字，活人的头脑里没有你的记忆。不论过去和将来，你都被消灭掉了。你从来没有存在过。”

那么为什么要拷打我呢？温斯顿想，心里感到一阵怨恨。奥勃良停下了脚步，好像温斯顿把这想法大声说了出来一样。他的丑陋的大脸挪了近来，眼睛眯了一些。

“你在想，”他说，“既然我们要把你彻底消灭掉，使得不论你说的话或做的事再也无足轻重——既然这样，我们为什么还不厌其烦地要先拷问你？你是不是这样想？”

“是的。”温斯顿说。

奥勃良微微一笑道：“温斯顿，你是白玉上的瑕疵。你是必须擦去的污点。我刚才不是对你说过，我们同过去的迫害者不同吗？我们不满足于消极的服从，甚至最奴颜婢膝的服从都不要。你最后投降，要出于你自己的自由意志。我们并不因为异端分子抗拒我们才毁灭他；只要他抗拒一天，我们就不毁灭他。我们要改造他，争取他的内心，使他脱胎换骨。我们要把他的一切邪念和幻觉都统统烧掉；我们要把他争取到我们这一边来，不仅仅是在外表上，而且是在内心里真心诚意站到我们这一边来。我们在杀死他之前也要把他改造成为我们的人。我们不能容许世界上有一个地方，不论多么隐蔽，多么不发生作用，居然有一个错误思想存在。甚至在死的时候，我们也不容许有任何脱离正规的思想。在以前，异端分子走到火刑柱前时仍是一个异端分子，宣扬他的异端邪说，为此而高兴若狂。但是我们却要在粉碎那个脑壳之前把那脑袋改造完美。以前的专制暴政的告诫是‘你干不得’。集权主义的告诫是‘你得干’。我们则是‘你得是’。我们带到这里来的人没有一个敢站出来反对我们。每个人都洗得一干二净。甚至你相信是无辜的那三个可怜的卖国贼——琼斯、阿隆逊和鲁瑟福——我们最后也搞垮了他们。我亲身参加过对他们的拷问。我看到他们慢慢地软了下来，趴在地上，哀哭着求饶。我们拷问完毕时，他们已成了行尸走肉。除了后悔自己的错误和对老大哥的爱戴以外，他们什么也没有剩下了。看到他们怎样热爱他，真是很感动人。他们要求马上枪毙他们，可以在思想还仍清白纯洁的时候趁早死去。”

他的声音几乎有了一种梦境的味道。他的脸上仍有那种兴奋、热情得发疯的神情。温斯顿想，他这不是假装的；他不是伪君子；他相信自己说的每一句话。最使温斯顿不安的是，他意识到自己的智力的低下。他看着那粗笨然而文雅的身躯走来走去，时而进入时而退出他的视野里。奥勃良从各方面来说都是一个比他大的人。凡是他曾经想到过或者可能想到的念头，奥勃良无不都早已想到过，研究过，批驳过了。他的头脑包含了温斯顿的头脑。但是既然这样，奥勃良怎么会是疯狂的呢？那么发疯的就一定是他——温斯顿自己了。奥勃良停下来，低头看他。他的声音又严厉起来了。

“别以为你能够救自己的命，温斯顿，不论你怎么彻底向我们投降。凡是走上歧途的人，没有一个人能幸免。即使我们决定让你寿终，你也永远逃不脱我们。在这里发生的事是永远的。你事先必须了解。我们要打垮你，打到无可挽回的地步。你碰到的事情，即使你活一千年，你也永远无法从中恢复过来。你不再可能有正常人的感情。你心里什么都成了死灰。你不再可能有爱情、友谊、生活的乐趣、欢笑、好奇、勇气、正直。你是空无所有的。我们要把你挤空，然后再用我们自己填充你。”

他停下来，跟穿白大褂的打了个招呼。温斯顿感到有一件很重的仪器放到了他的脑袋下面。奥勃良坐在床边，他的脸同温斯顿的脸一般高。

“三千。”他对温斯顿头上那个穿白大褂的说。

有两块稍微有些湿的软垫子夹上了温斯顿的太阳穴。他缩了一下，感到了一阵痛，那是一种不同的痛。奥勃良把一只手按在他的手上，叫他放心，几乎是很和善的。

“这次不会有伤害的，”他说，“用眼睛盯着我。”

就在这个时候发生了一阵猛烈的爆炸，也可以说类似于爆炸，但弄不清楚究竟有没有声音。肯定发出了一阵闪光，使人睁不开眼睛。温斯顿没有受到伤害，只是弄得精疲力尽。他本来已经仰卧在那里，但是他奇怪地觉得好像是被推到这个位置的。一种猛烈的无痛的打击，把他打翻在那里。他的脑袋里也有了什么变化。当他的瞳孔恢复视力时，他仍记得自己是谁，身在何处，也认得看着他的那张脸。但是不知在什么地方，总有一大片空白，好像他的脑子被挖掉了一大块。

“这不会长久，”奥勃良说，“看着我回答，大洋国同什么国家在打仗？”

温斯顿想了一下。他知道大洋国是什么意思，也知道自己是大洋国的公民。他也记得欧亚国和东亚国。但谁同谁在打仗，他却不知道。事实上，他根本不知道在打仗。

“我记不得了。”

“大洋国在同东亚国打仗，你现在记得吗？”

“记得。”

“大洋国一直在同东亚国打仗。自从你生下来以后，自从党成立以来，自从有史以来，就一直不断地在打仗，总是同一场战争。你记得吗？”

“记得。”

“十一年以前，你造了一个关于三个因叛国而处死的人的神话。你硬说自己看到过一张能够证明他们无辜的纸片，根本不存在这样的纸片，这是你造出来的，你后来就相信了他。你现在记得你当初造出这种想法的时候吧？”

“记得。”

“我现在把手举在你的面前，你看到五个手指，你记得吗？”

“记得。”

奥勃良举起左手的手指，大拇指藏在手掌后面。

“现在有五个手指，你看到五个手指吗？”

“是的。”

而且他的确在刹那间看到了，在他的脑海中的景象还没有改变之前看到了。他看到了五个手指，并没有畸形。接着一切恢复正常，原来的恐惧、仇恨、迷惑又袭上心来。但是有那么一个片刻——他也不知道多久，也许是三十秒钟——的时间里，他神志非常清醒地感觉到，奥勃良的每一个新的提示都填补了一片空白，成为绝对的真理，只要有需要的话，二加二可以等于三，同等于五一样容易。奥勃良的手一放下，这就消失了，他虽不能恢复，但仍旧记得，就像你在以前很久的某个时候，事实上是个完全不同的人的时候，有个栩栩如生的经历，现在仍旧记得一样。

“你现在看到，”奥勃良说，“无论如何这是办得到的。”

“是的。”温斯顿说。

奥勃良带着满意的神情站了起来。温斯顿看到他的左边的那个穿白大褂的人打破了一只安瓿，把注射器的柱塞往回抽。奥勃良脸上露出微笑，转向温斯顿。他重新整了一整鼻梁上的眼镜，动作一如以往那样。

“你记得曾经在日记里写过，”他说，“不管我是友是敌，都无关紧要，因为我至少是个能够了解你并且可以谈得来的人？你的话不错。我很喜欢同你谈话。你的头脑使我很有兴趣。他很像我自己的头脑，只不过你是精神失常的。在结束这次谈话之前，你如果愿意，可以向我提几个问题。”

“任何问题？”

“任何问题。”他看到温斯顿的眼光落在仪表上，“这已经关掉了。你的第一个问题是什么？”

“你们把裘莉亚怎样了？”温斯顿问。

奥勃良又微笑了。“她出卖了你，温斯顿。马上——毫无保留。我从来没有见到过有人这样快投过来的。你如再见到她，已很难认出来了。她的所有反叛精神、欺骗手法、愚蠢行为、肮脏思想——都已消失得一干二净。她得到了彻底的改造，完全符合课本的要求。”

“你们拷打了她？”

奥勃良对此不予置答。“下一个问题。”他说。

“老大哥存在吗？”

“当然存在。有党存在，就有老大哥存在，他是党的化身。”

“他也像我那样存在吗？”

“你不存在。”奥勃良说。

他又感到了一阵无可奈何的感觉正在袭心。他明白，也不难想象，那些能够证明自己不存在的论据是些什么；但是这些论据都是胡说八道，都是玩弄词句。“你不存在”这句话不是包含着逻辑上的荒谬吗？但是这么说有什么用呢？他一想到奥勃良会用那些无法争辩的、疯狂的论据来驳斥他，心就感到一阵收缩。

“我认为我是存在的，”他懒懒地说，“我意识到我自己的存在。我生了下来，我还会死去。我有胳膊有腿。我占据一定的空间。没有别的实在东西能够同时占据我所占据的空间。在这个意义上，老大哥存在吗？”

“这无关重要，他存在。”

“老大哥会死吗？”

“当然不会，他怎么会死？下一个问题。”

“兄弟会存在吗？”

“这，温斯顿，你永远不会知道。我们如果放你出去，即使你活到九十岁，你也永远不会知道这个问题的答案是什么。只要你活一天，这个问题就是你心中没有解答的谜。”

温斯顿默然躺在那里。他的胸脯起伏比刚才快了一些。他还没有提出他心中头一个想到的问题。他必须提出来，可是他的舌头好像说不出话来了。奥勃良的脸上出现了一丝笑意，甚至他的眼镜片似乎也有了嘲讽的色彩。温斯顿心里想，他很明白，他很明白我要问的是什么！想到这里，他的话就冲出口了。

“101号房里有什么？”

奥勃良脸上的表情没有变。他挖苦地回答：

“你知道101号房里有什么，温斯顿。人人都知道101号房里有什么。”

他向穿白大褂的举起一个手指，显然谈话结束了。一根针刺进了温斯顿的胳膊。他马上沉睡过去。

第三章

“你的改造分三个阶段，”奥勃良说，“学习、理解、接受。现在你该进入第二阶段了。”

温斯顿又是仰卧在床上，不过最近绑带比较松了。他仍被绑在床上，不过膝盖可以稍做移动，脑袋可以左右转动，从手肘以下，可以举起手来。那个仪表也不那么可怕了。只要他脑筋转得快一些，就可以避免吃苦头。主要是在他脑筋不灵的时候，奥勃良才扳杠杆。有时他们谈一次话没有用过一次仪表。他记不得他们已经谈过几次了。整个过程似乎拖得很长，时间也无限，可能有好几个星期，每次谈话与下次谈话之间有时可能间隔几天，有时只有一两小时。

“你躺在那里，”奥勃良说，“你常常纳闷，而且你甚至问过我，为什么友爱部要在你身上花这么多的时间，费这么大的劲儿。当初你自由的时候，你也因基本上同样的问题而感到不解。你能够理解你所生活的社会的运转，但是你不理解他的根本动机。你还记得你曾经在日记上写过。‘我知道方法。但我不知道原因？’就是在你想‘原因’的时候，你对自己神志是否健全产生了怀疑。你已经读了那本书，果尔德施坦因的书，至少读过他的一部分。他有没有告诉你一些你原来不知道的东西？”

“你读过吗？”温斯顿问。

“是我写的。这是说，是我参加合写的。你也知道，没有一本书是单个人写的。”

“书里说的是不是真实的？”

“做为描写，是真实的。但他所提出的纲领是胡说八道。秘密积累知识，逐渐扩大启蒙，最后发生无产者造反，推翻党。你不看也知道他要这样说。这都是胡说八道。无产者永远不会造反，一千年，一百万年也不会。他们不能造反。我无需把原因告诉你；你自己已经知道了。如果你曾经梦想过发生暴力起义，那你就抛弃这个梦想吧。没有办法推翻党。党的统治是永远的。把这当作你的思想的出发点。”

他向床边走近一些。“永远这样！”他重复说，“现在再回到‘方法’和‘原因’问题上来。你很了解党维持当权的‘方法’。现在请告诉我，我们要坚持当权的‘原因’。我们的动机是什么？我们为什么要当权？说吧。”他见温斯顿沉默不语，自己说道。

但是温斯顿还是继续沉默了一两分种。他感到一阵厌倦。奥勃良的脸上又隐隐出现了一种狂热的神情。他知道奥勃良会说些什么：党并不是为了自己的目的而要当权，而只是为了大多数人的利益。他要权力是因为群众都是软弱的、怯懦的可怜虫，既不知如何运用自由，也不知正视真理，必须由比他们强有力的人来加以统治，进行有计划的哄骗。人类面前的选择是自由或幸福，对大多数人类来说，选择幸福更好一些。党是弱者的永恒监护人，是为了使善可能到来才做恶的一个专心一致的派系，为了别人的幸福而牺牲自己的幸福。温斯顿心里想，可怕的是，奥勃良这么说的时候，他就会相信他。你可以从他脸上看出来。奥勃良什么都知道。比温斯顿好过一千倍，他知道世界究竟是怎么一回事，人类生活堕落到了什么程度，党用什么谎话和野蛮手段使他们处在那种地位。他完全明白的这一切。加以权衡，但这都无关重要，因为为了最终目的，一切手段都是正当的。温斯顿心里想，对于这样一个疯子，他比你聪明，他心平气和地听了你的论点，但是仍坚持他的疯狂，你有什么办法呢？

"你们是为了我们自己的好处而统治我们，"他软弱地说，"你们认为人类不能自己管理自己，因此——"

他惊了一下，几乎要叫出声来。他的全身一阵痛。奥勃良扳了杠杆，仪表的指针升到了三十五。

"真愚蠢，温斯顿，真愚蠢！"他说，"按你的水平，你不应该说这么一句话。"

他把杠杆了扳回来，继续说：

"现在让我来告诉你，我的问题的答复是什么。答复是：党要当权完全是为了他自己。我们对别人的好处并没有兴趣。我们只对权力有兴趣。不论财富、奢侈、长寿或者幸福，我们都没有兴趣，只对权力，纯粹的权力有兴趣。纯粹的权力是什么意思，你马上就会知道。我们与以往的所有寡头政体都不同，那是在于我们知道自己在干什么。所有其他寡头政治家，即使那些同我们相像的人，也都是些懦夫和伪君子。德国的纳粹党人和俄国的共产党人在方法上同我们很相像，但是他们从来没有勇气承认自己的动机。他们假装，或许他们甚至相信，他们夺取权力不是出于自愿，只是为了一个有限的时期，不久就会出现一个人人都自由平等的天堂。我们可不是那样。我们很明白，没有人会为了废除权力而夺取权力。权力不是手段，权力是目的。建立专政不是为了保卫革命；反过来进行革命是为了建立专政。迫害的目的是迫害；拷打的目的是拷打。权力的目的是权力。现在你开始懂得我的意思了吧？"

奥勃良的疲倦的脸像以往一样使温斯顿感到很害怕。这张脸坚强、肥厚、残忍，充满智慧，既有激情，又有节制，使他感到毫无办法，但是这张脸是疲倦的脸。眼眶下面有皱纹，双颊的皮肉松弛。奥勃良俯在他的头上，有意让他久经沧桑的脸移得更近一些。

"你在想，"他说，"我的脸又老又疲倦。你在想，我在空谈权力，却没有办法防止我自己身体的衰老。温斯顿，难道你不明白，个人只是一个细胞？一个细胞的衰变正是机体的活力。你把指甲剪掉的时候难道你就死了吗？"

他从床边走开，又开始来回踱步，一只手放在口袋里。

“我们是权力的祭师，”他说，“上帝是权力，不过在目前，对你来说，权力不过是个字眼。现在你应该对权力的含义有所了解。你必须明白的第一件事情是，权力是集体的。个人只是在停止作为个人的时候才有权力。你知道党的口号‘自由即奴役’。你有没有想到过这句口号是可以颠倒过来的？奴役即自由。一个人在单独和自由的时候总是要被打败的。所以必然如此，是因为人都必死，这是最大的失败。但是如果他能完全绝对服从，如果他能摆脱个人存在，如果他能与党打成一片而做到他就是党，党就是他，那么他就是全能的、永远不朽。你要明白的第二件事情是，所谓权力乃是对人的权力，是对身体，尤其是对思想的权力，对物质——你们所说的外部现实——的权力并不重要。我们对物质的控制现在已经做到了绝对的程度。”

温斯顿一时没有去注意仪表。他猛地想坐起来，结果只是徒然感到一阵痛而已。

“但是你怎么能够控制物质呢？”他叫出声来道，“你们连气候或者地心吸力都还没法控制。而且还有疾病、痛苦、死亡——”

奥勃良摆一摆手，叫他别说话。“我们所以能够控制物质，是因为我们控制了思想。现实存在于脑袋里。温斯顿，你会慢慢明白的。我们没有做不到的事情。隐身、升空——什么都行。只要我愿意，我可以像肥皂泡一样，在这间屋子里飘浮起来。我不愿意这么做是因为党不愿意我这么做。这种19世纪式的自然规律观念，你必须把他们丢掉。自然规律是由我们来规定的。”

“但是你们并没有！你们甚至还没有成为地球的主人！不是还有欧亚国和东亚国吗？你们还没有征服他们？”

“这无关紧要，到了合适的时候都要征服，即使不征服，又有什么不同？我们可以否定他们的存在。大洋国就是世界。”

“但是世界本身只是一粒尘埃，而人是渺小的——毫无做为。人类存在多久了？有好几百万年地球上是没有人迹的。”

“胡说八道。地球的年代同人类一样长久，一点也不比人类更久。怎么可能比人类更久呢？除了通过人的意识，什么都不存在。”

“但是岩石里尽是已经绝迹的动物的骨骼化石——在人类出现以前很久在地球上生活过猛犸、柱牙象和庞大的爬行动物。”

“你自己看到过这种骨骼化石吗，温斯顿？当然没有。这是19世纪生物学家捏造出来的。在人类出现以前什么都不存在。在人类绝迹后——如果人类有一天会绝迹的话——也没有什么会再存在。在人类之外没有别的东西存在。”

“但是整个宇宙是在我们之外。看那星星！有些是在一百万光年之外。他们在我们永远及不到的地方。”

“星星是什么？”奥勃良冷淡地说，“他们不过是几英里以外的光点。我们只要愿意就可以到那里。我们也可以把他们抹掉。地球是宇宙的中心，太阳和星星绕地球而转。”

温斯顿又挣扎了一下。这次他没有说什么。奥勃良继续说下去，好像在回答对方说出来的反对意见。

“为了一定目的，这话当然是不正确的。比如我们在大海上航行的时候，或者在预测日食月食的时候，我们常常发现，假设地球绕太阳而转，星星远在亿万英里之外，这样比较方便，但这又怎样呢？难道你以为我们不能创造一种双重的天文学体系吗？星星可以近，也可以远，视我们需要而定。你以为我们的数学家做不到这一点吗？难道你忘掉了双重思想？”

温斯顿在床上一缩。不论他说什么，对方迅速的回答就像给他一记闷棍一样。但是他知道自己明白他是对的。认为你自己思想以外不存在任何事物，这种想法肯定是有什么办法能够证明是不正确的。不是早已揭露过这是一种谬论吗？甚至还有一个名称，不过他已记不起来了。奥勃良低头看着温斯顿，嘴角上飘起一丝嘲意。

“我告诉你，温斯顿，”他说，“形而上学不是你的所长。你在想的一个名词叫唯我论。可是你错了。这不是唯我论，这是集体唯我论。不过这是另外一回事，完全不同的一回事，可以说是相反的一回事。不过这都是题外话。”他又换了口气说，“真正的权力，我们日日夜夜为之奋战的权力，不是控制事物的权力，而是控制人的权力。”他停了下来，又恢复了一种教训聪颖儿童的教师神情，“温斯顿，一个人是怎样对另外一个人发挥权力的？”

温斯顿想了一想说：“通过使另外一个人受苦。”

“说得不错。通过使另外一个人受苦，光是服从还不够。他不受苦，你怎么知道他在服从你的意志，不是他自己的意志？权力就在于给人带来痛苦和耻辱。权力就在于把人类思想撕得粉碎，然后按你自己所选择的样子把他再黏合起来。那么，你是不是开始明白我们要创建的是怎样一种世界？这种世界与老派改革家所设想的那种愚蠢的、享乐主义的乌托邦正好相反。这是一个恐惧、叛卖、折磨的世界，一个践踏和被践踏的世界，一个在臻于完善的过程中越来越无情的世界。我们这个世界里，所谓进步就是朝向越来越多痛苦的进步。以前的各种文明以建筑在博爱和正义上相标榜。我们建筑在仇恨上。在我们的世界里，除了恐惧、狂怒、得意、自贬以外，没有别的感情。其他一切都要摧毁。我们现在已经摧毁了革命前遗留下来的思想习惯。我们割断了子女与父母、人与人、男人与女人之间的联系；没有人再敢信任妻子、儿女、朋友。而且在将来，不再有妻子或朋友。子女一生下来就要脱离母亲，好像蛋一生下来就从母鸡身边取走一样。性的本能要消除掉。生殖的事要弄得像发配给证一样成为一年一度的手续形式。我们要消灭掉性的快感。我们的神经病学家正在研究这个问题。除了对党忠诚以外，没有其他忠诚。除了爱老大哥以外，没有其他的爱。除了因打败敌人而笑以外，没有其他的笑。不再有艺术，不再有文学，不再有科学。我们达到万能以后就不需要科学了。美与丑不再有区别。不再有好奇心，不再有生命过程的应用。一切其他乐趣都要消灭掉。但是，温斯顿，请你不要忘了，对于权力的沉醉，却永远存在，而且不断地增长，不断地越来越细腻。每时每刻，永远有胜利的欢悦，践踏束手待毙的敌人的快感。如果你要设想一幅未来的图景，就想像一只脚踩在一张人脸上好了——永远如此。”

他停了下来等温斯顿说话，温斯顿又想钻到床底下去。他说不出话来。他的心脏似乎冰冻住了。奥勃良继续说：

“请记住，这是永远如此的。那张脸永远在那里给你践踏。

异端分子、社会公敌永远在那里，可以一而再再而三地打败他们，羞辱他们。你落到我们手中以后所经历的一切，会永远继续下去，而且只有更厉害。间谍活动、叛党卖国、逮捕拷打、处决灭迹，这种事情永远不会完。这个世界不仅是个胜利的世界，也同样是个恐怖的世界。党越有力量，就越不能容忍；反对力量越弱，专制暴政就越严。果尔德施坦因及其异端邪说将永远存在。他们无时无刻不受到攻击、取笑、辱骂、唾弃，但是他们总是仍旧存在。我在这七年中同你演出的这出戏将一代又一代永远一而再再而三地演下去，不过形式更加巧妙而已。我们总是要把异端分子提到这里来听我们的摆布，叫痛求饶，意气消沉，可卑可耻，最后痛悔前非，自动地爬到我们脚下来。这就是我们在制造的一个世界，温斯顿。一个胜利接着一个胜利的世界，没完没了地压迫着权力的神经。我可以看出，你已经开始明白这个世界将是什么样子。但是到最后，你会不只明白而已，你还会接受他，欢迎他，成为他的一部分。”

温斯顿从震惊中恢复过来一些，有气无力地说：“你们不能这样！”

“温斯顿，你这话是什么意思？”

“你们不可能创造一个像你刚才介绍的那样的世界，这是梦想，不可能实现。”

“为什么？”

“因为不可能把文明建筑在恐惧、仇恨和残酷上。这种文明永远不能持久。”

“为什么不能？”

“他不会有生命力，他会分崩离析，他会自我毁灭。”

“胡说八道。你以为仇恨比爱更消耗人的精力。为什么会是这样？即使如此，又有什么关系？假定我们就是要使自己衰亡得更快。假定我们就是要加速人生的速度，使得人满三十就衰老。那又有什么关系呢？你难道不明白，个人的死不是死？党是永生不朽的？”

像刚才一样，一番话把温斯顿说得哑口无言。此外，他也担心，如果他坚持己见，奥勃良会开动仪表。但是他又不能沉默不语。于是他有气无力地又采取了攻势，只是没有什么强有力的论据，除了对奥勃良刚才的一番话感到说不出来的惊恐之外，没有任何其他的后盾。

“我不知道——我也不管。反正你们会失败的。你们会遭到失败的。生活会打败你们。”

“我们控制着生活的一切方面，温斯顿，你在幻想。有什么叫作人性的东西，会因为我们的所做所为而感到愤慨，起来反对我们。但是人性是我们创造的。人的伸缩性无限大。你也许又想到无产阶级或者奴隶会起来推翻我们。快别做此想。他们像牲口一样一点也没有办法。党就是人性，其他都是外在的——无足轻重。”

“我不管。他们最后会打败你们，他们迟早会看清你们的面目，那时他们会把你们打得粉碎。”

“你看到什么迹象能说明这样的事情快要发生了吗？或者有什么理由吗？”

“没有。但是我相信，我知道你们会失败。宇宙之中反正有什么东西——我不知道是精神，还是原则——是你们所无法胜过的。”

“你相信上帝吗，温斯顿？”

“不相信。”

“那么那个会打败我们的原则又是什么呢？”

“我不知道。人的精神。”

“你认为自己是个人吗？”

“是的。”

“如果你是人，温斯顿，那你就是最后一个人了。你那种人已经绝迹；我们是后来的新人。你不明白你是孤家寡人？你处在历史之外，你不存在。”他的态度改变了，口气更加严厉了，“你以为我们撒谎，我们残酷，因此你在精神上比我们优越？”

“是的，我认为我优越。”

奥勃良没有说话。有另外两个声音在说话。过了一会儿，温斯顿听出其中一个声音就是他自己的声音。那是他参加兄弟会那个晚上同奥勃良谈话的录音带。他听到他自己答应要说谎、盗窃、伪造、杀人、鼓励吸毒和卖淫、散布梅毒、向孩子脸上浇镪水。奥勃良做了一个小手势，似乎是说不值得放这录音。于是他关上电门，说话声音就中断了。

“起床吧。”他说。

绑带自动松开，温斯顿下了地，不稳地站起来。

“你是最后一个人，”奥勃良说，“你是人类精神的监护人。你看看自己是什么样子，把衣服脱掉。”

温斯顿把扎住工作服的一根绳子解开。拉链早已被取走了。他记不得被捕以后有没有脱光过衣服。工作服下面，他的身上是些肮脏发黄的破片，勉强可以看出来原来是内衣。他把它们脱下来扔到地上时，看到屋子那头有一个三面镜。他走过去，半路上就停住了。嘴里不禁惊叫出声。

“过去，”奥勃良说，“站在两面镜子中间，你就也可以看到侧面。”

他停下来是因为他吓坏了。他看到一个死灰色的骷髅一样的人体弯着腰向他走近来。样子非常吓人，这不仅仅是因为他知道这人就是他自己。他走得距镜子更近一些。那人的脑袋似乎向前突出，那是因为身子佝偻的缘故。他的脸是个绝望无援的死囚的脸，额角高突，头顶光秃，尖尖的鼻子，沉陷的双颊，上面两只眼睛却灼灼发亮，凝视着对方。满脸都是皱纹，嘴巴塌陷。这毫无疑问是他自己的脸，但是他觉得变化好像比他内心的变化更大。他所表现的感情不是他内心感到的感情。他的头发已有一半秃光了，他起先以为自己头发也发白了，但是发白的是他的头皮。除了他的双手和脸上一圈以外，他全身发灰，污秽不堪。污垢的下面到处还有红色的疮疤，脚踝上的静脉曲张已溃疡成一片，皮肤一层一层掉下来。但是最吓人的还是他身体的羸弱程度。胸口肋骨突出，与骷髅一样，大腿瘦得还不如膝盖粗。他现在明白了为什么奥勃良叫他看一看侧面。他的脊梁弯曲得吓人。瘦骨嶙嶙的双肩向前弯着。胸口深陷，皮包骨的脖子似乎吃不消脑袋的重压。如果叫他猜，他一定估计这是一个患有慢性痼疾的高龄老翁的躯体。

“你有时想，”奥勃良说，“我的脸——核心党党员的脸——老而疲惫。你对自己的脸有什么想法？”

他抓住温斯顿，把他转过身来正对着自己。

“你瞧瞧自己成了什么样子！”他说，“你瞧瞧自己身上的这些污垢！你脚趾缝中的污垢。你脚上的烂疮。你知道自己臭得像头猪吗？也许你已经不再注意到了。瞧你这副消瘦的样子。你看到吗？你的胳膊还不如我的大拇指和食指合拢来的圈儿那么粗。我可以把你的脖子掐断，同折断一根胡萝卜一样，不费吹灰之力。你知道吗，你落到我们手中以后已经掉了二十五公斤？甚至你的头发也一把一把地掉。瞧！”他一揪温斯顿的头发，就掉下一把来。“张开嘴。还剩九颗、十颗、十一颗牙齿。你来的时候有几颗？剩下的几颗随时可掉。瞧！”

他用大拇指和食指有力地扳住温斯顿剩下的一颗门牙。温斯顿上颚一阵痛。奥勃良已把那颗门牙扳了下来，扔在地上。

“你已经烂掉了，”他说，“你已经在崩溃了。你是什么？一堆垃圾。现在再转过去瞧瞧镜子里面。你见到你面前的东西吗？那就是最后的一个人。如果你是人，那就是人性。把衣服穿上吧。”

温斯顿手足迟钝地慢慢把衣服穿上。他到现在为止都从来没有想到过自己这么瘦弱。他的心中只有一个想法：他落在这个虎穴里一定比他所想象的时间还要久。他把这些破烂衣服穿上身后，对于自己被糟蹋的身体不禁感到一阵悲痛。他突然坐在床边的一把小板凳上放声哭了起来。他明知自己极不雅观，破布包扎的一把骨头坐在刺眼的灯光中哭泣，但是他无法自制。奥勃良一手按在他肩头，几乎是很同情似的。

“这不会永远如此的，”他说，“你只要愿意，随时随地可以改变这种情况，一切取决于你自己。”

“全是你们造成的！”温斯顿呜咽着说，“是你们把我搞成这般状态的。”

“不，温斯顿，是你自己把你搞到这般状态的。你一决心反党就准备接受这个结果了。一切都包含在那第一步中间。没有什么事情不是你所没有预见到的。”

他停了一下，又继续说：

“我们打垮了你，温斯顿。我们打垮了你。你已经见到了你的身子是什么样子。你的精神也处在同样的状态。我想不会剩下多少自尊心了。你被拳打足踢、鞭棍交加、百般辱骂，你大声叫过痛、求过饶，在地上自己的血泊和呕吐的脏物中间打过滚。你哀声地求饶乞怜，出卖过别人。你能想出一件自己没有干过的堕落事情吗？”

温斯顿停止了哭泣，但是眼睛里仍满是泪水。他抬头看奥勃良。

“我没有出卖裘莉亚。”他说。

奥勃良低头沉思地看着他。“没有，”他说，“没有，这完全正确。你没有出卖裘莉亚。”

温斯顿心中一阵温暖，对奥勃良感到说不出的敬重，似乎没有任何东西能够破坏这种奇特的感情。他想，这个人是多么地明白事理啊。奥勃良从来都不会不了解对他说的话的。要是换了旁人，谁都会马上回答说，他已出卖了裘莉亚。他有什么东西在拷打之下没有说出来呢？他把他所知道的有关她的情况告诉了他们：她的习惯、她的性格、她过去的生活；他极其详细地交代了他们幽会时所发生的一切、相互之间所说的话、黑市买卖、通奸、反党的密谋——一切的一切！然而，按照他的本意所用的词来说，他没有出卖她。他没有停止爱她；他对她的感情依然如旧。奥勃良明白他的意思，不需要任何解释。

“告诉我，”他问道，“他们什么时候枪毙我？”

“可能要过很久，”奥勃良说，“你是个老大难问题。不过不要放弃希望，迟早一切总会治愈的。最后我们就会枪毙你。”

第四章

他好多了。他一天比一天胖起来，一天比一天强壮起来，只是很难区分这一天与下一天而已。

白色的光线和嗡嗡的声音一如既往，不过牢房比以前稍微舒服了一些。木板床上有了床垫，还有个枕头，床边有把板凳可以坐一坐。他们给他洗了一个澡，可以过一阵子用铝盆擦洗一下身子。他们甚至送温水来给他洗。他们给他换了新内衣和一套干净的工作服。他们在静脉曲张的疮口上抹了清凉的油膏。他们把剩下的坏牙都拔了，给他镶了全部假牙。

这么过了几个星期，甚至几个月。如果他有兴趣的话。现在有办法计算时间了，因为他们定时给他送吃的来。他估计，每二十四小时送来三顿饭；有时他也搞不清送饭来的时间是白天还是夜里，伙食好得出奇，每三顿总有一顿有肉。有一阵子还有香烟。他没有火柴，但是送饭来的那个从来不说话的警卫给他点了火。他第一次抽烟几乎感到恶心得要吐，但还是吸了下去，每餐以后吸半支，一盒烟吸了好多天。

他们给他一块白纸板，上面系着一支铅笔。起初他没有用他。他醒着的时候也完全麻木不动。他常常吃完一餐就躺在那里，一动不动地等下一餐，有时睡了过去，有时昏昏沉沉，连眼皮也懒得张开。他早已习惯在强烈的灯光照在脸上的情况下睡觉了。这似乎与在黑暗中睡觉没有什么不同，只是梦境更加清楚而已。在这段时间内他梦得很多，而且总是快活的梦。他梦见自己在黄金乡，坐在阳光映照下的一大片废墟中间，同他的母亲、裘莉亚、奥勃良在一起，什么事情也不干，只是坐在阳光中，谈着家常。他醒着的时候心里想到的也是梦境。致痛的刺激一消除，他似乎已经丧失了思维的能力。他并不是感到厌倦，他只是不想说话或者别的。只要谁都不去惹他，不打他，不问他，够吃，够干净，就完全满足了。

他花在睡觉上的时间慢慢地少了，但是他仍不想起床。他只想静静地躺着，感到身体慢慢恢复体力。他有时常常在这里摸摸那里摸摸，要想弄清楚肌肉确实长得更圆实了，皮肤不再松弛了。最后他确信无疑自己的确长胖了，大腿肯定比膝盖粗了。在此以后，他开始定期做操，不过起先有些勉强。过了不久，他能够一口气走三英里，那是用牢房的宽度来计算的。他的肩膀开始挺直。他做了一些比较复杂的体操，但是发现有的事情不能做，使他感到很奇怪，又感到很难过。比如说，他不能快步走，他不能单手平举板凳，他不能一脚独立。他蹲下来以后要费很大的劲儿才能站立起来，大腿小腿感到非常酸痛。他想做俯卧撑，一点也不行，连一毫米也撑不起来。但是再过了几天，或者说再过了几顿饭的工夫，这也能做到了。最后他一口气可以撑起六次。他开始真的为自己身体感到骄傲，相信自己的脸也恢复了正常。只有有时偶尔摸到秃光的脑袋时，他才记得那张从镜子中向他凝视的多皱的脸。

他的思想也更加活跃起来。他坐在床上，背靠着墙，膝上放着写字板，着意开始重新教育自己。

他已经投降了；这已是一致的意见。实际上，他回想起来，他在做出这个决定之前很久早已准备投降了。从他进入友爱部开始，是的，甚至在他和裘莉亚束手无策地站在那里听电幕上冷酷的声音吩咐他们做什么的时候，他已经认识到他要想反对党的权力是多么徒劳无益。他现在明白，七年来思想警察就一直监视着他。像放大镜下的小甲虫一样。他们没有不注意到的言行，没有不推想到的思想。甚至他日记本上那粒发白的泥尘，他们也小心地放回在原处。

他们向他放了录音带，给他看了照片。有些是裘莉亚和他在一起的照片。是的，甚至……他无法再同党做斗争了。此外，党是对的。这绝对没有问题，不朽的集体的头脑怎么会错呢？你有什么外在标准可以衡量他的判断是否正确呢？神志清醒是统计学上的概念。这只不过是学会按他们的想法去想问题。只是——

他的手指缝里的铅笔使他感到又粗又笨。他开始写下头脑里出现的思想。他先用大写字母笨拙地写下这几个字：

自由即奴役

接着他又在下面一口气写下：

二加二等于五

但是接着稍微停了一下。他的脑子有些想要躲开什么似的不能集中思考。他知道自己知道下一句话是什么，但是一时却想不起来。等到他想起来的时候，完全是靠有意识的推理才想起来的，而不是自发想起来的。他写道：

权力即上帝

他什么都接受，过去可以篡改，过去从来没有篡改过。大洋国同东亚国在打仗。大洋国一直在同东亚国打仗。琼斯、阿隆逊、鲁瑟福犯有控告他们的罪行。他从来没有见到过证明他们没有罪的照片。他从来没有存在过；这是他捏造的。他记得曾经记起过相反的事情，但这些记忆都是不确实的、自我欺骗的产物。这一切是多么容易！只要投降以后，一切迎刃而解。就像逆流游泳，不论你如何挣扎，逆流就是把你往后冲，但是一旦他突然决定掉过头来，那就顺流而下，毫不费力。除了你自己的态度之外，什么都没有改变；预先注定的事情照样发生。他也不知道自己为什么要反叛。一切都很容易，除了——

什么都可能是确实的。所谓自然规律纯属胡说八道。地心吸力也是胡说八道。奥勃良说过，“要是我愿意的话，可以像肥皂泡一样离地飘浮起来。”温斯顿依此推理：“如果他认为他已离地飘浮起来，如果我同时认为我看到他离地飘浮起来，那么这件事就真的发生了。”突然，像一条沉船露出水面一样，他的脑海里出现了这个想法：“这并没有真的发生，是我们想象出来的，这是幻觉。”他立刻把这想法压了下去。这种想法之荒谬是显而易见的。他假定在客观上有一个“实际的”世界，那里发生着“实际的”事情。但是怎么可能有这样一个世界呢？除了通过我们自己的头脑之外，我们对任何东西有什么知识呢？一切事情都发生在我们的头脑里。凡是在头脑里发生的事情，都真的发生了。

他毫无困难地驳倒了这个谬论，而且也没有会发生相信这个谬论的危险。但是他还是认为不应该想到他。凡是有危险思想出现的时候，自己的头脑里应该出现一片空白。这种过程应该是自动的，本能的。新话里叫犯罪停止。

他开始锻炼犯罪停止。他向自己提出一些提法：“党说地球是平的”“党说冰比水重”，然后训练自己不去看到或者了解与此矛盾的说法。这可不容易。这需要极大的推理和临时拼凑的能力。例如：“二加二等于五”这句话提出的算术问题超过他的智力水平。这也需要一种脑力体操的本领，能够一方面对逻辑进行最微妙的运用，接着又马上忘掉最明显的逻辑错误。愚蠢和聪明同样必要，也同样难以达到。

在这期间，他的脑海里仍隐隐地在思量，不知他们什么时候就会枪毙他。奥勃良说过，“一切都取决于你。”但是他知道他没有什么办法可以有意识地使死期早些来临。可能是在十分钟之后，也可能是在十年之后。他们可能长年把他单独监禁；他们可能送他去劳动营；他们可能先释放他一阵子，他们有时是这样做的。很有可能，在把他枪决以前会把整个逮捕和拷问的这场戏全部重演一遍。唯一可以肯定的事情是，死期绝不会事先被你知道的。传统是——

不是明言的传统，你虽然没有听说过，不过还是知道——在你从一个牢房走到另一个牢房去时，他们在走廊里朝你脑后开枪。总是朝你脑后，事先不给警告。

有一天——但是“一天”这话不确切，因为也很可能是在半夜里；因此应该说有一次——他沉溺在一种奇怪的、幸福的幻觉之中。他在走廊中走过去，等待脑后的子弹。他知道这颗子弹马上就要来了。一切都已解决，调和了。不再有怀疑，不再有争论，不再有痛苦，不再有恐惧。他的身体健康强壮。他走路很轻快，行动很高兴，有一种在阳光中行走的感觉。他不再是在友爱部的狭窄的白色走廊里，而是在一条宽阔的阳光灿烂的大道上，有一英里宽，他似乎是吃了药以后在神志昏迷中行走一样。他身在黄金乡，在兔子出没甚多的牧场中，顺着一条足迹踩出来的小径上往前走。他感到脚下软绵绵的短草，脸上和煦的阳光。在草地边上有榆树，在微风中颤动，远处有一条小溪，有雅罗鱼在柳树下的绿水潭中游泳。

突然他惊醒过来，心中一阵恐惧。背上出了一身冷汗，原来他听见自己在叫：

“裘莉亚！裘莉亚！裘莉亚，我的亲人！裘莉亚！”

他一时觉得她好像就在身边，这种幻觉很强烈。她似乎不仅在他身边，而且还在他的体内。她好像进了他的皮肤的组织。在这一刹那，他比他们在一起自由的时候更加爱她了。他也明白，不知在什么地方，她仍活着，需要他的帮助。

他躺在床上，尽力使自己安定下来。他干了什么啦？这一刹那的软弱增加了他多少年的奴役呀？

再过一会儿，他就会听到牢房外面的皮靴声。他们不会让你这么狂叫一声而不惩罚你的。他们要是以前不知道的话，那么现在就知道了，他打破了他们之间的协议。他服从党，但是他仍旧仇恨党。在过去，他在服从的外表下面隐藏着异端的思想。现在他又倒退了一步；在思想上他投降了，但是他想保持内心的完整无损。他知道他自己不对，但是他宁可不对。他们会了解的。奥勃良会了解的。这一切都在那一声愚蠢的呼喊中招认了。

他得再从头开始来一遍，这可能需要好几年。他伸手摸一下脸，想熟悉自己的新面貌。脸颊上有很深的皱纹。颧骨高耸，鼻子塌陷。此外，自从上次照过镜子以后，他们给他镶了一副新的假牙。你不知道自己的容貌是什么样子，是很难保持外表高深莫测的。反正，仅仅控制面部表情是不够的。他第一次认识到，你如果要保持秘密，必须也得对自己保密。你必须始终知道有这个秘密在那里，但是非到需要的时候，你绝不可以让他用任何一种可以叫上一个名称的形状出现在你的意识之中，从今以后，他不仅需要正确思想，而且要正确感觉，正确做梦。而在这期间，他要始终把他的仇恨锁在心中，成为自己身体的一部分，而又同其他部分不发生关系，就像一个囊丸一样。

他们终有一天会决定枪毙他。你不知道什么时候会发生这件事情，但是在事前几秒钟是可以猜想到的。这总是从脑后开的枪，在你走在走廊里的时候，十秒钟就够了。在这十秒钟里，他的内心世界就会翻了一个个儿。那时，突然之间，嘴上不用说一句话，脚下不用停下步，脸上也不用改变一丝表情，突然之间，伪装就撕了下来，砰的一声，他的仇恨就会开炮。仇恨会像一团烈焰把他一把烧掉。也就是在这一刹那，子弹也会砰的一声打出来，可是太迟了，要不就是太早了。他们来不及改造就把他的脑袋打得粉碎。异端思想会不受到惩罚，不得到悔改，永远不让他们碰到。他们这样等于是在自己的完美无缺中打下一个漏洞。仇恨他们而死，这就是自由。

他闭上眼睛。这比接受思想训练还困难。这是一个自己糟蹋自己、自己做践自己的问题。他得投到最最肮脏的污秽中去。什么事情是最可怕、最恶心的事情呢？他想到了老大哥。那张庞大的脸（由于他经常在招贴画上看到，他总觉得这脸有一米宽），浓浓的黑胡子，盯着你转的眼睛，好像自动地浮现在他的脑海里。他对老大哥的真心感情是什么？

过道里有一阵沉重的皮靴声。铁门打开了。奥勃良走了进来，后面跟着那个蜡像面孔的军官和穿黑制服的警卫。

“起来，”奥勃良说，“到这里来。”

温斯顿站在他的面前。奥勃良的双手有力地抓住了温斯顿的双肩，紧紧地看着他。

“你有过欺骗我的想法，”他说，“这很蠢。站得直一些，对着我看好。”

他停了一下，然后用温和一些的口气说：

“你有了进步。从思想上来说，你已没有什么问题了。只是感情上你没有什么进步。告诉我，温斯顿——而且要记往，不许说谎。你知道我总是能够觉察你究竟是不是在说谎的——告诉我，你对老大哥的真实感情是什么？”

“我恨他。”

“你恨他。那很好，那么现在是你走最后一步的时候了。你必须爱老大哥。服从他还不够；你必须爱他。”

他把温斯顿向警察轻轻一推。

“101号房。”他说。

第五章

在他被监禁的每一个阶段，他都知道——至少是似乎知道——他在这所没有窗户的大楼里的什么地方。可能是由于空气压力略有不同。警卫拷打他的那个牢房是在地面以下。奥勃良讯问他的房间是在高高的顶层。现在这个地方则在地下有好几米深，到了不能再下去的程度。

这个地方比他所待过的那些牢房都要大。但是他很少注意到他的周围环境。他所看到的只是面前有两张小桌子，上面都铺着绿色桌布。一张桌子距他只有一两米远。另一张稍远一些，靠近门边。他给绑在一把椅子上，紧得动弹不得，甚至连脑袋也无法转动。他的脑袋后面有个软垫子把他卡住，使他只能往前直看。

起先只有一个人在屋里，后来门开了，奥勃良走了进来。

“你有一次问我，”奥勃良说，“101号房里有什么。我告诉你，你早已知道了答案。人人都知道这个答案。101号房里的东西是世界上最可怕的东西。”

门又开了。一个警卫走了进来，手中拿着一只用铁丝做的筐子或篮子那样的东西。他把它放在远处的那张桌子上。由于奥勃良站在那里，温斯顿看不到那究竟是什么东西。

奥勃良又说道：“世界上最可怕的东西因人而异。可能是活埋，也可能是烧死，也可能是淹死，也可能是钉死，也可能是其他各种各样的死法。在有些情况下，最可怕的东西是一些微不足道的小东西，甚至不是致命的东西。”

他向旁边挪动了一些，温斯顿可以看清楚桌上的东西。那是一只椭圆形的铁笼子，上面有个把手可以提起来。他的正面装着一只击剑面罩一样的东西，但凹面朝外。这东西虽然距他有三四米远，但是他可以看到这只铁笼子按纵向分为两部分，里面都有什么小动物在里面。这些小动物是老鼠。

“至于你，”奥勃良说，“世界上最可怕的东西正好是老鼠。”

温斯顿当初一看到那铁笼子，全身就有预感似的感到一阵震颤，一种莫名的恐惧。如今他突然明白了那铁笼子正面那个面罩一样的东西究竟是干什么用的。他吓得屎尿直流。

“你可不能这样做！”他声嘶声力竭地叫道，“你可不能，你可不能这样做！”

“你记得吗，”奥勃良说，“你梦中感到惊慌的时刻？你的面前是一片漆黑的墙，你的耳朵里听到一阵震耳的隆隆声。墙的另一面有什么可怕的东西在那里。你知道自己很明白那是什么东西，但是你不敢明说。墙的另一面是老鼠。”

“奥勃良！”温斯顿说，竭力控制自己的声音，“你知道没有这个必要。你到底要我干什么？”

奥勃良没有直接回答。等他说话时，他又用了他有时用的教书先生的口气。他沉思地看着前面，好像是对坐在温斯顿背后什么地方的听众说话。

“痛楚本身，”他说，“并不够。有的时候一个人能够咬紧牙关不怕痛，即使到了要痛死的程度。但是对每一个人来说，都各有不能忍受的事情——连想也不能想的事情。这并不牵涉到勇敢和怯懦问题。要是你从高处跌下来时抓住一根绳子，这并不是怯懦。要是你从水底浮上水面来，尽量吸一口气，这也并不是怯懦。这不过是一种无法不服从的本能。老鼠也是如此。对你来说，老鼠无法忍受。这是你所无法抗拒的一种压力形式，哪怕你想抗拒也不行。要你做什么你就得做什么。”

“但是要我做什么？要我做什么？我连知道也不知道，我怎么做？”

奥勃良提起铁笼子，放到较近的一张桌子上。他小心翼翼地把他放在绿呢桌布上。温斯顿可以感到耳朵里血往上涌的声音。他有一种孤处一地的感觉，好像处身在一个荒凉的大平原中央，这是个阳光炙烤的沙漠，什么声音都从四面八方的远处向他传来。其实，放老鼠的笼子距他只有两米远。这些老鼠都很大，都到了鼠须硬挺、毛色发棕的年龄。

“老鼠，”奥勃良仍向看不见的听众说，“是啮齿动物，但是也食肉。这一点你想必知道。你一定也听到过本市贫民区发生的事情。在有些街道，做妈妈的不敢把孩子单独留在家里，哪怕只有五分钟，老鼠就会出动，不需多久就会把孩子皮肉啃光，只剩几根小骨头。他们也咬病人和快死的人。他们能知道谁没有还手之力，智力真是惊人。”

铁笼子里传来一阵吱吱的叫声。温斯顿听着好像是从远处传来一样。原来老鼠在打架，他们要想钻过隔开他们的格子到对面去。他也听到一声绝望的呻吟。这，似乎也是从他身外什么地方传来的。

奥勃良提起铁笼子，他在提起来的时候，按了一下里面的什么东西，温斯顿听到咔嚓一声，他拼命想挣脱开。但一点也没有用。他身上的每一部分，甚至他的脑袋都被绑得一动也不能动。奥勃良把铁笼子移得更近一些，距离温斯顿的眼前不到一米了。

“我已经按了一下第一键，”奥勃良说，“这个笼子的构造你是知道的。面罩正好合你的脑袋，不留空隙。我一按第二键，笼门就拉开。这些饿慌了的小畜牲就会像万箭齐发一样窜出来。你以前看到过老鼠窜跳没有？他们会直扑你的脸孔，一口咬住不放。有时他们先咬眼睛。有时他们先咬面颊，再吃舌头。”

铁笼子又移近了一些。越来越近了，温斯顿听见一阵阵尖叫。好像就在他的头上。但是他拼命克制自己，不要惊慌。要用脑筋想，哪怕只有半秒钟，这也是唯一的希望。突然，他的鼻尖闻到了老鼠的霉臭味。他感到一阵猛烈的恶心，几乎晕了过去。眼前漆黑一片。他刹那间丧失了神志，成了一头尖叫的畜生。但是他紧紧抱住一个念头，终于在黑暗中挣扎出来。只有一个办法，唯一的办法，可以救自己。那就是必须在他和老鼠之间插进另外一个人，另外一个人的身体来挡开。

面罩的圈子大小正好把别的一切东西排除于他的视野之外。铁笼门距他的脸只有一两个巴掌远。老鼠已经知道可以大嚼一顿了，有一只在上窜下跳，另外一只老得掉了毛，后腿支地站了起来，前爪抓住铁丝，鼻子到处在嗅。温斯顿可以看到他的胡须和黄牙。黑色的恐怖又袭上心来。他眼前一片昏暗，束手无策，脑里一片空白。

“这是古代中华帝国的常用惩罚。”奥勃良一如既往地训诲道。

面罩挨到了他的脸上。铁丝碰在他的面颊上。接着——唉，不，这并不能免除，这只是希望，小小的一线希望。太迟了，也许太迟了。但是他突然明白，在整个世界上，他只有一个人可以把惩罚转嫁上去——只有一个人的身体他可以把她插在他和老鼠之间。他一遍又一遍地拼命大叫：

“咬裘莉亚！咬裘莉亚！别咬我！裘莉亚！你们怎样咬她都行。把她的脸咬下来，啃她的骨头。别咬我！裘莉亚！别咬我！”

他往后倒了下去，掉到了深渊里，离开了老鼠。他的身体仍绑在椅子上，但是他连人带椅掉下了地板，掉过了大楼的墙壁，掉过了地球，掉过了海洋，掉过了大气层，掉进了太空，掉进了星际——远远地，远远地，远远地离开了老鼠。他已在光年的距离之外，但是奥勃良仍站在他旁边。他的脸上仍冷冰冰地贴着一根铁丝。但是从四周的一片漆黑中，他听到咔嚓一声，他知道笼门已经关上，没有打开。

第六章

栗树咖啡馆里阒无一人。一道阳光从窗口斜照进来，照在积了灰尘的桌面上有些发黄。这是寂寞的十五点，电幕上传来一阵轻微的音乐声。

温斯顿坐在他惯常坐的角落里，对着一只空杯子发呆。他过一阵子就抬起头来看一眼对面墙上的那张大脸。下面的文字说明是：老大哥在看着你。服务员不等招呼就上来为他斟满了一杯胜利牌杜松子酒，从另外一只瓶子里倒几粒有丁香味的糖精在里面，这是栗树咖啡馆的特殊风味。

温斯顿在听着电幕的广播。目前只有音乐，但很可能随时会广播和平部的特别公报。非洲前线的消息极其令人不安。他一整天总是为此感到担心。欧亚国的一支军队(大洋国在同欧亚国打仗；大洋国一直在和欧亚国打仗)南进神速。中午的公报没有说具体的地点，但很可能战场已移到刚果河口。布拉柴维尔和利奥波德维尔已危在旦夕。不用看地图也知道这意味着什么。这不仅是丧失中非问题，而且在整个战争中，大洋国本土第一次受到了威胁。

他心中忽然感到一阵激动。很难说是恐惧，这是一种莫名的激动，但马上又平息下去了。他不再去想战争。这些日子里，他对任何事情，都无法集中思想到几分钟以上。他拿起酒杯一饮而尽。像往常一样，他感到一阵哆嗦，甚至有些恶心。这玩意儿可够呛。丁香油和糖精本来就已够令人恶心的，更盖不过杜松子酒的油味儿。最糟糕的是杜松子酒味在他身上日夜不散，使他感到同那臭味不可分解地混合在一起。

即使在他的思想里，他也从来不指明那是什么，只要能办到，他就尽量不去想他们的形状。他们是他隐隐约约想起的东西，在他面前上窜下跳，臭味刺鼻。他的肚子里，杜松子翻起了胃，他张开发紫的嘴唇打个嗝。他们放他出来后，他就发胖了，恢复了原来的脸色——说实话比原来还好。他的线条粗了起来，鼻子上和脸颊上的皮肤发红，甚至秃光瓢也太红了一些。服务员又没有等他招呼就送上棋盘和当天的《泰晤士报》来，还把刊登棋艺栏的一页打开。看到温斯顿酒杯已空，又端瓶斟满，不需要他叫酒。他们知道他的习惯。棋盘总是等着他，他这角落的桌子总是给他留着；甚至座上客满时，他这桌子也只有他一位客人，因为没有人愿意挨着他太近。他甚至从来不记一下喝了几杯。过一会儿，他们就送一张脏纸条来，他们说是帐单，但是他觉得他们总是少算了帐。即使倒过来多算了帐也无所谓。他如今总不缺钱花。他甚至还有一个工作，一个挂名差使，比他原来的工作的待遇要好多了。

电幕上乐声中断，有人说话。温斯顿抬起头来听。不过不是前线来的公报，不过是富裕部的一则简短公告。原来上一季度第十个三年计划鞋带产量超额完成百分之九十八。

他看了一下报纸上的那局难棋，就把棋子摆了开来。这局棋结局很巧妙，关键在两个相。“白子先走，两步将死。”温斯顿抬头一看老大哥的画像。白子总将死对方，他带着一种模模糊糊的神秘感觉这么想，总是毫无例外地这样安排好棋局的。自开天辟地以来，任何难棋中从来没有黑子取胜的。这是不是象征善永远战胜恶？那张庞大的脸看着他，神情安详，充满力量。白子总是将死对方。

电幕上的声音停了一下，又用一种严肃得多的不同口气说：“十五点三十分有重要公告，请注意收听。十五点三十分有重要消息，请注意收听，不要错过。十五点三十分。”音乐声又起。

温斯顿心中一阵乱。这是前线来的公报，他根据本能知道这一定是坏消息。他这一整天时断时续地想到在非洲可能吃了大败仗，这就感到一阵兴奋。他好像真的看到了欧亚国的军队蜂拥而过从来没有突破过的边界，像一队蚂蚁似的拥到了非洲的下端。为什么没有办法从侧翼包抄他们呢？他的脑海里清晰地出现了西非海岸的轮廓。他拣起白色的相朝前走了一步。这一着走的是地方，甚至在他看到黑色的大军往南疾驰的时候，他也看到另外一支大军，不知在什么地方集合起来，突然出现在他们的后方，割断了他们的陆海交通。他觉得由于自己主观这样愿望，另一支大军在实际上出现了。但是必须立刻行动。如果让他们控制了整个非洲，让他们取得好望角的机场和潜艇基地，大洋国就要切成两半。可能的后果是不堪设想的：战败、崩溃、重新划分世界、党的毁灭！他深深地吸了一口气。一种奇怪的交杂的感情——不过不完全是复杂的，而是层层的感情，只是不知道最底下一层是什么——在他的内心中斗争着。

这一阵心乱如麻过去了。他把白色的相又放回来。不过这时他无法安定下来认真考虑难局问题。他的思想又开了小差。他不自觉地在桌上的尘埃上用手指涂抹：

2+2=5

她说过：“他们不能钻到你体内去。”但是他们能够。奥勃良说过：“你在这里碰到的事情是永远不灭的。”这话不错。有些事情，你自己的行为，是无法挽回的。你的心胸里有什么东西已经被掐死了，烧死了，腐蚀掉了。

他看到过她；他甚至同她说过话。已经不再有什么危险了。他凭本能知道，他们现在对他的所做所为已几乎不发生兴趣。如果他们两人有谁愿意，他可以安排同她再碰头一次。他们那次碰到是偶然的事。那是在公园里，三月间有一天天气很不好，冷得彻骨，地上冻成铁块一样，草都死了，到处都没有新芽，只有一些藏红花露头，但被寒风都吹刮跑了。他们交臂而过，视同陌路人。但是他却转过身来跟着她，不过并不很热心。他知道没有危险，谁都对他们不感兴趣。她没有说话。她在草地上斜穿过去，好像是要想甩开他，可是后来见到甩不开，就让他走到身旁来。他们走着走着就走到掉光了叶子的枯丛中间，这个枯丛既不能躲人又不能防风。他们却停下步来。这一天冷得厉害。寒风穿过枯枝，有时把发脏的藏红花吹刮跑了。他用胳膊搂住了她的腰。

周围没有电幕，但很可能有隐藏的话筒，而且，他们是在光天化日之下。但是这没有关系，什么事情都已没有关系了。如果他们愿意，也可以在地上躺下来干那个。一想到这点，他的肌肉就吓得发僵。她对他的搂抱毫无任何反应。她甚至连摆脱也不想摆脱。他现在知道了她发生了什么变化。她的脸瘦了，还有一条长疤，从前额一直到太阳穴，有一半被头发遮住了；不过所谓变化，指的不是这个。是她的腰比以前粗了，而且很奇怪，比以前僵硬。他记得有一次，在火箭弹爆炸以后，他帮助别人从废墟里拖出一具尸体来，他很吃惊地发现，不仅尸体沉重得令人难以相信，而且僵硬得不像人体而像石块，很不好抬。她的身体也使你感到那样。他不禁想到她的皮肤一定没有以前那么细腻了。

他没有想去吻她，他们俩也没有说话。他们后来往回走过大门时，她这才第一次正视他。这只不过是短暂的一瞥，充满了轻蔑和憎恶。他不知道这种憎恶完全出于过去，还是也由于他的浮肿的脸和风刮得眼睛流泪而引起的。他们在两把铁椅上并肩坐了下来，但没有挨得太近。他看到她张口要说话。她把她的笨重的鞋子移动了几毫米，有意踩断了一根小树枝。他注意到她的脚似乎比以前宽了。

“我出卖了你。”她若无其事地说。

“我出卖了你。”他说。

她又很快地憎恶地看了他一眼。

“有时候，”她说，“他们用什么东西来威胁你，这东西你无法忍受，而且想都不能想。于是你就说，‘别这样对我，对别人去，对某某人去。’后来你也许可以伪装这不过是一种计策，这么说是为了使他们停下来，真的意思并不是这样。但是这不对。当时你说的真是这个意思。你认为没有别的办法可以救你，因此你很愿意用这个办法来救自己。你真的愿意这事发生在另外一个人身上。他受得了受不了，你根本不在乎。你关心的只是你自己。”

“你关心的只是你自己。”他随声附和说。

“在这以后，你对另外那个人的感情就不一样了。”

“不一样了，”他说，“你就感到不一样了。”

似乎没有别的可以说了。风把他们的单薄的工作服刮得紧紧地裹在他们身上。一言不发地坐在那里马上使人觉得很难堪，而且坐着不动也太冷。他说要赶地铁，就站了起来要走。

“我们以后见吧。”他说。

“是的，”她说，“我们以后见吧。”

他犹豫地跟了短短的一段距离，落在她身后半步路。他们俩没有再说话。她并没有想甩掉他，但是走得很快，使他无法跟上。他决定送她到地铁车站门口，但是突然觉得这样在寒风中跟着没有意思，也吃不消。他这时就一心想不如离开她，回到栗树咖啡馆去，这个地方从来没有像现在这样吸引他过，他怀念地想着他在角落上的那张桌子，还有那报纸、棋盘、不断斟满的杜松子酒。尤其是，那里一定很暖和。于是，也并不是完全出于偶然，他让一小群人走在他与她的中间。他不是很有决心地想追上去，但又放慢了脚步，转过身来往回走了。他走了五十米远回过头来看。街上并不拥挤，但已看不清她了。十多个匆匆忙忙赶路的人中，有一个可能是她。也许从背后已无法认出她的发胖僵硬的身子了。

“在当时，”她刚才说，“你说的真是这个意思。”他说的真是这个意思。他不仅说了，而且还打从心眼里希望如此。他希望把她，而不是把他，送上前去喂——

电幕上的音乐声有了变化。音乐声中有了一种破裂的嘲笑的调子，黄色的调子。接着——也许这不是真正发生的事实，而是一种有些像声音的记忆——有人唱道：

在遮阴的栗树下；

我出卖了你，你出卖了我——

他不觉热泪盈眶。一个服务员走过，看到他杯中已空，就去拿了杜松子酒瓶来。

他端起了酒杯，闻了一下。这玩意儿一口比一口难喝。但是这已成了他所沉溺的因素。这是他的生命，他的死亡，他的复活。他靠杜松子酒每晚沉醉如死，他靠杜松子酒每晨清醒过来。他很少在十一点以前醒来，醒来的时候眼皮都张不开，口中干渴，背痛欲折，如果不是由于前天晚上在床边放着的那瓶酒和茶杯，他是无法从横陈的位置上起床的。在中午的几个小时里，他就面无表情地待坐着，旁边放着一瓶酒，听着电幕。从十五点到打烊，他是栗树咖啡馆的常客。没有人再管他在干什么，任何警笛都惊动不了他，电幕也不再训斥他。有时，大概一星期两次，他到真理部一间灰尘厚积、为人遗忘的办公室里，做一些工作，或类似工作的事情。他被任命参加了一个小组委员会下的一个小组委员会，上面那个小组委员会所属的委员会是那些负责处理编纂第十一版新话词典时所发生的次要问题的无数委员会之一。他们要写一份叫作临时报告的东西，但是写的究竟是什么东西，他从来没有弄清楚过。大概同逗点应该放在括号内还是括号外的问题有关。小组委员会还有四名委员，都是同他相似的人物。他们经常是刚开了会就散了，个个都坦率地承认，实际上并没有什么事情要作。但也有时候他们认真地坐下来工作，像煞有介事地做记录、起草条陈，长得没完没了，从来没有结束过。那是因为对于他们要讨论的问题究竟是什么，引起了越来越复杂、深奥的争论，在定义上吹毛求疵，漫无边际地扯到题外去，争到后来甚至扬言要请示上级。但是突然之间，他们又泄了气，于是就围在桌子旁边坐着，两眼茫然地望着对方，很像雄鸡一唱天下白时就销声匿迹的鬼魂一样。

电幕安静了片刻。温斯顿又抬起头来。公报！哦，不是，他们不过是在换放别的音乐。他的眼帘前就有一幅非洲地图。军队的调动是一幅图表：一支黑色的箭头垂直向南，一支白色的箭头横着东进，割断了第一个箭头的尾巴。好像是为了取得支持，他抬头看一眼画像上的那张不动声色的脸。不可想象第二个箭头压根儿不存在。

他的兴趣又减退了。他又喝了一大口杜松子酒，拣起白色的相，走了一步。将！但是这一步显然不对，因为——

他的脑海里忽然飘起来一个记忆。他看到一间烛光照映的屋子，有一张用白床罩盖着的大床，他自己年约十来岁，坐在地板上，摇着一个骰子匣，在高兴地大笑。他的母亲坐在他对面，也在大笑。

这大概是在她失踪前一个月。当时两人情绪已经和解了，他忘记了难熬的肚饿，暂时恢复了幼时对她的爱恋。他还很清楚地记得那一天，大雨如注，雨水在玻璃窗上直泻而下，屋子里太黑，无法看书。两个孩子关在黑暗拥挤的屋子里感到极其无聊。温斯顿哼哼唧唧地吵闹着要吃的，在屋子里到处翻箱倒罐，把东西东扯西拉，在墙上拳打足踢，闹得隔壁邻居敲墙头抗议，而小的那个却不断地哭号。最后，他的母亲说："乖乖的别闹，我给你去买个玩具。非常可爱的玩具——你会喜欢的。"说完她就冒雨出门，到附近一家有时仍旧开着的小百货铺里，买回来一只装着骰子玩进退游戏的硬纸匣。他仍旧能够记得那是潮的硬纸板的气味。这玩意儿很可怜。硬纸板都破了，用木头做的小骰子表面粗糙，躺也躺不平。温斯顿不高兴地看一眼，毫无兴趣。但是这时他母亲点了一根蜡烛，他们就坐在地板上玩了起来。当他们各自的棋子进了几步，快有希望达到终点时，又倒退下来，几乎回到起点时，他马上就兴奋起来，大声笑着叫喊。他们玩了八次，各赢四次。他的小妹妹还太小，不懂他们在玩什么，一个人靠着床腿坐在那里，看到他们大笑也跟着大笑。整整一个下午，他们在一起都很快活，就像在他幼年时代一样。

他把这副景象从脑海里排除出去。这个记忆是假的。他有时常常会有这种假记忆。只要你知道他们是假的，就没有关系。有的事情确实发生过，有的没有。他又回到棋盘上，拣起白色的相。他刚拣起，那棋子就啪地掉在棋盘上了。他惊了一下，好像身上被刺了一下。

一阵刺耳的喇叭声响了起来。这次是发表公报了！胜利！在发表消息之前鸣喇叭总是有胜利的消息。咖啡馆里一阵兴奋，好像通过一阵电流一般。甚至服务员也惊了一下，竖起了耳朵。

喇叭声引起了一阵喧哗。电幕已经开始播放，广播员的声音极其兴奋，但是刚一开始，就几乎被外面的欢呼声所淹没了。这消息在街上像魔术一般传了开来。他从电幕上所能听到的只是，一切都按他所预料的那样发生了：一支海上大军秘密集合起来，突然插入敌军后方，白色的箭头切断了黑色箭头的尾巴。人声喧哗之中可以断断续续地听到一些得意扬扬的话："伟大战略部署——配合巧妙——彻底溃退——俘虏五十万——完全丧失斗志——控制了整个非洲——战争结束指日可待——大获全胜——人类历史上最大的胜利——胜利，胜利，胜利！"

温斯顿在桌子底下的两只脚拼命乱蹬。他仍坐在那里没有动，但是在他的脑海里，他在跑，在飞快地跑着，同外面的群众一起，大声呼叫，欣喜若狂。他又抬头看一眼老大哥。哦，这个雄踞全世界的巨人！这个使亚洲的乌合之众碰得头破血流的巨石！他想起在十分钟之前——是的，不过十分钟——他在思量前线的消息究竟是胜是负时，他心中还有疑惑。可是现在，覆亡的不仅仅是一支欧亚国军队而已。自从他进了友爱部那天以来，他已经有了不少变化，但是到现在才发生了最后的、不可缺少的、脱胎换骨的变化。

电幕上的声音仍在没完没了地报告俘虏、战利品、杀戮的故事，但是外面的欢呼声已经减退了一些。服务员们又回去工作了。温斯顿飘飘然坐在那里，也没有注意到酒杯里又斟满了酒。他现在不再跑，也不在叫了。他又回到了友爱部，一切都已原谅，他的灵魂洁白如雪。他站在被告席上，什么都招认，什么人都咬。他走在白色瓷砖的走廊里，觉得像走在阳光中一样，后面跟着一个武装的警卫，等待已久的子弹穿进了他的脑袋。

他抬头看着那张庞大的脸。他花了四十年的工夫才知道那黑色的大胡子后面的笑容是什么样的笑容。哦，残酷的、没有必要的误会！哦，背离慈爱胸怀的顽固不化的流亡者！他鼻梁两侧流下了带着酒气的泪。但是没有事，一切都很好，斗争已经结束了。他战胜了自己。他热爱老大哥。